暗黑少年团

[瑞士] 丽莎 · 泰兹纳——著
万书君——译

古吴轩出版社

图书在版编目（CIP）数据

暗黑少年团 /（瑞士）丽莎 · 泰兹纳著；万书君译. --苏州：古吴轩出版社，2022.2
（世界少年经典文学书屋）
ISBN 978-7-5546-1883-7

Ⅰ. ①暗… Ⅱ. ①丽… ②万… Ⅲ. ①儿童小说—长篇小说—瑞士—现代 Ⅳ. ①I522.84

中国版本图书馆CIP数据核字(2022)第025162号

责任编辑：胡敏韬
见习编辑：沈欣怡
策　　划：沈　鹏
封面设计：张易凡

书　　名：暗黑少年团
著　　者：［瑞士］丽莎 · 泰兹纳
译　　者：万书君
出版发行：古吴轩出版社
地址：苏州市八达街118号苏州新闻大厦30F
电话：0512-65233679　　邮编：215123
出 版 人：尹剑峰
印　　刷：无锡市证券印刷有限公司
开　　本：880 × 1240　1/32
印　　张：11
字　　数：242千字
版　　次：2022年2月第1版　第1次印刷
书　　号：ISBN 978-7-5546-1883-7
定　　价：49.80元

致所有在征途上披荆斩棘的少年！

丽莎·泰兹纳

丽莎·泰兹纳和丈夫库特·海德

丽莎·泰兹纳和弟弟

致读者

——来自瑞士提契诺少年的冒险与奇遇

亲爱的读者：

我在瑞士国家图书馆书页都已经泛黄的旧书堆里，找到了一本古老的编年史，里面有一份特别的报告——《瑞士小奴隶》。报告中说，当时社会上有不少瑞士童工，他们大多来自瑞士南部提契诺州的贫困山区，这些 8 至 15 岁的男孩会被贩卖到米兰做烟囱清洁工。

报告中这样写道：“他们裹着破布衣衫、光着脚，整日又冷又饿，却必须在大街上从清晨吆喝到深夜：‘扫烟囱！有人要扫烟囱吗？’哪怕再年轻力壮的小伙子，从城市这头到城市那头，从清晨到半夜，不停地吆喝、干活，嗓子和肺也会受不了，更何况是这群尚在发育中的男孩。这些孩子会被装在木船中，像动物一样挤在一起，从洛迦诺[1]被运送到坎内罗[2]。最近，就有这样一艘运输船在坎诺比奥[3]和坎内罗之间翻船了，16个扫烟囱的小男孩——16条年轻、鲜活的生命就这么永远留在了冰凉的河底。”

从这篇报告里，我认识了乔治和他的朋友们，了解了这些被贩卖的小男孩们是如何穿过开放式壁炉和烟囱到达屋顶，是如何在那逼仄的空间里徒手将煤球扔到地面。这些瑞士小男孩的冒险经历曲折奇特、扣人心弦、感人至深，值得我们将他们的故事和精神进行传播和歌颂。

当然了，这些故事距离现在（20世纪初）也过去100多年了。在那个年代，米兰正处于奥地利的管辖之下。现在，很多事情已经发生变化了。男孩们不会再为了捉小鸟把沾了胶水的木杆放到草丛里，金雕们越来越罕见了，也没有穷人家把自己孩子卖去当烟囱清洁工了。

但历史的痕迹是很难抹去的，很多父母直到今天也会用拐卖烟囱童工的人贩子来吓唬孩子。如果孩子们不听话，他们的父母就会这样威胁他们：“等着吧！我马上告诉那个浑身漆黑的人，他马上就会来把你抓走去扫烟囱！”

或许，年轻的父母们并不知道为什么要用这种话来吓唬自己的孩子。但是乔治，也就是我们这个故事的小主人公，对其中

---

① 洛迦诺，瑞士城市，位于马焦雷湖畔，因洛迦诺公约及洛迦诺国际电影节而闻名。洛迦诺拥有地中海明媚的气候，极富瑞士特色，是瑞士意大利语区的旅游胜地。

② 坎内罗，坎内罗里维耶拉的简称，意大利城市。

③ 坎诺比奥，意大利城市。

的缘由非常了解。我也希望书前的你们能够通过阅读这个故事，喜欢上乔治以及其他与乔治一起共渡难关的小男孩们，感受他们之间的凝聚力以及那真挚感人的兄弟情。

我们的故事即将开始……

你的朋友

丽莎·泰兹纳

目 录

第一章

厄运的开始

刀疤脸

1838 年，瑞士，一个夏末的清晨。

维尔萨斯卡山谷迎来了一个中等身高、魁梧健壮的男人。这个男人长着一双深棕色的眼睛，脸色发黄，巨大的鼻子从他狭窄的脸上笔直地延伸出来，一张大嘴垂悬于胡须之下。令人感到一阵危险袭来的是他脸上的那道疤——从额头的右上方一直延伸到下巴，右眼正好“镶嵌”在刀疤之中。因此，大家都称他为“刀疤脸”。

刀疤脸从意大利普拉托[1]的马基亚山谷出发，前往瑞士索诺尼奥[2]。这会儿正值清晨，金色的阳光铺满山坡，维尔萨斯卡山谷奔腾的河水里，许多鳟鱼正在欢快地穿梭、跳跃。刀疤脸却只顾着赶路，心中不停地抱怨路途为何如此之遥远。

终于，他看到了山谷里的第一排房屋，它们就像巨石一样倚在陡峭的山坡上，而山坡几乎垂直插入峡谷之中。刀疤脸停了

① 普拉托，意大利中北部城市。
② 索诺尼奥，瑞士南部城市，由提契诺州管辖。

下来，终于可以休息一会儿了！他坐在草堆上，从口袋里拿出面包、奶酪，甚至还有一瓶酒，津津有味地吃了起来。

村庄里一片寂静，时不时地能听到“喔喔喔”的鸡鸣。虽然还很早，但已经有不少村民起床了，这其中就包括乔治。大约半个小时之前，和乔治睡在同一个房间的老祖母就已经起床了。祖母穿上裙子，颤颤巍巍地下了楼。她身材高瘦，像一棵枯树。破旧的楼梯发出“咯吱咯吱”的声音。乔治彻底醒了，但是他不想立刻起床，因为他相当珍惜并且享受这难得的独处时光。

教堂的钟敲响了五次。钟响一次，乔治就跟着点一下头。很快，乔治听到祖母上楼敲响了父母的房门。母亲起床了，不一会儿父亲的声响也传来了——他穿戴完毕，走进了马厩。母亲走到了乔治的房间外，叩响了门:“快起床！小懒虫。”乔治闭上了眼睛，假装还在睡觉。

“起床咯！”

乔治知道母亲已经进入了房间，但是哪怕能在床上多赖几分钟，也是件非常享受的事情。母亲戳了戳乔治的头，又抓住他的肩膀摇晃:“起床！快起来！乔治，时间快到了，你得赶紧去敲钟！”

乔治睁开双眼，无辜地看着母亲。虽然母亲只有三十五岁，但她看起来却比实际苍老很多，深色的头发里已经有了很多白发，她脸色苍白、两颊内陷，深深凹陷下去的眼窝就好像两个山洞。

“我马上就来。”乔治说完又往里翻了个身，试图再躺一会儿，但这也不过是最后的挣扎。母亲已经把薄毯从他身上揭下，他现在只穿着衬衫躺在用厚叶子堆起来的床上。乔治跳了起来，试图拥抱母亲，但是她已经转身朝门口走去，准备开始一天的忙碌生活。

父亲已经把碧昂卡从马厩里牵了出来，碧昂卡是一头老牛，它“哞哞”地叫唤着。小羊安妮塔也在“咩咩”叫。乔治听见父亲把马厩的门关上了，一定是准备把牛赶到牧场上去。他用手指给自己梳了头，一头蓬松的棕褐色头发服帖地躺在头顶，坚毅的脸上充满了少年人的朝气。

乔治和父母住的房子坐落在小村庄的尽头，是山谷中典型的石屋。这些房子由原始的实心石板建成，石板与石板只是简单地摞在一起，石板之间并没有用水泥进行加固。房顶也是用石头制成。一座座石屋坐落在陡峭的山坡上，从远处看，就好像一个巨大的楼梯。

石屋的一楼是一个大马厩，直通厨房。从厨房走上石头台阶就到了房子的第二层。右手边是乔治父母的房间。左手边则是乔治那对双胞胎弟弟的房间。走过两个房间，便会看到一个楼梯通向阁楼。乔治和祖母就睡在楼梯上的阁楼里。

天还很冷，乔治小跑着穿行了半个村庄。一条小巷随着山的走势上下起伏，将整个村子一分为二。穿过小巷，乔治来到了广场，接下去，只要穿过墓地[1]就能到达教堂。索诺尼奥教堂是整个村庄最漂亮的建筑物——高耸而笔直的钟楼、狭长而幽深的圣殿，教堂的一侧紧靠着村庄，显得大气又庄严。

① 在西方，墓地一般会建在教堂附近，以示对逝者的尊重。

乔治的父亲担任教堂司事[1]多年。这给乔治一家带来了一些额外的收入，但父亲仍旧是索诺尼奥地区极贫穷的居民之一。早起敲钟是父亲的工作职责，但是因为每年这个时候父亲必须要一大早出去牧牛，所以敲钟的活儿就落在了乔治身上。

男孩推开教堂沉重的大门，教堂里面比街上还冷。空气中飘来一缕淡淡的烟味。他跑过教堂里的圣殿，来到了祭台，一缕阳光透过高高的窗户照了进来，光束穿过彩色玻璃，把白墙染成了七彩的画作。教堂一侧开有一扇小门，将钟楼和圣殿分开，乔治穿过小门进入钟楼。

第一次来敲钟的时候，乔治特别害怕，因为他看见有一对猫头鹰像人一样低着头看着他，还会玩笑似的把头转来转去，此外，成群结队的蝙蝠也很吓人。但是现在乔治已经习惯了这些动物的存在，不再感到害怕。

乔治开始敲钟了。他用力把绳子拉下来，“当——”大钟响了，“当——”乔治敲响了第二下。这之后，乔治只需要稍微拽着绳子，大钟便可以借着惯性自己发出响声。猫头鹰还坐在那里。就快中午了！他站起来，朝猫头鹰招了招手，然后跑出钟楼，离开了教堂。

做祷告的人已经来到了教堂，里面有矮子波普大叔。他是乔治的“小女朋友”——安妮塔的父亲。看到他，乔治不禁心想，

① 教堂司事，教堂的下级职员，一般是教区牧师的助手，其职责主要是：打理天主教堂的圣器收藏室；准备仪式活动的各种事宜，特别是神职人员在做弥撒时使用的物件和穿着的服装。

安妮塔睡醒了吗？他决定绕路去安妮塔家——她住在村庄另一头的一栋黑色房子里。安妮塔家中没人，乔治准备回家。

小村庄酒馆的主人老斯卡拉正站在他的酒馆门前。胖猎人巴瑞塔扛着步枪，一瘸一拐地走在路上，他的腊肠猎犬跟在主人身旁。

乔治回到家，祖母、母亲和弟弟们都已经坐在厨房里了。双胞胎弟弟们今年六岁，脑袋圆圆的是卡罗，他像小猫咪一样聪明灵活；走起路来慢腾腾的是皮德罗，他经常被自己绊倒。弟弟们这会儿正在大口大口地嚼着玉米片。祖母老了，牙口不行，只能把硬面包泡在热水里当粥喝。

母亲已经吃好了早饭，正等着乔治。“乔治，怎么这么晚才回来，你又跑哪去了？”母亲端上了早饭，“快吃吧，吃完我们得去找点食物。”

乔治匆匆往嘴里放了一把玉米片，又往口袋里塞了一把，然后拿起篮子，取下墙上的镰刀，跟着母亲往外走。他们慢慢往山上爬。山坡非常陡峭，几乎与地垂直。他和母亲不得不互相推拉着才能爬上去。

天慢慢地热了起来，阳光照射在峡谷中，好像火焰一般。每爬一步，都要费好一番力气，汗水像溪水一样在后背上流淌。乔治和母亲越爬越高。山上长满了藤蔓，像花环一样缠绕在岩石上。村庄现在位于他们下方大概两百米处，他们能看到教堂塔楼的尖顶，还能看到沿着陡峭山坡奔腾而下进入维尔萨斯卡山谷的小河。水流从岩石之间的缝隙中拥挤而过，溅起的水花仿佛喷泉一般。

终于，乔治和母亲爬上了今天的目的地。

“我们今天得把草割了。”母亲边说边把篮子放在地上。乔治拿出了随身携带的长绳，将一端紧紧绑在一棵栗子树上，另一端绑在身上，然后慢慢地把自己从山顶往下放。河水在下方奔腾咆哮，乔治低头一看，觉得有点头晕，但很快便恢复过来，用力地挥舞起镰刀。乔治的母亲也同样悬在山谷上方，他们不停地割着长草，谁都没有说话。

太阳已经来到正中间，乔治看到一只巨大的金雕[①]飞到了祖凯罗山[②]的右侧。阳光太过刺眼，他不得不抬起手遮挡，金雕很快飞过了山谷。这些金雕这阵子一直在牛群、羊群上方盘旋。老巴瑞塔一直想要将其射杀，但是他没有成功。老巴瑞塔连走路都是颤巍巍的，又怎么可能击杀金雕呢？

草已经割完了一半。“不知母亲那边割得怎么样了？”乔治目光上移，看向另一头的母亲。奇怪，母亲为何一动不动？乔治喊了一声，母亲仍然全身僵硬，紧紧地盯着前方。为了看得清楚些，乔治抬手挡住阳光。他终于明白母亲为什么一直静止不动了——她的面前有一条舞动的蛇！

---

① 金雕，鹰科、雕属的猛禽。体长76—102厘米，翼展达2.3米，体重2—6.5千克。身体呈暗褐色，头顶羽色为金褐。栖息于高山草原、荒漠、河谷和森林地带，冬季亦常到山地丘陵和山脚平原地带活动。一般生活于山地或丘陵地区，特别是山谷的峭壁等处，常筑巢于山壁凸出处。以其敏捷有力的飞行而著名，以大中型的鸟类和兽类为食。分布于北半球温带、亚寒带和寒带地区。

② 祖凯罗山，位于欧洲中部。

从乔治的角度望去，这条蛇仿佛站在它的尾巴上，蛇头在乔治的母亲面前来回移动，蛇信子宛如闪电，嘶嘶作响。

怎么办？怎么办？乔治思考片刻，弯下身子，拽着绳子小心地向蛇爬去。他的动作很轻，但是蛇依然感觉到了有人在接近。它的动作更快了，全身都在舞动。乔治看到母亲惊恐地张着嘴，全身都在颤抖。乔治待在原处，等到蛇平静下来，他高举起镰刀，以闪电般的速度砍了过去。嗖的一声，蛇身一分为二，不断扭动着。

母亲惊吓过度，脸色煞白。乔治赶忙采了几朵山金车花[①]，用手掌将它们碾碎，放在母亲鼻子下。母亲终于恢复了过来，她敲了敲额头，让自己清醒一些，又开始继续割草。乔治也没有大惊小怪。这里到处都有毒蛇，乔治也不是第一次和它们打交道了，之前他还击中过毒蛇的头部，甚至还曾不小心用镰刀砍到它们。只要速度比蛇还快，就不用害怕会被蛇咬。

又割了一小时的草，差不多了。乔治和母亲把草堆在一起，放在篮子里，小心翼翼地下山。

村民们都起床了。乔治的几个伙伴正把羊往自家赶，四头奶牛聚在井边喝水，还有两头载满了货的驴子拐进了通向教堂的小街。小酒馆旁边有个小卖部，妇人们一大早就来买东西了，站在小卖部外面的人能清楚地听到她们讨价还价的声音。

母亲把草扔在马厩里，走进厨房。祖母煮了汤，汤锅在炉

① 山金车花，菊科山金车属植物。其花和根部通常被用作止痛剂、祛痰剂和兴奋剂。

灶上咕嘟咕嘟地冒着热气，整个厨房都弥漫着香味。午饭之前，乔治必须要再去教堂敲钟。他还拿了一个麻袋，想抓一只小猫头鹰。

安妮塔正在教堂前玩耍。她长得胖嘟嘟的，圆圆的小脸上有一双明亮的大眼睛，还有一头红色的卷发，可爱极了！乔治本想带上安妮塔一起去找小猫头鹰，但是她在和恩维利诺玩。恩维利诺是酒馆老板的儿子，比乔治大两岁，身材高大，但十分傲慢。在他看来，他父亲经营村里的小酒馆和小卖部，所以起码半个村子的村民都要仰仗他们家过活。

乔治不喜欢他，连忙把头转向一边，装作没看到，快速跑进了钟楼。乔治敷衍地敲了两下钟，然后爬上一个破梯子去找刚出生的小猫头鹰。刚刚出生的小猫头鹰浑身毛茸茸的，正在鸟窝里扑棱着翅膀，趁着鸟爸爸和鸟妈妈不在巢中，乔治赶紧把小猫头鹰藏进了袋子。接着，他飞快地从梯子上爬下来，又迅速将钟楼的门关上，跑着离开了。

恩维利诺和安妮塔还在教堂前玩着。

“你的袋子里是什么？”看到乔治，安妮塔走了过来。

“是一只小猫头鹰。”

“快让我看看它！”安妮塔高兴得手舞足蹈。

乔治把麻袋打开。“它还这么小！”安妮塔兴奋地拍起手来，“你能把它送给我吗？”乔治摇了摇头：“你和他玩，我不能送给你。”听到这话，安妮塔连忙解释：“我跟他玩是因为你一直都不在啊。求你了，把小猫头鹰送给我吧！”

“不行。”乔治坚定地拒绝了，“不过，或许今天晚上我会给你带一只小鸟过来。”

“那你可不能忘了啊！”

“我不会忘的。晚上我去找你。”乔治说完，把麻袋口系好，又朝安妮塔眨了眨眼，然后一路小跑。跑回去的时候，乔治还能听见恩维利诺对安妮塔说：“你可算回来了。”

“是啊，”安妮塔的声音听起来很愉快，“但是我不会再和你玩了。”

“是乔治不让你和我玩的吧！”恩维利诺怒吼道，“我要狠狠地揍他一顿，把他全身的骨头都打断！”

安妮塔哈哈大笑：“那你试试呗，反正你现在追不上他了。”

乔治这会儿都快到家了。他在家门口用栅栏专门开辟出了一块小天地。小动物们都住在这里：两只山雀、两只兔子和一只小啄木鸟。现在，这只小猫头鹰也加入了乔治的动物园。

这会儿，厨房里还有一锅热腾腾的汤在等着他，对了，还有玉米粥[①]呢！祖母正坐在壁炉旁边，把锅子里的玉米粑铲下来。

吃完饭，乔治要去帮母亲给田里的玉米除草，还要去给两个馋嘴的弟弟找草莓，对了，还要给安妮塔捉一只小鸟。在一个

① 玉米粥，意大利北部人民冬天常吃的主食。在制作过程中，需要将开水加入粗玉米面并不断顺着一个方向搅拌，快做好的时候加入一点盐、黄油和牛奶，搅拌凝固即可。锅边会结有类似锅巴的玉米粑。

幽深的山谷里，乔治布置了许多专门用来捕鸟的胶水杆[1]，还有很多其他的陷阱，捕来的鸟卖给酒馆老板，每只鸟能赚几分钱，补贴家用。乔治将捉到的小雀鸟用破布绑了起来。现在他得抓紧时间了——他必须赶在天黑之前回家，回家之前他还得去一趟安妮塔家。

安妮塔像一阵风一样狂奔而来：“给我看看！”她把双手摊开，兴奋地伸到乔治面前。

乔治小心地把破布头打开：“喏，给你这只小雀。”

安妮塔兴奋地拍起手来，双手小心翼翼地接了过来：“啊！你真的把它送给我了吗？”

“当然！”

“谢谢！谢谢！”安妮塔一下子把乔治紧紧地抱在怀里。告别后，乔治心满意足地小跑着回家了。

“乔治，你跑哪去了？你爸爸自己去教堂敲钟了。”

乔治不说话，把装了草莓的篮子放在了桌子上。父亲回来了，他身量很高，一头深棕色头发被汗水浸湿了。乔治瞅见父亲方正的脸庞面色不善，完蛋了，恐怕他今天要挨揍了。

“调皮鬼回来了？”父亲声音低沉。母亲忙替乔治回答：“他找草莓耽误了不少时间。”

“找草莓要不了那么多时间，你肯定贪玩了，今天，你就

① 胶水杆，用来捕鸟的工具，捕鸟人一般会在木杆上面刷上胶水，然后放在林间、草丛里等鸟类经常出现的地方。捕捉野生鸟类属于违法行为，请勿模仿！

看着我们吃饭吧！”

厨房里一片寂静。乔治一个人站在壁炉旁，如果父亲不再训斥他的话，那这点饥饿还是可以忍受的。父亲终于把最后一块面包吃完了，又喝了一大口酒，然后对乔治说：“现在，咱们来好好看看这个调皮鬼。”

乔治正准备挨训，没想到小酒馆的女招待来解救了他。乔治大大地松了一口气。女招待顶着一张浮肿的脸走进了厨房，对乔治的父亲说：“罗伯托，有人想见你。他现在就在酒馆里。”

“见我？”父亲惊讶极了，“谁啊？”

“我也不认识他。别人都叫他刀疤脸。”

父亲站起身来，戴上帽子：“那我现在就过去。”

乔治整个人都放松了下来，终于有饭吃了！吃完饭，祖母用枯瘦的双手颤巍巍地织起了布，母亲则将稻草编织成细长的带子，乔治在一旁帮忙。只要把这些带子卷成圆形，用细麻线绑起来就能制成一顶顶草帽。酒馆老板会把草帽收集起来拿到洛迦诺的集市上售卖。

罗伯托这个时候已经到酒馆了。几个农民正坐在大石桌旁边喝酒，一大早就从普拉托赶来的刀疤脸坐在石桌的另一端。乔治的父亲罗伯托走了过去：“你找我？”

刀疤脸示意他坐在旁边的椅子上，给他递了一瓶酒：“先来一杯？”两个人一边喝酒，一边互相打量。罗伯托并不喜欢这个男人——他目露凶光，面色不善。

“你有个儿子？”刀疤脸开口了。

“是。”乔治的父亲一边喝酒，一边回答。

“十三岁了？”刀疤脸问。

“快到了。”

“我正好在找他这个年纪的男孩。”刀疤脸转过头看向罗伯托。

罗伯托又喝了一口酒：“你究竟想说什么？”

“我会把他们带到米兰去，大概半年。他们会在米兰做工，作为报酬，每个孩子我都会支付三十法郎。”

罗伯托终于明白了这个男人的目的，他干脆利落地拒绝了：“就算给我一千法郎，我也不会把儿子卖了。”听到这话，刀疤脸冷哼一声：“吓！”

“绝对不会！”罗伯托的声音更大了，“只要我们还有一口饭吃，有一口水喝，我就不会把我儿子卖了！”

刀疤脸不紧不慢地抬起头来：“太多人对我说过这种话了。等到他们家里真的没有面包吃，也没有酒喝的时候……”

两个男人无声地对视了一阵儿，周围的声音仿佛一下子小了下去。良久，罗伯托将酒一饮而尽：“至少，现在我们家还有面包和酒。”

“嗯，”刀疤脸头也不回，“明年我还会来的。”

罗伯托站了起来，朝男人眨了眨眼：“你可以到时候再试试看。”说完，他头也不回地走了。

“等着瞧吧，天有不测风云。”刀疤脸情绪激动起来，整张脸都缩成了一团，他大声喊着，“明年你会求着我把你儿子带走的！”

罗伯托回到家时，其他人还坐在壁炉旁。

“发生了什么？”乔治的母亲问。

“有个脸上带刀疤的人找我。”

“谈什么？”

“他是来买孩子的。”

母亲和祖母都叫出了声：“人贩子！”乔治也吃了一惊，抬起头，眼睛瞪得大大的。父亲指着乔治继续说：“那个男人跟我讲，只要我同意乔治跟着他去米兰待上一个冬天，他就给我三十法郎。”

“三十法郎？”母亲重复了一遍，“那乔治要去那里做什么？”

“做童工。”父亲说道。

母亲紧张地看向父亲：“你是怎么说的？”

父亲转了转眼珠，一脸坏笑：“我说，乔治已经这么大了，三十法郎可不够。怎么着也得给我六十法郎才行。”

“怎么会有你这样的父亲?！”祖母气得站了起来，将手边的木头砸到了父亲脚下。父亲看着祖母哈哈大笑：“您觉得六十法郎还不够是吗？哈哈哈！他明年就回来了啊。那个男人说我会心甘情愿地用我的儿子和他交换三十法郎。”

妻子明白了丈夫在说笑，生气地喊道：“那可真是个魔鬼！”

听到这话，父亲又笑了，他转过头对乔治说：“他一看就是个魔鬼。”

天有不测风云

乔治有生以来第一次睡不着觉。

平日里他往“树叶床”上一躺，伸个大大的懒腰，把毯子往头上一蒙，就能立刻进入梦乡。可今天，他满脑子都是那个刀疤脸。刀疤脸特地来村子里收购儿童，想花三十法郎让自己去米兰半年。究竟要去米兰做什么呢？父亲说是去干活。但是他现在每天也在干活啊，每天都累得筋疲力尽、浑身酸痛，就算这样，他也一点儿都不想去米兰！

乔治试图将刀疤脸从脑海中赶走，但是他控制不住。他有种不好的预感——这个男人会对他的生活产生极大的影响——刀疤脸说他明年还会再来。

想了又想，乔治做了一个大胆的决定：去会一会刀疤脸！无论如何，他都要试着明早赶在祖母之前起床，到酒馆亲自问问刀疤脸究竟想做什么。

第二天，乔治早早地醒了，天还黑着。他急匆匆来到酒馆门口，却被女招待告知刀疤脸刚刚从大路朝山谷那边离开了。乔治赶紧抄近路飞奔，赶在刀疤脸来临之前，躲在小路尽头的树莓丛后面静静等待着。

那个男人来了。他戴了顶帽子，一双小眼睛凶光毕露，鼻子像鹰嘴，脸上长伤疤……完全符合乔治对坏人的全部想象！乔治突然想作弄下这个刀疤脸，让他远离村庄、停止买卖儿童的行为！应该怎么做？朝他大呼小叫？拿大石头砸他？木头也行……

刀疤脸好像感觉到了，他朝乔治躲起来的方向看了一眼。乔治赶忙把腰弯得更低了，什么都还没来得及做，刀疤脸就已经走过了树莓丛，乔治只好慢吞吞地往回走。整个上午，无论他是在敲钟，还是在吃饭，那张可怕的脸一直萦绕在乔治的脑海中。

同样一直记着刀疤脸的还有乔治的父亲罗伯托。那个刀疤脸说他们家很快就会连面包都吃不上。“这根本不可能，”罗伯托在心里对自己说，“我有能力养家糊口。我有一栋房子，有一片菜园，还有一小片牧场和草场。马厩里除了一头母牛和一头小牛之外，还有两只山羊和一只小羊羔。对了，还有母鸡和兔子，还有一大片玉米地和麦田呢！眼下，葡萄和小米的收成都不错。能有什么事发生呢？”

但是，世事难料……

几周后的一天，父亲和往常一样，把家里的牛和羊往阿尔卑斯山上赶，乔治和母亲正在一起除草，弟弟们则在房子后面玩耍，祖母在厨房里做玉米粥。还没到午饭时间，父亲罗伯托却急匆匆地从山上下来了，额头上全是汗。他上气不接下气地对母亲说：“金雕来抓……抓羊了……”缓了好一会儿，父亲才说清楚了事情的原委。原来当时父亲和安妮塔的父亲刚把牛羊安顿好，打算休息一会儿，就看见一只巨大的金雕盘旋着飞下来冲进了羊群，他们捡起石块反击，羊从鹰爪里掉了出来，结果滚进了山涧之中，现在，那只金雕还在上方虎视眈眈地盯着呢！

“你快去找猎人巴瑞塔。”父亲对乔治催促道，“我今天非把这畜生弄死不可！”

乔治拔腿就跑，他知道猎人这个时候应该在抓鳟鱼。路过教堂前的广场时，乔治看到了正和恩维利诺一起玩的安妮塔。安妮塔得知了情况，丢下了恩维利诺，和乔治手拉手一起往山谷里跑去。

老猎人巴瑞塔正坐在一个大水池旁钓鱼。看到两个小朋友，老猎人忙作嘘声状，生怕把鱼吓跑。但是乔治心急如焚，哪有心情管鱼，他焦急地大喊：“巴瑞塔爷爷！快和我一起上山吧。金雕把我家的羊抓到了山涧里，还差点弄死了小羊羔。”

“找我干什么！”鳟鱼被吓跑了，猎人恼火极了，“我又不会飞！”

“求求您了，金雕现在还在上面飞呢。”

“因为你们，我早饭都没了！”老猎人咆哮道。虽然嘴上这么说着，但是他还是收好了钓竿，跟着乔治和安妮塔一起往山上爬。

老远，乔治三人就看到一只金雕在峡谷上空挥舞着大翅膀，不时飞到牛群上方，挑衅一般滑翔。不对，是两只！这两只金雕都认识猎人，因为还没等他们三人爬上山，金雕就长唳一声，往远处飞去。乔治的父亲开了口："老巴瑞塔，你真该早点过来！它们认识你，有你在，它们不敢抓羊。"

听到这话，猎人气不打一处来："那我直接从天上飞下来？"

"现在不是吵架的时候。"波普出来打圆场，"我们快看看羊怎么样了。"

他们一边往峡谷走，一边留心金雕的动静。山羊呜呜的呻吟声从峡谷深处传来，听起来很虚弱。大人们决定让乔治绑着绳子下去把两头羊救上来。波普掏出绳子，打好结，罗伯托把绳子的一头缠在一根粗木桩上，把另一头缠上牢固的木条。

两只金雕又回来了，但它们只是高高地盘旋在上空，小心地观望。

乔治把绳子夹在两腿之间，脚踩在木条上，三个大人慢慢地把他往下放。那头大山羊躺在峡谷底部，一动不动，看起来已经死了。小羊羔倒是挂在一片灌木丛上，正"咩咩"地叫着。看到乔治过来，它叫得更大声了，还开始不断地挣扎，结果却滑到了峡谷底部。乔治往小羊处爬去，可怜的小羊，他心疼不已。小羊被金雕锋利的爪子抓伤，鲜血从它的胸口流了出来，头上也有伤口，很有可能是被金雕咬伤的，两条后腿也摔断了，一双大眼睛绝望地盯着小主人，神情惊恐。那只大羊躺在离灌木丛几步远的地方，乔治这下看清楚了，它真的死了——一根锋利的树枝扎进了它的身体。

"大的这只死了！"乔治朝父亲喊道，"小羊还活着。我把它绑在绳子上。等我再喊你们，你们就把它拉上去！"

“好！”

金雕们飞得更高了。起初，它们冲上云霄，连影子都看不见。但当较小的一只消失在蓝天时，另一只却悄悄地出现在了栗子林附近，它向阿尔卑斯山上偷偷移动，试图从后面偷袭，这只应该是只雄雕，体型很大。老猎人发现了，他溜到灌木丛里隐藏身形，罗伯托和波普则继续俯身趴在峡谷两壁上望着谷底。聪明的雄雕很快就发现了老猎人的埋伏，不满地叫唤着，悻悻地飞走了，大家都松了一口气……

突然，什么东西像箭一样从高空中呼啸而下。安妮塔尖叫起来，她看见了，是那只较小的雌雕！还没等其他人反应过来，这只褐色的大鸟就飞入了山涧。

好一招声东击西！

底下的乔治拴紧了小羊，刚喊完“可以拉了！”就听到上面传来了安妮塔的尖叫声，然后是大人们的喊声。他抬头一看——一只大鸟就在他头顶上！乔治膝盖一软，直接跪在地上。

雌雕飞到一棵枯树上停了下来——就在距离乔治大约五米的地方。它扇着翅膀，长啸一声，紧紧盯着乔治，那双专属于捕食者的、冰冷无情的眼睛令乔治浑身发抖、恐惧至极！小羊也觉察到了，它凄厉地叫了起来，而那只金雕却还在树枝上悠闲地来回跳动，仿佛一位踩着钢丝的杂技演员。

该怎么办？怎么办！这只金雕有一米多高，嘴像钩子一样尖锐，爪子像镰刀一样锋利。无数个主意在乔治脑中乱撞：我应该尖叫来吓唬它？或者捡块石头砸它？又或者拿根树枝傍身？

罗伯托在上面着急地走来走去，老猎人巴瑞塔端起了猎枪，但金雕正好处在乔治的正上方——他不敢保证子弹不会射中乔治。

这时，底下的金雕突然大声、凶狠地尖叫起来，快速扇动翅膀，乔治几乎要被金雕扇起的大风吹倒了。小羊惨叫起来，叫得那么凄惨、那么绝望，乔治甚至都想和它一起惨叫了。不！不能尖叫，也不能逃跑，更不能抛弃他的小羊羔。乔治弯下腰，捡起石头，使出全身的力气扔在金雕身上。树枝、石头，他把所有能摸到的东西都一股脑儿地砸向这只可怕的大鸟。金雕吃痛，飞回了树梢，又尖叫着展开翅膀，朝高空飞去。

得救了吗？

金雕现在已经飞得和阿尔卑斯山一样高了，但是它突然急转掉头，又一头扎进了山涧。乔治闭上了眼睛，这下小命不保了……他已经听到了金雕翅膀的扑棱声，甚至几乎能感觉到金雕的利爪、尖喙扎进身体。突然，一声巨响过后，传来了压断枯枝的声音……

结束了？

乔治几乎不敢呼吸，他只能听到自己的心跳声、从远方传来的安妮塔的哭声，还有父亲颤抖、沙哑的喊声。乔治终于睁开了眼睛——这只噩梦般的大鸟就在他的上方，翅膀耷拉在树枝上，爪子无力地垂着，鲜血从它的胸口滴落，大眼睛里还流露着凶狠与愤怒——金雕死了。乔治小心翼翼地爬过去，用木条戳了戳。雌雕真的死了，一动不动地挂在树上。多亏了老巴瑞塔！

“爸爸！”

“没事就好，没事就好！”父亲竟然哭了。

“小羊还活着。把它拉上去吧！”小羊一直在“咩咩”地叫着，不知是惊吓还是惊喜。乔治又把那只摔死的大羊也拴在了木条上，他费了不少的劲，这只羊实在太沉了，一直在空中乱晃。第三趟，乔治把绳子捆在了金雕的尸体上，最后一趟才是他自己。

父亲把乔治紧紧地搂在怀里：“好儿子！你今天差点儿就死在这该死的畜生手里了！”

“别担心，爸爸，”乔治举起了拳头，他现在全身都是勇气，“我朝它扔了树枝，还砸了石头。”老巴瑞塔走过来摸了摸乔治的头：“勇敢的小人儿！”安妮塔也跑过来一把抱住他的脖子。

乔治成了村里的小英雄。他向每一个人诉说着在山涧里与金雕的战斗。但是，“英雄”也没能留住小羊，没过几天，小羊死了。罗伯托非常绝望：“我们被刀疤脸诅咒了！不幸真的降临了。”

“这也算‘不幸’？”祖母叹了口气，“你们根本不知道什么是真正的不幸。我年轻的时候，先是法国人打了过来，然后是瘟疫，接着又是洪水，索诺尼奥没有一户人家能幸免，后来……”祖母的故事已经说过一百遍了。

然而，祖母很快就会知道，两只羊的死亡只是不幸的开始，一连串的灾难接踵而至，像暴风雨一样沉重地打击了索诺尼奥的每一个人。

这年的秋天异常炎热，罗伯托从玉米田里回来之后，异常气愤："有人把我们地里的玉米都给偷了，整个田都毁了！今晚我得拿着枪去守着，要是被我抓住了，我非打死他不可。"妻子也十分生气："是哪个该死的！""我不知道。真不敢相信，我们的羊已经死了，现在居然还有人偷我们的玉米！"

当晚，父亲拿着枪去峡谷里的玉米地守夜，乔治也一同前往。两块田都被翻了个底朝天，玉米秆在地上东倒西歪，叶子被剥开，玉米被摘走，就连豆子也遭了殃，被连根拔出。这不像是一个人就能做到的，似乎是团伙作案。

乔治想把玉米秆都扶起来，结果却被绊倒在地，阴差阳错有了新发现："父亲，不是人做的，是动物把玉米偷走了！地上到处都是脚印，又长又尖。"

"胡说！"父亲吼道，却又向儿子走去。

"一定是动物。你看。"乔治指了指田里的脚印。父亲还在摇头："那会是什么动物？我从没听说过狗吃豆子或玉米。也不可能是狐狸。羚羊就更不可能了，因为它们没有爪子。"酒馆的老板娘从旁边路过，罗伯托一脸沮丧地向她指了指被毁掉的玉米田。没想到她却并不惊讶："上个星期我们家的田也都被踩坏了。我们种的小米都被吃了，玉米也都没了。我们和老巴瑞塔聊过了。他说肯定是被獾吃了。他已经到处在找了，但是没找到它们的洞穴。"

"獾！"乔治高兴地喊了起来，"我知道它们住在哪里。"

"在哪儿？"

"在盆地附近，长了一大片草莓的地方，我摘草莓时看见过！”

“来吧，让我们去会会那些小偷。”田被毁了，罗伯托真的非常愤怒。

“那我让老巴瑞塔和你一起去，他刚才就在酒馆，这会儿应该还没走。”老板娘急忙赶回村子。

几分钟后，猎人来了。他带着他的狗，还带了一把铁锹。酒馆老板和恩维利诺也来了。乔治把他们带到小岩石上的沟壑里，他之前在这里给弟弟们摘草莓，还给安妮塔捉了只小雀鸟。回家的路上，他看到有只獾在这里消失，附近正好有一个黑黢黢的洞穴。

“小心点，”老猎人向大家传授经验，“獾的洞穴一般有三个出口。如果我们没有找到全部的洞口，它们就能轻松逃脱。所以，我们必须要找清楚。乔治负责守住刚刚那个洞口……看哪，我已经找到了第二个。”

老巴瑞塔指了指草莓丛旁的一个小洞，又把头转向乔治的父亲：“你带枪了吗？”罗伯托把手里的枪举了举。

“你站这儿，”猎人把他推到一棵栗子树后，“一看到它的尖嘴，你就开枪。”罗伯托点点头：“放心吧。”

第三个洞口在一个狭窄的岩石缝里，只有越过岩石才能看到。“它们可真够聪明的，”老巴瑞塔哼了一声，“但我们也不傻。”说着，他用一块沉重的石头堵住了洞口。保险起见，他又让酒馆老板留在附近：“如果你看到石头动了，赶紧喊我们！”

在一片小灌木丛中，他们又发现了第四个洞。洞口半开，被树叶挡着，獾应该不常从这里出入。老巴瑞塔笑了：“足足有四个洞口。它们比人都聪明！”老巴瑞塔安排恩维利诺负责守第四个洞口。恩维利诺叫道：“我害怕，万一它们出来咬我呢！”

老猎人给了他一根棍子：“那你就用这个打它！”

老巴瑞塔一声令下，猎犬钻进了第一个洞穴，先是一片寂静，过了一会儿，传来了阵阵犬吠声。“那几只獾在里面！”老巴瑞塔兴奋地说。他们仔细听着里面的动静，结果，狗吠声却停了下来。

突然，一阵枪响传来。老巴瑞塔跳了起来，朝罗伯托喊：“你抓住它们了？”

“反正我刚刚开了一枪，但它又钻进洞里了。”

“好吧！起码它现在知道外面有人在监视它了，它可能会出现在另一个洞口。”话音刚落，恩维利诺就嚎上了：“啊，爸爸救命！”一只高大魁梧的动物站在第四个洞口上方。它似乎才看到众人的身影，急忙转身，跌跌撞撞地滑进了下层的灌木丛。恩维利诺一直在尖叫。

“我过去追它！”乔治立刻起身。老巴瑞塔抓住他的肩膀：“先别管它。那应该是雄獾，等会儿再抓它。我们先抓洞里的雌獾和小獾。”

洞里仍旧一片寂静，偶尔能听到轻微的吼声。“我们得下去把它们弄出来，”老巴瑞塔着急了，“那几只獾可能和我的狗正咬在一起。”乔治拿起铁锹，根据老猎人的指示，一直向下挖，犬吠声越来越清晰。

终于，他们见到了那只雌獾！雌獾比猎犬大得多，这会子正被猎犬紧紧咬住，动弹不得。“你抓住狗。”老巴瑞塔吩咐乔治，然后瞄准獾的心脏开了枪。雌獾抬起头，浑身发抖，倒了下去。猎犬把它从洞里拉了出来。乔治终于能看清楚“小偷”的样貌了，只见它浑身上下披着银色的毛皮，油光水滑、光泽十足。罗伯托、酒馆老板父子也都围了过来。老巴瑞塔把獾拎了起来：“这只獾不错，能卖个好价钱。在洛迦诺至少能卖五个法郎。”随后，他们又抓到了三只小獾，它们在洞穴深处害怕地缩成一团。

“看来咱们走运了！”老巴瑞塔喊道，将小獾们装进了袋子。

“罗伯托，你的玉米和豆子回来了！”酒馆老板笑着指着另一侧的洞穴说——那儿堆着玉米、豆子、小米、苹果和各种蘑菇，简直是一个小型储藏室！

“这些可恶的贼！”罗伯托生气地啐了一口。

“这些小獾能卖上几个法郎，”老巴瑞塔安慰道，“这样，你的损失就没那么大了。”

“我想要一只。”乔治恳求道。

“我也想要一只。”恩维利诺也恳求道。

老巴瑞塔给了乔治一只，然后对恩维利诺眨了眨眼：“胆小鬼不配拥有。”

几天后，逃脱的雄獾又一次来到乔治父母的田里，报复似的把剩下的豆茎、玉米全部毁掉了，最后它也被老巴瑞塔射杀了。罗伯托欲哭无泪：“天啊，看来我们今年都要上街去要饭了。”

情况越来越糟。葡萄好不容易成熟了，霜冻却突然降临。

大雪下个不停，所有的农作物都被积雪覆盖。村子里怨声载道，所有人都在唉声叹气。连祖母都说：“现在我们真的又要过苦日子了。”

“还会更糟糕的！”罗伯托不住地叹气，“先是山羊，然后是玉米，现在是整个葡萄园。”

“我经历过许多艰难的岁月……”祖母一边说着，一边把她脸上稀疏的头发拂到一边。

“我知道，”罗伯托不耐烦地说，“法国人、瘟疫、洪水。”

祖母点点头，补充道：“还有大饥荒——只能啃树根、吃树叶，光是我们村子，就饿死了七个人！”

“这样下去，我们也要啃树根、吃树叶了。”

祖母又叹了一口气：“天有不测风云。有时候，不幸来得比你想象的还快。”

罗伯托看着自己的母亲，愣了好一会儿，缓缓地说：“那个刀疤脸也是这么说的。”

祸不单行

真是一个糟糕的冬天，气温不断下降，到处都结着冰，就连瀑布也被冻住了，野兽找不到食物，闯入人类的村庄，可是人类也好不到哪里去，一样在冰天雪地里挨饿受冻。鹿群和羚羊大着胆子来村子里觅食，甚至还有狐狸在索诺尼奥的大街上穿梭，被酒馆老板家的狗追咬了一路。野鸡闯入乔治为小动物们准备的草窝，有一天竟然还来了一只貂，不过乔治养的小獾已经长大，“入侵者”被咬了一口，抱头鼠窜。

乔治一家经常坐在厨房里。祖母织布，父亲做木活，母亲和乔治编稻草绳，弟弟们在一边玩耍。晚上，父亲会去酒馆里坐一会儿，男人们在那里喝酒打牌，发着牢骚。当父亲不在家时，祖母就会一遍遍地讲述她经历过的故事。晚上，大家也不回房间睡觉，而是睡在温暖的厨房，把睡袋推到离壁炉最近的地方。

天气越来越冷，人们白天几乎都不出门。乔治已经两周没见到安妮塔了。只有到了晚上，人们才会一同来到教堂；但牧师刚一祈祷完，大家就赶着回家，否则的话，说不定会在冰冷的教堂里被活活冻死。

好不容易熬过寒冬，本以为冰雪融化，日子终于要好起来了。却没想到春天过后，一场大旱接踵而至。太阳整日整日高悬空中，强烈的阳光将土地炙烤得无比干燥，一阵微风都能轻松吹起一片沙土，灰尘像一团轻雾终日笼罩在田野上。农民们无法播种，只能在水边的地里种上些小麦和南瓜，但这也维持不了太久。曾经呼啸着冲进山谷的维尔萨斯卡河，现在仿佛一条可怜虚弱的小虫子，再也无力去拍打岸边的石头。

稀疏的草地很快消失了，人们只好把牛群往阿尔卑斯山上赶，越赶越高——往年，他们通常只有到了七八月，才会到阿尔卑斯山的夏季牧场来放牧[①]——来来回回辛苦加倍，却没给奶牛增加多少营养。

如果到了六月还不下雨，情况就会变得和祖母经常念叨的那一年一样糟糕：没有玉米，没有面包，没有葡萄酒，没有蔬菜……什么都没有。村民们从早到晚都忧心忡忡，他们每天去教堂，不断地跪在地上祈求，满眼绝望却又心怀虔诚。但是雨一直都没下。老巴瑞塔说："我们应该让牧师和'雨神'一起在村庄里游行一圈。"大家纷纷同意。

"雨神"曾是索诺尼奥的牧师，生前以乐于助人闻名。当他去世时，每个人都说他是"神"。因此，他的尸体被保存在

① 阿尔卑斯山的牧场与我国天山牧场相似，为垂直牧场，分为好几级。天气炎热，就将牲畜赶往山上的夏季牧场；反之，则搬到低海拔的春秋牧场。

一座沉重的锡制棺材中，供奉在祭坛右边，在死后继续护佑他的百姓。

男人们把沉重的棺材扛在肩上，姑娘们用白布把自己裹住，手里拿着神像。年迈的妇人们则用她们那双因过度劳动而干裂、粗糙的大手高高擎着黄色的蜡烛，蜡烛在微风中闪烁着微弱的光。男孩们在队伍的前后扛着五颜六色的雨伞，雨伞在风中摇摆，好似一朵朵巨大的鲜花。牧师捧着圣物，带领大家一起唱着圣歌，向“雨神”和上帝祈祷。

村民们扛着沉重的棺材把整个村子都绕了一遍。但到了第二天早晨，一朵乌云也没有出现。祖母低下了她尖尖的脑袋：“连向神祈祷都没用，没有人能帮我们了。”

这些事情并没让乔治受到多大触动，乔治反而有点欣喜，因为他比平时自由多了。他什么农活都不用做，也不用除草，还可以和安妮塔在教堂广场上玩整整半天，也可以到树林里或峡谷里溜达。

虽然玉米片越来越少，汤也越来越稀，但他并没有挨饿。即使天气干旱，但峡谷里仍旧有许多蘑菇、草莓和野菜。他还抓到过两只野鸽和一只小野鸡，甚至还有兔子，偶尔还能带几条鳟鱼回家。河水变浅了，这些鱼挤在小溪里，用一个小网兜就可以捞上来好几条。每当这个时候，全家都很高兴，终于可以加餐了。

男人们在阿尔卑斯山高高的山坡上放牧，他们在稀疏的树影下，要么打牌聊天，要么睡觉。山羊和奶牛就在附近，一边慢悠悠地吃草，一边甩着尾巴，试图将蝇虫赶跑。孩子们则在山坡上漫步、玩耍。乔治和安妮塔在阿尔卑斯山上度过了许多美好的时光，关系更加亲密，乔治愿意为了安妮塔赴汤蹈火。

晚上吃饭的时候，祖母突然说：“整整一天了，总觉得闻起来好像哪里起火了。”“愿圣母保佑我们。”母亲在胸前画了一个十字。

祖母不愧是村里公认的“神巫”——第二天，起火了。

一开始火很小。这种类型的火，乔治在春秋时节见过很多次，通常会把干枯的花草烧成灰烬、化为养料。几周之后，新的花草又会重新长出来。但这次不同，从峡谷中冒出来的火苗飘进了森林，飘上了山坡。

火焰在岩石上爬上爬下，就像一个火焰巨人，它钻进灌木丛、吞噬草地，将老栗子树变成一个个巨大的火把，树枝在火光中摇曳，像是在痛苦地呻吟。

整个村子都焦躁不安。毕竟，森林是这个小村庄最重要、最值钱的财产。村民们试图扑灭大火，但徒劳无功——村子里现在没几个人，大多数成年男子都和乔治和安妮塔的父亲一样，在阿尔卑斯山上放牧。眼下，火焰已经穿过森林，爬过阿尔卑斯山的春秋牧场，向夏季牧场延伸，牲口们变得焦躁不安。

乔治和安妮塔下定决心去帮助他们的父亲。

大火肆虐，他们不得不绕道穿过一个荒芜的峡谷，直到晚上才到达夏季牧场。从这里往下看去，火焰像一个火红的花环套在高大的山峰上，在闪烁的火光之上，一股可怕的黑色烟雾往高空升腾，看起来异常恐怖。

罗伯托和波普看到孩子们，相当生气。“你们应该留在山下！”两个父亲异口同声地喊道。可是现在太晚了，他们不能让两个孩子自己回村。大伙聚集在一起，商量等山火停息或者往反方向蔓延时，再把牲口带回去。但这并不是个好主意——他们很快就被火焰包围了。经过彻夜协商，大伙决定第二天一早冒险下山。除了六个大人、两个孩子，还有十四头大牛、七头小牛、二十几只山羊及羊羔。

距离暗红色的火焰到达最后一片牧场只剩下几米了，奶牛们吼叫着不肯向前。罗伯托用棍子驱赶领头的那只，但是它用后腿站起来反抗，咆哮着，不愿意向前。

“把它从斜坡上推下去！”波普大喊。

另外两个牧民扑向那头牛。领头的奶牛终于滑下了斜坡，但它马上又跳了起来——站在满是火苗的草地上，它的咆哮声更大了，它试图再爬上斜坡，却又总是从坡上滚下去，最后，只得转过身，尾巴高高抬起，冲进重重烟雾和大火之中。

紧接着，第二头牛也被推了下去。剩下的牛愈发勇敢，有一些牛是自己跳进火里的。很快，就连小牛犊们也不假思索地跟着跑进了火场。波普把一块湿布捂在嘴上，抱起最后一只小牛犊，使劲一跃，跨过了最初的那道火焰。

“没那么糟！”他回头向他们喊道，“只有刚才那里有火。我现在站的地方都是灰了。”

现在只剩下山羊了。领头的那只非常固执，一位来自弗拉斯科的胖农夫与乔治的父亲一起把这头羊的腿绑在一起，把它从火里拖下山坡。其他的山羊立刻跟着头羊冲过火线，现在乔治和安妮塔也跳进了烟雾中。

在阿尔卑斯山的春秋牧场，他们遇到了牛群。到目前为止，动物们已经跑过了第一道火圈。但是站在燃烧的森林前，牛群一步也不想再往前走了。有的树还在燃烧，有的树已经被烧成焦炭，有的则翻倒在狭窄的山道上。这里比刚才的草场热得多。空气中到处都是浓烟，又黑又浓，每个人都被呛得直咳嗽。

波普和罗伯托走到牛群前面探查，罗伯托擦拭着脸上的烟灰："去哪里都一样，到处都很危险。"但是，要想活命，只能硬着头皮下山。他们还是用老办法，用木棍打在第一头牛的身上，用绳子绑住它的前腿，两个男人从前面拉，一个男人从后面推，母牛使出全身的力气拼命抗拒，他们只能慢慢地拖着牛向前走。

与此同时，村子里，妇人们、酒吧老板、老巴瑞塔和其他男人赶紧聚拢到森林的出口。他们在山下看到了山上的一切，站在山道尽头，等待接应。

山上的人们无比艰难地行进着，小心翼翼地躲避着燃烧的树枝、倒塌的大树。牛群已经开始主动往前冲了。很快，艰难前行的人们发现第一头母牛一动不动地躺在地上——它死了。

"这是你的碧昂卡。"波普对乔治的父亲说。

"是……"罗伯托的声音里透着绝望。

终于，山羊们也穿过了着火的森林，所有人都安全地回到了村里。

"天啊！"罗伯托心如死灰，"今年究竟怎么了……"

“让我们祈祷别再有什么事情发生了。”祖母喃喃地说。

实在没有东西喂给牲口们吃了，农民们只好去峡谷里摘些叶子当作饲料。乔治的母亲也带着篮子进了峡谷。矮树枝上的叶子都被扯完了，她只能爬到岩石上，从更高的树上摘叶子。却没想到她一不小心滑倒，摔断了踝骨，昏倒在篮子旁，直到晚上才有两个男孩发现了她。好心的男孩们把她扛回了家。祖母和乔治把她放在厨房里的一堆破布头上，母亲的整个脚都肿了，每动一下，都会疼得大喊。祖母让乔治去找老巴瑞塔。老猎人也无能为力。祖母轻声说：“必须要找个医生了。”

“医生！”父亲喊道，“我们哪里有钱请医生？”

母亲挥了挥手：“我没事的。”

父亲和祖母把两根棍子紧紧绑在母亲的脚上。第二天确实好多了，但第三天，整个脚都肿了起来。母亲被抬回了房间，她疼得厉害，整日呻吟。到了第四天，祖母发话了：“罗伯托，你必须叫医生来。”

“我知道，”父亲说，“但是钱呢？我从哪儿弄到钱呢？”

“你不能向酒馆老板借点吗？”

“我已经问过他了。没有钱。不管怎样，从冬天起我们就一直陆陆续续地在找他借钱，总共有五法郎了。除非我先还钱，不然他是不会借给我的。”

“把山羊卖掉。”

“我一直在四处打听。但是没人想要，现在大家自己的牲口都养不活。”

“天哪，我们该怎么办？”祖母抬起头，绝望地看着父亲。

“我也不知道。”父亲把脸埋进手里。

酒馆老板不知道什么时候来到了厨房。“罗伯托，”他停顿了一下，“那个……那个刀疤脸回来了。他想知道你现在是否愿意把乔治卖给他。”

“让他去死！”父亲大吼。

厨房里一片寂静。乔治一声不响地打磨勺子，楼上时不时地传来乔治母亲的呻吟声。

“要不你去看看。”祖母突然发话，手头的针线滑落在地。

“我不去。”父亲坚持。

“你需要钱，”祖母大声说道，“你没听到你的妻子现在有多痛苦吗？”

“我不去！”父亲走到一边。

“那我去。”祖母说着，把裙摆往后一甩，猛地站了起来。

“妈，你留下！我去……”父亲把帽子从墙上扯下来，绝望地向厨房里望去，似乎在等着有个人拦住他，但是就连乔治也没有说话，他只好离开了。

刀疤脸还像一年前一样，坐在酒馆的大石桌旁，大口大口地喝着酒。

“罗伯托，”他朝罗伯托点点头，“我告诉过你，一年后我会回来。现在，你能把你的孩子卖给我了吗？”罗伯托想转身离开。“坐下聊聊吧。”酒馆老板拉住他，给了他一把椅子。

“你今年过得不好。”刀疤脸又开始说了。罗伯托盯着刀疤脸："那不正是你希望的？"刀疤脸没有理会："你的妻子还摔倒了？"酒馆老板接过话茬："她摔断了脚，罗伯托需要钱请医生。"

刀疤脸喝着酒："但这次我不会给你三十法郎，我只给你二十法郎。"

"二十?！"罗伯托跳了起来。

刀疤脸把酒从瓶子里倒出来："是的，去年我需要你，今年你需要我。少给你的这十法郎就算是对我耐心等待的回报吧！"

"你这种人就应该被绞死！"罗伯托靠近刀疤脸恶狠狠地说。刀疤脸却并不害怕，眼睛里只有无尽的嘲讽："说话的时候注意点，你再多骂我一句，我就扣你五法郎。"罗伯托已经举起了拳头。酒馆老板赶紧拦住他："想想你的妻子。"

"好吧。"罗伯托一下子觉得全身的力气都被抽干了。

"后天他必须出现在洛迦诺。到了那里，他要去潘佩尔度酒馆报到，到时候还有其他的男孩，我会带着他们一起乘木船前往米兰。"

"后天就走？"罗伯托痛苦地问道。

"是的，记住了，"刀疤脸又喝了一口酒，"我不会先付钱给你，我会付给酒馆老板。只有当你的儿子到达洛迦诺，他才会把钱给你。"

"难道我的妻子就要一直忍受痛苦吗?！"罗伯托又变得暴躁起来。

"让她再忍耐两天。到了洛迦诺，你儿子就可以去找医生。然后医生会带着我的口信来，等医生到了你就有钱了。"

罗伯托又能怎么办呢？

酒馆老板拿来了一份文件和一根羽毛笔。罗伯托在文件上签了字，他以二十法郎的价格把他的儿子乔治卖给米兰的安东尼奥·路易尼，期限是半年。

“再喝一杯？”刀疤脸举起了酒杯。

“我不稀罕喝你的酒！”罗伯托快步离开了酒馆。

苦别离

父亲回到家时，乔治和祖母还没睡。

“拿到钱了吗？”祖母问。

“得等乔治到了洛迦诺我才能拿到钱。”

“医生什么时候来？”

“如果乔治后天去洛迦诺，医生后天就能到。”

乔治听了什么也没说，安静地回了房间。母亲一直在呻吟，有时甚至疼得大声嚷嚷。乔治躲进毯子里，这样就什么都听不到了。“很快就会结束了，”他安慰自己，“过两天医生来了，父亲有钱了，母亲的腿也就好了。”

第二天早上，乔治像往常一样，起床后先去教堂敲钟。回家的路上，他路过安妮塔家，吹了声口哨，安妮塔睡眼惺忪地出来了：“乔治，你怎么来了？”

“我明天就要去米兰了！”

“去米兰？”安妮塔的眼睛一下子睁得老大，“这么突然吗？”

乔治点了点头：“明天晚上我就在洛迦诺了，然后会从那里坐船去米兰。”安妮塔的小嘴紧闭，眼泪一下子流了出来。乔治安慰她：“快别哭了。我把我所有的小动物都送给你。一会儿我就告诉你在哪里能找到最好的草莓，在哪里能用胶水抓到小鸟。你不害怕的话，我还会带你去看蛇窝。”

上午八点整，乔治喂好了山羊，和安妮塔在瀑布下面的峡谷里见面。安妮塔戴着头巾，穿上了做礼拜时才穿的衣服。

“你打扮得也太隆重了吧。”乔治一脸吃惊。

“你要去那么远的地方，我必须盛装出席。”安妮塔离乔治很近，“你什么时候回来？”

“六个月。”

“这么久吗？”

“或许吧。先不说这个了，你跟我来。”

乔治带着安妮塔走过獾住的洞穴，爬进长满草莓的凹地——他一定要给安妮塔留下最深、最好的印象。他们摘了很多草莓，坐在石头上津津有味地吃了起来。乔治说：“这儿的草莓是整个山谷里最好吃的。”吃完，乔治又带安妮塔去找黑莓和覆盆子。他们沿着河继续前进，来到一个新的峡谷。乔治指着右边的斜坡说：“那里长着索诺尼奥最好的树莓。”斜坡上满是大片大片的树莓丛，红通通的，非常诱人。

“你是怎么找到这些的？”安妮塔激动得小脸通红。

乔治笑了：“我是在找木头和蘑菇的时候发现的。来吧，现在我要告诉你我的胶水杆在哪里——我就是在那捕了那么多的小鸟。”他们径直来到森林，大约一年前，乔治就是在那里为安妮塔捉到了小山雀。

“嘘，”乔治把手指放在嘴上，示意安妮塔不要出声，“我想又捉到一只山雀了。”他们悄悄地走了过去。有两只鸟在胶水杆附近飞来飞去，但是很快，它们又拍拍翅膀，飞回了天空。“它们飞走了。”安妮塔看着天空发呆。

乔治也很惊讶，他看着鸟儿们，有的停在树枝上，可能是想等两个孩子离开。“这些是山雀，”乔治介绍道，“这些是最聪明的。它们可能知道杆上有胶水，所以才绕着飞。”乔治向安妮塔展示自己的秘密基地，林间有一根接一根的胶水杆，上面还撒着谷子。“鸟儿看到了，通常会先在边缘飞，然后就会被胶水粘住。”

“你抓小鸟干什么？”

“卖给酒馆老板的。不同的小鸟价格不一样，夜莺最贵，但我从来没捉到过夜莺。”

“你从哪儿弄来的胶水？”

“他给我的。胶水必须保持潮湿，否则就会失去黏性，粘不住鸟儿了。”

“但是现在谁来帮你拿胶水呢？”安妮塔继续问。

“你。这就是我带你来的原因。”

“我？不，我不会一个人来峡谷的，我会吓死的。或许等我再长大些，但是现在不行。”

“那我的胶水怎么办？”乔治想了一会儿，“好吧，那我回头告诉卡洛，把这件事儿安排给他。这里是山谷中最合适的地方，如果鸟儿们习惯了别的地方，就再也不会回来了。”乔治一边说着，一边急切地把胶水杆铺好，撒上新的谷子，然后他们继续往前走。

“你现在要带我去哪里？”

“去火蝾螈[1]所在的地方。”

“呸，”安妮塔说，“那些长满黄色斑纹的火蝾螈？”乔治点点头，跑得更快了。

他们不得不再次穿过长满了蕨类植物的树林。峡谷越来越窄，河水冲刷着岩石上的深沟。

“就是这儿。”

安妮塔坐在青苔边上，乔治小心地观察着深沟中的凹槽。“看见了吗？”乔治指着一条巨大的火蝾螈，它慢慢地从洞里爬出来，顺着水流往下爬。安妮塔浑身都在发抖：“啊，它看起来又胖又丑。”

“丑？”乔治爬到火蝾螈身后，一把抓住了它。

“天啊！”安妮塔喊道，“别碰它！有毒！”

男孩摇了摇头，安慰她：“它们没有毒。你看，它们其实性情非常温和，没什么攻击性。它们肯定从未伤害过任何人。”但安妮塔仍然很害怕：“我祖母跟我说过，在以前，火蝾螈的个头特别大，像房子一样大。它们会攻击人，还会吃人。直到一位英雄打败了它们的首领，它们才答应他变成蝾螈生活在地上。但是，

① 火蝾螈，欧洲最著名的蝾螈品种之一，生活在高山森林中。火蝾螈呈黑色，有黄色斑纹。

祖母还告诉我，英雄当年忘了它们也是有毒的。所以虽然个头变小了，但它们身上的毒保留了下来……”

安妮塔说得太认真了，乔治大笑起来，安妮塔一本正经的样子太可爱了。

“怎么这么多，这里，那里，还有那里！”安妮塔跳了起来，“我们走吧，全是蝾螈！吓死人了。”说完，她跑掉了。

乔治又带着安妮塔爬上陡峭的岩壁，来到河边。“如果你不害怕的话，我们现在去蛇窝吧。”安妮塔摇了摇头：“不要！我害怕蛇。”乔治说道：“我只是带你去一个陡坡上，你可以从那往下看。”安妮塔还是很害怕。

“快来呀！”乔治哄骗道，“真的完全不用害怕。”说完，他自顾自地往前走，穿过一片密密麻麻的蛇莓丛，爬上了一个石堆：“好了，从这里看就行。”在他们下面几米的地方有一个小水池，左右两边的岩石上覆盖着茂盛的蛇莓丛。乔治朝下面指去：“蛇总是躺在下面晒太阳。”

但是下面什么都没有……确切地说，只有一只白鹡鸰[①]，正在岸边喝水。

突然，乔治紧紧地抓住了安妮塔的胳膊，小声说：“快看！来了一条蛇。”安妮塔也看到了。这是一条长长的水蛇，它正迅速地朝池边游去。

---

① 白鹡鸰，是雀形目鹡鸰科的鸟类，小型鸣禽，体羽为黑白二色。栖息于村落、河流、小溪、水塘等附近，在离水较近的耕地、草场等处均可见到。经常成对活动或结小群活动。

“它要吃鸟！”乔治着急了，那只鸟儿却浑然不觉，一边喝水，一边扑棱着翅膀在岸边来回蹦跶。“快逃啊！”安妮塔对鸟儿大喊，两只手紧紧握成了拳头。尖尖的蛇头高高抬起，距离不到一米了！可是白鹡鸰被吓着了，只顾伸长脖子尖叫，翅膀扑腾着，却怎么也飞不起来。蛇头高高扬起，蛇身在空中卷曲——它准备从高处攻击了！

说时迟那时快，安妮塔捡起石头，啪的一声扔了下去，蛇被吓了一跳，向后看去。白鹡鸰获得了喘息的时机，翅膀终于听话了，它死里逃生，往高空飞去，发出了轻快的啼鸣。

“我救了它！”安妮塔高兴地喊道，“继续飞，小鸟！飞远点，别再让任何一条蛇看到你！”

乔治还想带她去看狐狸：“真的一点也不远，有五只小狐狸，我也是才发现的。它们会坐在山洞前吱吱叫唤，看上去就像一个个棕色的小毛团。”但安妮塔态度十分坚决：“我什么都不想看了，我要回家。”

远处传来了钟声。“天啊，已经十二点了！”安妮塔边听边数，“我得赶快回去，爸爸十二点到家，我还没做饭呢。”他们手拉着手回到村子。告别时，乔治提醒她：“你别忘了吃完饭后马上到我家来。我要把我的小动物都送给你。”

乔治回到家，祖母已经炖好了培根和豆子，这是只有盛大节日的时候才能吃到的“奢侈品”。乔治还得到了一碗葡萄酒[①]、

① 未成年人禁止饮酒！请勿模仿！

一块山羊奶酪，这种好东西平时只有父亲才能吃。

“好孩子，慢点儿吃。”祖母疼惜地说，“谁知道他们在米兰会给你吃什么呢。”

“吃什么！”父亲吼道，“全世界都种小麦。米兰能没面包吃？”祖母向他眨了眨眼睛：“大多数干活的人都吃不饱肚子。”听到这话，乔治父亲的脸色越发不耐烦。祖母转过身去：“好了，不聊这个了。我不想让孩子离开的时候太难过。”

“祖母，别担心，我很勇敢的。”

父亲又给乔治倒了一碗酒，使劲揉了揉儿子的小脑袋，然后闷声不响地往葡萄园去了。祖母也离开了餐桌，准备给乔治母亲送食物。

乔治吃完了饭，朝他的“小动物园”走去。小獾被父亲卖给了老巴瑞塔，兔子已经生了小兔子。小猫头鹰刚来的时候胆子很小，现在，它已经可以放心地窝在乔治的手里了，有时候甚至还会坐在乔治的肩膀上！两只山雀和小猫头鹰一样喜欢乔治。它们也是小时候被乔治从鸟巢里抓来的，现在喂大了，乔治不愿意把它们卖给酒馆老板，所以自己留着了。[①] 乔治把笼子打开，鸟儿们从笼子里飞出来，绕着他飞来飞去，时而坐在他的头上，时而围着他的耳朵叽叽喳喳。

安妮塔来了。“快进来！”乔治打开了栅栏。安妮塔经常过来，她认识这里所有的小动物。“看，小猫头鹰多讨人喜欢啊！”

① 捕捉野生动物属于违法行为！请勿模仿！

乔治轻轻抚摸着那只脑袋圆圆的、耳朵尖尖的聪明小鸟，边说话边朝安妮塔眨眼。

“两只山雀你拿走吧，它们是一对儿，春天的时候你给它们准备点草和小树枝，这样它们就可以筑巢生小鸟了……”乔治的心头突然一阵疼痛，巨大的悲伤涌了上来。即使他知道安妮塔会像他一样好好照顾这些小动物，可是，和热爱的一切说再见，真的不是一件容易的事。

“好好照顾它们……”乔治说不下去了。

安妮塔郑重地点头。“我也给你带了一样礼物。”她脖子上有一颗小小的银心，“这是我的教母[①]送给我的。教母告诉我，银心会保护我不受任何疾病的侵害。我现在把它送给你。你要一直戴着它。”安妮塔把那颗小银心从脖子上解下来，挂在了乔治的脖子上。

男孩不知道该如何感谢她：“你真的要把它给我吗？”安妮塔认真地看着他：“我什么都愿意给你。”两个孩子害羞了。过了一会儿，安妮塔说：“现在我们必须说再见了。”她紧紧地抱住了乔治，然后头也不回地跑下山去。

天已经黑了，乔治要去教堂敲今天的最后一次钟。回来的时候，桌上的食物正冒着热气，祖母又给他做了糖渍红酒栗子——这是乔治最喜欢吃的。祖母还用牛奶打发了奶油，铺在栗子上。

---

① 教父教母，基督教新入教者接受洗礼时的监护人，一般会请教会内虔诚而有名望的教徒担任。有责任监督并保护受洗者的宗教信仰和行为，犹如父母之于儿女。

“父亲不来吗？”乔治问。

“别管他，我们先吃。”

乔治刚吃了一颗栗子，就听到外面有人在喊他，是安妮塔。乔治连忙把栗子放下，朝门口跑去。安妮塔穿着鲜艳的裙子站在墙边，光彩照人。

“安妮塔，怎么了？”

女孩还喘着粗气，她是一路跑过来的：“你……你知道你要去米兰做什么吗？”

乔治摇摇头。

“我爸爸说你爸爸以二十法郎的价格把你卖给了那个刀疤脸。你马上要去扫烟囱了。”

乔治不知道该哭还是该笑。

安妮塔语速飞快：“就连老巴瑞塔都说如果他有一个儿子，他绝对不会把他卖到米兰去扫烟囱，那不是人能干的活。他还说，咱们山谷里被卖给刀疤脸的男孩很多再也没有回来。”

“他们怎么了？”

“我不知道。”安妮塔紧紧地抓住了乔治，“他们可能已经死了。”她哭出了声，“答应我，你会留下来。你爸爸可以把二十法郎还给那个脸上有疤的人。你不能去米兰！否则我不会来拿那些小动物了。”乔治皱起了眉头，一声不吭。

“你爸爸不会坏到把你送到米兰去的。”

乔治眼前浮现出父亲严厉而又仁慈的脸：“他当然不会！”

“但你要和他谈谈，明早你告诉我他都说了些什么。”

乔治答应了，他走进厨房，祖母已经让弟弟们上床睡觉了。她自己则穿着睡衣坐在角落，对着壁炉发呆。乔治坐到了她的对面：“祖母？”老人仍独自愣神。

“祖母！”乔治大声地说。老人这才反应过来：“怎么了？”

“我不想去米兰。”

祖母抬起头来，温柔地看着他：“为什么？”

“安妮塔刚告诉我，她父亲告诉她，那个刀疤脸把他在这里买的孩子都卖到米兰去扫烟囱，他们要扫上整整一冬天。她还告诉我这份工作会死人。老巴瑞塔还说没有人会把自己的孩子卖给那个刀疤脸。祖母，父亲是不是不爱我？”

祖母沉默了，过了好一会儿她才说：“小傻瓜，老巴瑞塔又没有孩子。相信我，乔治，你的父亲非常爱你，他走投无路才把你卖给刀疤脸的。”

“祖母，你想让我去吗？”

祖母把乔治拉到身边：“好孩子，你知道今年发生的一切。咱们家的牛和羊都死了，还有那只獾把玉米田都毁了。现在你的母亲还摔断了腿。她病得很重，我们需要钱请医生。”

“祖母，我要是死在了米兰怎么办？”

“你这么壮实，不会轻易死掉的，乔治。”祖母笑了，脸上带着一种乔治还无法理解的坦然——或者说，无奈，“再说了，人早晚都会死的，我们只是不知道会在年轻时还是年老时遇见死神。”

“我想和母亲谈谈。”

祖母看起来有些生气：“你要让她为你担惊受怕吗？”

“我至少得跟她说声再见。”乔治泪流满面。

“我已经告诉她了，说你明天要去洛迦诺找医生。”

“可是明天我不能和医生一起回来。”

“我会告诉她真相的。”

“祖母，”乔治的眼里又涌出了泪水，“我真的不想去，我害怕我再也回不来了。”

“乔治，你今年多大了？”

“十三岁。”

祖母目不转睛地看着他：“我十三岁的时候就已经去洛迦诺干了一年的活儿了，我那一年过得也很辛苦。难道现在的男孩比女孩胆子还小？你要坚强起来，你一定会有出息的。”听了这话，乔治感到很惭愧，他擦了擦眼泪：“都会过去的，是吧，祖母？”

“当然，一切都会过去的。恐惧和痛苦终会结束的。”

祖母看着他，轻声安慰：“现在去睡觉吧，你明天得早起，还有很长的路要走。”

乔治慢慢地爬上楼梯。他从窗口望去，祖凯罗山依旧高大巍峨，维尔萨斯卡山谷在黑暗中深不可测。那是什么？从山上劈过的是闪电吗？广阔的天空时明时暗。突然，“轰隆隆——”乔治听见了消失了几个月的雷声……

下雨了。

新伙伴

早晨醒来，大雨滂沱，老天爷好像想把一年来缺失的雨一次性全都浇到地上。湍急的水流从四面八方往下冲刺，仿佛世界上所有的河流都汇聚到了维尔萨斯卡山谷。

乔治穿好衣服，去看母亲。母亲虚弱地躺在床上，脸色苍白——她还是很疼，稍微动一下都忍不住闷哼。“你不等雨停再走吗？现在就走的话，你肯定会淋成落汤鸡的。”

乔治努力地挤出一丝笑容：“要是湿透了，我就把自己晾在阳光下烤一会儿。现在我得说再见了。医生明天就会来，母亲，你再忍忍。”

祖母抓了一大把玉米片和葡萄装进袋子里，还放进去一块山羊奶酪和几块面包。她把袋子挂在乔治身上。“路上小心。”祖母温柔地亲吻乔治的额头。

“再见！”乔治握了握祖母的手，又和他的双胞胎弟弟进行了简短的告别，“晚上你们去看看兔子。”小卡罗答应了。

“父亲在哪里？”

“在马厩里。”

乔治背上袋子朝马厩走去，父亲正站在马厩前。父亲在做什么？他正站在雨中大笑？没错，乔治看得很清楚，父亲的肩膀上下耸动，整个人都在颤抖。“下雨了，下雨了，终于……”他一遍遍地重复着。

乔治走上前：“我要走了，父亲。”父亲的笑脸登时枯萎了，良久才说：“你生我的气吗，乔治？”

乔治摇了摇头：“我知道我们需要钱给母亲看病。而且我已经十三岁了，就算不去米兰，我明年也要出去找地方打工了。”

“我就知道，好儿子，没几个月你就回来了。”父亲揉了揉乔治的脑袋。乔治很痛苦，他本来已经想通了。现在，他又在犹豫，要不要把安妮塔告诉他的话和父亲讲呢？他又想起了祖母的话，最终咬紧了牙关，什么也没说。父亲紧紧握住乔治的手，似乎要把乔治装进眼睛里。

大雨滂沱，乔治必须离开了。整个索诺尼奥村现在变成了一条小溪。水流从所有的街道、所有的屋顶倾泻而下，流入峡谷……

乔治敲了在索诺尼奥的最后一次钟，路过安妮塔家门口的时候，他没有吹最后一次口哨把安妮塔叫出来，只是朝她的房间鞠了一躬。

乔治继续赶路，安妮塔却站在一年前他等待刀疤脸的灌木丛那里：“你一定要去，是吗？”

乔治点点头：“祖母说我一定要去。母亲病了，请医生需要花不少钱。”

安妮塔往前走了一步："可是，我很害怕你会出事。"

乔治笑得比哭还难看："你不用害怕。我只去半年，明年这个时候，我就会回来和你在一起了。"

"但愿如此。你戴上我送你的项链了吗？"

他给她看了她挂在他脖子上的项链。安妮塔扑到乔治怀里："呜呜，它会保佑你的。别忘了我。"然后，小姑娘急匆匆地跑开了。

大雨滂沱，雨水从头上流到脖子里，再流进衣服里。雨天赶路并不容易，山路就在陡峭的岩壁边上，有时候他会陷进泥坑，有时候他还得蹚过没过膝盖那么深的水坑。乔治终于来到了弗拉斯科小镇上。村民们站在房子前，有的哈哈大笑，有的捂脸哭泣——所有人都在为这场雨的到来而高兴。

两个农民走到了乔治身后："小伙子，这么大雨，你要去哪里？"

"去洛迦诺。"

"去集市？"

"不，去找医生。我母亲摔断了腿，她发着高烧。"

"你是罗伯托的儿子？"

乔治点了点头，他们同情地看着乔治。

奔腾的维尔萨斯卡河上有一座小木桥。一夜之间，原本安静的小河变了模样。河水吼叫着，沸腾着，冒着黄色的黑色的泡沫……对岸都被洪水淹没了。赶路的众人望着汹涌的河水，一筹莫展。有人认识另一条路，乔治赶紧跟着走。

山谷里，视野逐渐开阔，花开遍野，树上长满了果实。大雨停了，太阳从云层中升起。他们穿过玉米地和麦田，潺潺的水流声和喧闹的浪花声交织在一起。当山谷在小路的转弯处展开时，乔治喘着气，一片宽阔的平原和一个大湖出现在他眼前。

在那里，细长的银条是提契诺河，而那一大片水域，就像一片躺在山坳中休息的天空，那一定是马焦雷湖[①]，他只从长辈口中听说过，这还是第一次见到。田间的玉米、葡萄散发出醉人的香气，乔治饿了——他从早上开始就没吃过东西。他找到一块干燥的石头，取下麻袋，准备垫垫肚子。可是雨水灌进了袋子，祖母给他准备的玉米片、奶酪都变成了黏糊糊的一团，吃不了了，他只能倒进水里。好在黏糊糊的食物团吸引了几条大鳟鱼——这下，午饭有着落了！乔治卷起裤子，轻轻地弯下身来，猛地一使劲儿，抓住了其中一条，刚想直起身来，结果脚底一滑，一头扎进了水里。

“哈哈哈……”

是谁？是谁在嘲笑他？

一个男孩站在乔治刚刚坐过的石头上，一张长脸，个子比乔治高，但瞧着瘦弱一些，穿得比乔治还破烂，脚也脏兮兮的——他应该也在路上走了好几个时辰了。

“别笑了！”乔治冲他喊，“你最好下水来帮帮我。”

“你还不上来？”男孩说一口纯正的意大利语。乔治虽然

① 马焦雷湖，位于意大利北部，在伦巴底和皮埃蒙特之间，是意大利第二大湖泊，湖北端则位于瑞士境内。距离米兰约90千米。湖长66千米，湖面面积212平方千米，平均深度为175米。马焦雷湖是阿尔卑斯前缘湖泊中最西面的一个湖，它不仅地处中心，还与系统的公路网相连，交通便利。

能听懂村里人口音很重的意大利语，但还是反应了好一会儿。“哦！你是让我上去啊！”乔治也笑了，“不，我还不想上去。你也看到了，我想抓那条鳟鱼。”

男孩饶有兴趣地走了过来：“我怎么帮你？”

“把袋子给我。”

男孩把袋子递给了乔治。

“这样！你现在站到这边，贴着石头底，袋子抓紧。”男孩照做，乔治抓住袋子的另一边，猛地把袋子从水里拉出来。

“抓住了！”两个少年互相搀扶着走到岸上。袋子里一共有三条鱼，乔治把小鱼扔回河里，然后把两条大鱼砸晕，接着又捡了些石头垒好土灶，用粗柳枝穿过鳟鱼。

“瞧仔细咯！”乔治抬头看了眼男孩，语气中透着骄傲，“我们等下就有烤鱼吃了。”乔治以前经常在峡谷里烤鳟鱼吃。

“怎么生火呢？”男孩疑惑地问。

乔治往后指了指干草堆：“拿些干草过来，我再找点木头和石头，咱们生火。先把草放在石头中间，你坐到我对面，等会儿看见火星你就负责把火吹得更旺些。”乔治拿起两块石头摩擦，火花掉到干草上，男孩赶紧上前吹，过了好一会儿，干草终于冒出了火焰。

乔治仔细瞅了瞅男孩：“你叫什么名字？”

“阿尔弗雷德。”

“我叫乔治。你是哪里人？”

“我从梅索科山谷来。”

“你住在那里吗？”

“不，我在那儿有亲戚。”

“那你要去哪里？”

“去洛迦诺。”

“我也要去那里。”乔治说着，把鳟鱼转到没烤的那一面，“你去洛迦诺做什么？你家在洛迦诺吗？”

“啊，”阿尔弗雷德结结巴巴地说，“我……那里不是我的家。”

乔治看着阿尔弗雷德的眼睛，他突然想到了什么：“你是要去米兰吧？”

阿尔弗雷德很惊讶：“你怎么知道？”

乔治笑了：“因为我也要去米兰。我来自维尔萨斯卡山谷，父亲把我卖到了米兰，我母亲受伤了，我们需要钱请医生。”

“我……”阿尔弗雷德欲言又止。

“不想告诉我没关系的。”乔治大度地说道。

“这是个秘密。”

“一个秘密？”乔治好奇了。

“是的，我不能告诉你。”

“为什么？”

“我不能让任何人知道我要去米兰，更不能和任何人透露其中的原因。”

“好吧。鱼烤好了，赶紧吃吧。”乔治把其中一条鱼扔给阿尔弗雷德。

阿尔弗雷德吃了两口：“太好吃了！”吃完了鱼，阿尔弗雷德掏出面包、苹果和乔治分享。乔治啃了口苹果，又脆又甜。

“现在我们应该算是朋友了。”阿尔弗雷德突然说道。乔治睁大眼睛看着他：“我们已经是了啊。”

“不，我们必须得握手，还得发誓，才能成为真正的朋友。”说着，阿尔弗雷德向乔治伸出了手。

乔治握住了他的手：“怎么发誓？”

“我们发誓，”阿尔弗雷德给乔治示范，“从现在起，我们将永远像亲兄弟一样团结，即使在米兰，我们也将分享一切痛苦和欢乐，为对方两肋插刀，直到生命的最后一刻。”乔治看着这个高瘦的男孩，郑重地背诵了这段庄严的誓言，感到无比光荣。

“你是怎么想到要这样宣誓的？”

“我看书上是这样写的，有两位骑士在去圣墓的时候许下了这个诺言。”

“你竟然认识字！”乔治惊讶地张大了嘴巴。

“我还会写字。”

乔治努力压下心头的震惊，试探着问道：“你不是去米兰扫烟囱的吧？”

“我们走吧，如果我们想在晚上到达洛迦诺，现在就得出发了。”

乔治把火堆踩灭，和阿尔弗雷德一起赶路。他们静静地并排走了一阵后，乔治忍不住又发问：“你真是从梅索科山谷过来的？”

“是的，不过我是送一个人去梅索科。我家在洛迦诺附近。”

阿尔弗雷德似乎不愿意再说什么了，于是乔治也没再说话。

通往洛迦诺方向的主干道上，行人来来往往的，大多都是去洛迦诺市场赶集的。路上有几辆马车正在行进，还有驴子——它们驮着亚麻布包袱，里面装满了货物。农民赶着牛车，车上载满了各种蔬菜、水果和家禽。

“要是还有时间，咱们可以去集市上看看。”乔治建议道。

“我们有时间。”阿尔弗雷德向前方指去，“洛迦诺就在那里。”

他们加快了步伐，一路上都在欣赏路边的花草。有些花乔治从来没见过，但是阿尔弗雷德如数家珍。乔治非常高兴能够和这个高大、聪明的男孩子成为朋友。

远处，一座巨大的修道院坐落在小山之上，简直成了这座小山的山顶。孩子们一动不动地站着，被雄伟的建筑所震撼。阿尔弗雷德说：“这就是萨索圣母教堂[①]。”

“你很了解这里？”

“没有。但我知道它，也见过它的画像。我们马上就到洛迦诺了，教堂在城市的正上方。”

视野更加开阔，地势越发平坦，前方有许多花园和洋房。相比乔治村子里简单的石头房，这儿的房子漂亮多了，每一幢都有窗户，在阳光的照射下，每栋房子都折射出不同的色彩。每幢房子还都有尖尖的拱门、高高的烟囱和宽敞的阳台。乔治看呆了，他从没见过这样的城镇，也没有一次性见过这么多人：有镇上

① 萨索圣母教堂，又名岩石圣母教堂，位于瑞士洛迦诺小镇北边的半山腰上，于1480年建造。

的居民，还有农夫，有的走路，有的骑着马，有些坐在马车里，有些坐在小推车上。人来人往，车水马龙。人们都是来赶集的，这个集市洛迦诺每两周就会举办一次。

两个男孩穿过人群和牛马，准备去小摊位上看看热闹，乔治想起了生病的母亲："等等，我得先去找巴里菲医生，请他去给我母亲看病。"

男孩们问到了医生的地址。巴里菲医生住在一幢高大的老房子里，进门便是一个空旷的大厅，里面只有两把椅子，夕阳透过彩色的窗户照了进来。乔治好奇地四处张望，一个老妇人出现在了他们面前："你们有事吗？"乔治说清了他的来意。

"这样啊！"老妇人笑了起来，露出了一口残牙，"别担心，明晚医生就会去给你妈妈看病了。"

乔治郑重地道了谢，然后和阿尔弗雷德一起离开了。他们又回到大街上，来到广场中央。对乔治来说，这一切都显得新奇而有趣。农民们排成长队，站在广场中间，将他们要卖的货物整齐摆好。黄油、奶酪，还有各种肉类和野味。有人卖酸奶和鸡蛋，也有不少农民的篮子里装满了新鲜的瓜果蔬菜，有绿色的生菜和莴苣、西红柿、白石榴、金黄色的无花果、核桃大小的葡萄、红苹果，还有西葫芦、茴香、芹菜和大黄瓜……各种各样，应有尽有。小货摊五彩斑斓，看起来非常诱人，两个男孩看得口水直流。

乔治很喜欢这里的人们，尤其是那些农妇。有的农妇头上围着五颜六色的头巾，上身穿着蓝色的小背心，下身穿着红色或者蓝色的裙子；有的农妇戴着稻草帽，帽子上绣着白色的小花，裙子上绣着精美的刺绣，裙子很长，一直垂到地面。农妇们一边等着客人光顾，一边坐在板凳上低着头用稻草编织东西。乔治不禁想起了妈妈，她平时也是这样用稻草编东西的。男人们穿得就单调多了。有穿短山羊皮裤的，有把裤脚挽到膝盖上的。许多男人都戴着大毡帽或黑色贝雷帽。

百货区，第一排摊位主要卖的是武器，有步枪和弓箭；第二排是农具和工具；第三排是衣服和布料；第四排则主要卖各种各样的帽子；广场的另一边还有卖糖果和柠檬水的摊位。广场上熙熙攘攘，到处都能听到商贩叫卖的声音，到处都是顾客和商贩讨价还价的声音。乔治和阿尔弗雷德这里看看，那里看看，跟着人流，从一个摊位走到另一个摊位。乔治在心里感叹道："真是神奇啊！怎么什么都有的卖！"阿尔弗雷德之前貌似见过这样的集市，他直接当起了乔治的"导游"："这些犁是在田里刨地用的，你们山谷里肯定用不了。还有这些木板，可以用它们搭成木梯子，方便你把树上的果子摘下来……"

集市可真好啊，会随着音乐转身的熊，穿着红色小裙子或黄色裤子跳舞的小猴子，还有女占卜师，表演西洋镜的胖先生——他那个神奇的小箱子里装着刚从俄罗斯回来的拿破仑、特拉法尔加的海战，还有几个月前在米兰肆虐的大火。在另一个摊位上，一个驼背男子正在卖力地吆喝着："无痛拔牙！无痛拔牙！"几个外科医生打扮的人正在宣传一种能同时治疗甲状腺肿大、白内障和鸡眼的神药。

再往后，乔治看到了一个成年男子带着一个女孩。女孩手里拿了一块大的画板。那男子拉着手风琴，女孩跟着音乐唱着歌，画板上画着歌里的故事：一个可怜的女孩一直被她的继父殴打，最后绝望地跳进水里。女孩唱道：

哦，她从橡树上跳了下来，
跳进了深水中，
现在她成了一具尸体，
一天比一天苍白。

周围有人付了赏钱。两个男孩也被歌曲打动了，一遍又一遍地欣赏着。夜幕悄然降临。乔治突然注意到旁边有一个男人正死死地盯着自己。他走了过来，来到他们跟前，一把抓住了乔治："你不是那个索诺尼奥的男孩吗？"

是刀疤脸！乔治不知道他什么时候看到过自己。

"你为什么没去酒馆？"

"我们想先在集市上转转。"

"你们？还有谁？"

乔治指了指阿尔弗雷德。"你也是扫烟囱的小清洁工吗？"刀疤脸转过身来，仔细瞧着阿尔弗雷德的脸。

"是的，"阿尔弗雷德点点头，"我来自梅索科山谷。一个科莫[①]人招募了我。"

"你们这俩调皮蛋，其他男孩都已经到了。"他抓住两个男

① 科莫，意大利北部、阿尔卑斯山南麓的一座城市。

孩的手，把他们从人群中拉了出来，“哪怕今天下刀子，我都得把你们带到。”

太可惜了，乔治还没有看够呢。刀疤脸推着两个男孩往前走，他们沿着一条又窄又脏的小巷，一路跌跌撞撞来到湖边。刀疤脸一直催促他们速度快点，潘佩尔度酒馆就在岸边。从外面看去，整个酒馆被一堵高墙包围着，黑漆漆的，看上去有点年头了。

刀疤脸敲了敲门，开门的是一个身材高大的男人，一双三角眼，板着一张长长的马脸。“卡洛，这是最后两个，他们在集市上到处乱跑！”刀疤脸低吼道。叫卡洛的家伙抓住两个男孩的手，把他们拖进了潘佩尔度酒馆。

旅馆破旧的大院子里，有两个大谷仓。三角眼卡洛把孩子们带向其中一个。“给我进去！”他威胁道。

“我饿了！”阿尔弗雷德低声喊道。乔治也很饿，但他什么也不敢说。

三角眼笑得比哭还难看：“我可不是给你们烧饭的用人。我只负责把你们运到对岸去。”他打开谷仓的门，把他们扔了进去。乔治摔到了几条腿上。

“啊，你压着我的腿了！”

湖面上的灯光照进了谷仓。乔治发现大谷仓里挤满了男孩。他们大多把夹克外套枕在头下，已经睡下了。

“快躺下吧，”刚刚的那个声音小声地说，“别大惊小怪了，我们走了一整天，都累了。”

“谁不是呢？”乔治和阿尔弗雷德异口同声地回答道。

木船惊魂

半夜，乔治醒了，谷仓外有人在说话。隐隐约约间，他听出是刀疤脸的声音：“卡洛，我们得早点出发。我听说明天有人想找我们的麻烦，我们最好早点离开。”

“谁？你付了钱，还有合同，他们中的大多数人是自愿来的呀！”

“我也不知道他们为什么突然开始反对，估计是因为报纸上的报道，上面说去年有两个男孩在米兰冻死了。听说今晚他们还会派人驻守在洛迦诺的辛达科港口，阻止我们离开……”

谷仓的门打开了，刀疤脸吼了起来：“都起来！起来！我们要走了。”

这会儿圣维托雷教堂的大钟才敲过两下，男孩们都吓了一跳：“发生了什么？”“天还黑着。”“没歇够呢。”……

“都给我安静！”三角眼卡洛低吼道，“声音这么大，想把镇上的人都吵醒吗?！快点，把东西都给我收拾好。”孩子们立刻动了起来，有些男孩已经收拾好了行李，有些男孩根本就没有行李。

“我们要坐船去？”阿尔弗雷德问。

刀疤脸点点头：“对，用木船。”卡洛划着船慢慢靠近。

“我害怕，我不敢坐船。”一个矮小瘦弱的男孩抱怨道。另一个也说：“我也是，我怕。”“都给我上船！不然我打断你们的腿！”刀疤脸吼了起来。说着，他使劲把孩子们往前推，两个男孩摔倒在地上。刀疤脸抓住他们的衬衫领子，直接把他俩拖上了船。

阿尔弗雷德是第一批主动跳上木船的男孩之一。“给我看着他俩！”刀疤脸向他命令道，“如果他们敢叫，你就捂住他们的嘴。”两个男孩没有喊叫，他们害怕得浑身发抖。乔治看了看其他人，大部分男孩看起来和他年龄差不多，体格也差不多——瘦骨嶙峋，家里应该都很穷。

“一共多少人？”刀疤脸最后一个跳上了木船。

“算上我一共二十一个。”三角眼回答道。

“那我们人齐了。”

“对这艘旧船来讲，人有点多了。”卡洛准备撑船。

“难不成我还要给他们租一条大帆船？光是把他们买下来，我已经花了很多钱了。行了，看好路，我们要开船了。”说着，刀疤脸把船桨往石墙上一撑，木船驶入了黑暗之中。

卡洛、阿尔弗雷德和另一个男孩划船，刀疤脸在最前面掌舵，确保木船一直在湖中间行驶。夜空中飘浮着层层云雾，水面一片朦胧，有时候月亮会调皮地从云雾中钻出来，仿佛有人在黑暗中点了灯。

船向前行进，雾气逐渐散去，月光下，两岸的高山清晰可见。但几分钟后，一切又被灰色的薄雾笼罩。孩子们既没有看到洛迦诺，也没有看到传闻中伫立在山上的萨索圣母教堂。天气很冷，孩子们冻得瑟瑟发抖，还有两个男孩害怕得呜咽起来。

木船行进的速度很快。孩子们坐在船上，偶尔能看到有鱼跃出水面，大地一片寂静，只能听见划船的声音。乔治适应了黑暗，他开始观察其他男孩，他们有高有矮，有的脸上干干净净，有的则脏兮兮的。一个高个子男孩在他前面安静地哼着歌。

“你在哼什么？”乔治问道。

“仔细听。”男孩咕哝了一句，继续安静地哼着歌。听着听着，乔治与男孩一起哼了起来，很快，所有的孩子都哼了起来。在这寂静的夜里，悲凉的旋律与寂寞的划船声作伴，高个子男孩还轻轻地唱了起来：

扫烟囱的男孩没有家，
就像一叶浮萍走天涯。
谁能给我一个家？
谁能给我一口茶？

父亲赶我出家门，
母亲只会骂我笨。
饥寒交迫雨纷纷，

四处流浪泪涔涔。

扫烟囱的男孩没有家，
就像一叶浮萍闯天涯。
谁能给我一个家？
它不一定要很大，
只要能让我躺下。

我到处流浪寻个家，
清风拂过作我枕，
厚厚黄土当我床，
我终于有了一个家，
可以好好休息啦。
……

“往左！”刀疤脸突然喊道，“快！不然船要触岸了！”

孩子们吓了一跳。放眼望去，前面是一片广阔的沙地，沙地后面是城墙和塔楼。后面的小山上有一座教堂，从远处看，好像是山上挂了一颗又大又圆的苹果，钟声从山上传来。天渐渐地亮了，云彩被染成了浅红色，云层稀薄，映入水面。

“太阳就要升起来了。”乔治对高个子男孩说。男孩正静静地看着水面，他耸了耸瘦削的肩膀：“太阳哪天不升起？”

“暴风雨快来了。”站在乔治旁边的小个子男孩子插嘴道，他的脸上都是雀斑。“你怎么知道的？”乔治把脸转向他，满是好奇。小雀斑用鼻子闻了闻空气：“风的味道不一样了。”

“你家住水边吗？”乔治更加好奇了。

“对，我来自马加迪诺[①]。”他指着水面说道，“我父亲是个渔民，我整天都待在水上。”

“你也去米兰？”

小雀斑点了点头。“一场暴风雨把我父亲的船弄坏了，他需要一条新船，可他没钱，于是他把我交给了这个人。”他朝刀疤脸努了努嘴，“这个人说，也就半年的时间，在米兰没那么糟糕。”

“你真这么想？”高个子男孩插话道，“我这是第二次去了，你们到了肯定都会大吃一惊的。”“求你和我们说说吧！”船上的男孩一下子把他包围了，但他只是沉默地看着水面……

笼罩在云层上的红雾散开了。太阳逐渐升起，给重重山峦披上了一层金色的轻纱。“真漂亮啊！”乔治不由自主地感叹道。小雀斑点了点头：“是啊，真好看。”一排排浪花涌来，不断撞击着木船，整个船身都在摇晃。乔治紧紧地抓住栏杆：“暴风雨要来了？”小雀斑笑出了声：“这才到哪，更厉害的还在后面。”

他们已经驶过群岛，在布里萨戈[②]的前方转弯。“安东尼奥，再过一刻钟，我们就安全了。”卡洛对刀疤脸说道。现在的视线好多了，前面是布里萨戈，这是一座很漂亮的大城市，几座高楼屹立在水边。在高楼的上面，在柏树、栗子树和其他树的中间，

① 马加迪诺，瑞士城市。
② 布里萨戈，瑞士南部城镇，由提契诺州管辖。

一幢幢房子就像一个大楼梯，攀上陡峭的山头。

“好了，咱们成功了。”卡洛把船桨收回，从口袋里掏出烟斗，坐在船边抽了起来。刀疤脸似乎也松了一口气，他从口袋里拿出一块面包和一条意大利腊肠，咬了一大口。

空气中的食物香气让男孩们的肚子咕咕直叫。“再忍忍，”刀疤脸安抚道，“几个小时后，我们就到帕兰扎[①]了，你们到时候就有东西吃了。”

一阵风吹过甲板，船身晃了起来。卡洛站起来环顾四周：“起风了。早晨就刮这种风的话，怕是会有危险。咱们最好加快速度。”

小雀斑用肩膀撞了下乔治。“我不是告诉过你吗？”他得意地说，“暴风雨就要来了。”

木船继续向前，尽管划船的人使出了吃奶的力气，前进的速度依旧非常缓慢。暴风雨的前奏开始了，层层叠叠的浪花就像小山一样在前面铺开，小小的木船不得不一个一个翻过去，浪花都打到了孩子们的脸上。小雀斑指向前方，语气严肃起来：“真的来了。”

两个男人这时也紧张不安地盯着不远处的乌云。乌云越来越近，轰鸣的雷声来了，狂风呼啸着来了，巨浪层层卷起，笨重的木船随着波涛在湖面上颠簸，一些孩子开始哭泣。周围的景象恐怖至极，暴风雨来了，天空仿佛舞台的帷幕，被徐徐拉开，

① 帕兰扎，意大利西北部城市，位于马焦雷湖畔。

暴躁的雨水瞬间笼罩了水面，然后又去侵袭湖岸。

巨浪随时都会把木船掀翻，孩子们现在不仅要受浪花摆布，瓢泼的大雨更是雪上加霜，让他们浑身湿透。几个穿着夹克外套的男孩裹紧了衣服，但大多数孩子只穿了衬衫，只能抱成一团。

“这场暴风雨什么时候能结束？”乔治焦急地询问小雀斑。

“结束？”小雀斑笑了起来，“这才刚刚开始。”

“如果船沉了怎么办？”

“那我们就得游泳了。”

“你觉得我们能游到岸边吗？”乔治害怕地捂住了眼睛。

“我肯定可以。”小雀斑笑了笑，露出了洁白的牙齿，“我游得像鱼一样快。”

“那我惨了，我根本不会游泳。”另一个男孩愁眉苦脸，他把身上的夹克裹得更紧了。小雀斑安慰他：“别担心，我经历过更严重的暴风雨，但我最后不也安全了？”说完，他探出头观察水面。这时，一个大浪猛地打在船上，整个船身都在剧烈晃动，几个男孩大声尖叫。

“你们给我安静点！”刀疤脸大喊，虽然他也很害怕。

“积水了！”男孩们一边喊，一边纷纷向船尾跑去。

“都给我回来！”刀疤脸更加大声地吼道，“把水给我舀出去！”

“对，最好把水舀出去。”小雀斑已经摘下了帽子，用帽子舀水出去，乔治在一旁帮忙，其他的孩子也都镇定下来了，大家都开始帮忙。

浪花越来越大，第二道巨浪甚至将整个船舱都灌满了水，一道闪电划破天空，击中了附近的水面。所有人都害怕地尖叫起来，只有小雀斑淡定自若。“闪电击中水面时总是这样的。”他一边说，一边继续弯腰舀水。

阿尔弗雷德被闪电吓坏了，他滑了一跤，船桨掉到了水里。刀疤脸立马破口大骂：“你这个蠢货！我们又没被闪电劈到，你怕什么！”乔治冲向滑倒在甲板上的阿尔弗雷德，想要帮他站起来。刀疤脸一边继续拼命划船，一边喃喃自语：“没用的，我们不能逆流而上。”

暴风雨来得更加猛烈了。现在，整个船都被掀了起来，可怜的小船像个皮球，被浪花在空中抛来抛去。狂风呼啸，电闪雷鸣，冰雹像鞭子一样打在孩子们身上。

“啊啊啊！”

“我的头！”

“救命！救命啊！”

孩子们从船的左边滚到右边，又从右边被撞回左边，哭声越来越大。“都站定别动！”船夫卡洛向他们吼道，试图稳住木船的重心。刀疤脸也向孩子们拼命嘶吼，但是已经来不及了，一个巨浪把船高高举起，片刻之间，木船已经翻了个儿，被压到浪底，所有人被卷入水中……

乔治刚把头伸出水面，又赶紧缩了回去——他宁愿回到水里，也不愿意被巨大的冰雹暴击。船不见了，那两个男人也不见了。小雀斑说什么来着？对，一旦掉进水里，就必须游泳。怎么游？往岸上游？岸在哪边？乔治胡乱选了一个方向拼命往前游。

乔治开始担心阿尔弗雷德会不会游泳，何况他的手上还有伤。乔治决定游回去找自己的伙伴。冰雹打在身上很疼很疼，但是乔治咬牙坚持着，他游了两圈，什么都没看到。幸运的是，他找到了一块大木板，上面还缠着绳子，大概是木船的碎片，他爬了上去。

乔治用绳子将身体绑在木板上，两只手当船桨，随着巨浪的翻涌，他整个人上下起伏，仿佛在驯服一匹烈马。“阿尔弗雷德！阿尔弗雷德！”根本没有回应。前面有个人在水中挣扎，乔治费了好大的劲游到他的旁边，谢天谢地，是阿尔弗雷德！他看起来非常虚弱，几乎说不出话：“我的胳膊好疼……”

乔治从木板上滑下来，使劲把阿尔弗雷德推上了木板，又把绳子绑在了伙伴身上，然后游到木板后面，推着木板向前。

“你怎么样？”他不时地向伙伴喊话。

“好多了！”阿尔弗雷德笑着说。

冰雹结束了，雨还在下，天已经亮了，透过云层和薄雾，天空越发清晰。风暴渐渐停了，水面也恢复了平静，远处出现了教堂。

“瞧，”乔治喊道，“那边是陆地！”

突然，阿尔弗雷德看到了什么：“那儿有人！”乔治也看见了，是刀疤脸。

刀疤脸并不擅长游泳，他在冰冷的湖水里冻个半死，脑子里闪过各种各样的念头：他为什么不晚些离开？卡洛也淹死了吗？孩子们呢？天哪，他竟然还在担心那些孩子！难道是因为那些孩子？他当然知道，孩子们到了米兰没有好日子过。报纸上的报道是真的，洛迦诺人们说的也是真的，的确有许多年幼的烟囱清洁工死于肺病，或是被活活冻死。这是老天爷对他的惩罚。他想要——他现在在想什么呢？刀疤脸在心里发誓，如果他能够幸运地游上岸，他以后再也不会贩卖儿童了！

也许是神明听到了他的誓言，刀疤脸看到了漂浮的木板和两个男孩子。

他有救了！他快速游向木板。一块木板应该承受不住三个人的重量。他游得更快了。他其实一点都不关心他们，甚至盘算着怎么把他们推下木板。反正他们的父母不会在乎他们是否淹死，也不会关心他们是否会在米兰冻死或者因为烟雾窒息。其他的孩子肯定都淹死了。如果把他们从木板上推下去，希望他们不会反击。怎么还有这么远，刀疤脸快坚持不住了……

“他好像快要淹死了。”晕过去之前，刀疤脸听到一个男孩这样说。

“抓住他，否则他真的会淹死的。”这次说话的是乔治。

阿尔弗雷德从木板上伸出了手：“他太沉了。”

乔治绕过木板，抓住了刀疤脸的腿：“他好像昏过去了，听不到我们说话。”

“把他推上来！”阿尔弗雷德叫道。

“那你就得从木板上下来了。”

“放心，我不会有事的。”阿尔弗雷德一边说，一边滑入水中。借助水流的力量，两个男孩合力把笨重的刀疤脸推到了木板上。

“你到木板后面去，”乔治说，“我从前面边游边把板子往前拉。”

他用右手抓住木板，左手和左脚继续往前蹬水。阿尔弗雷德则从后面向前推，当他推不动的时候，他像乔治之前那样上半身趴到木板上，用双手继续划。

慢慢地，他们游进了一个港口。

“好了，再划几下就到了。”乔治现在可以清楚地看到眼前的景象：不远处就是河滩，后面是一大片草地，还有几棵桤树和一棵大无花果树。很快，他的脚就碰到了水底……

第二章

被买卖的男孩

遥远的米兰

刀疤脸睁开了眼睛。

这是哪儿？他往四周瞧了瞧，天空、大树、房子，他没有死！他得救了！微风吹拂，还带有一丝湿漉漉的气息，刀疤脸贪婪地吸了一大口。他缓过劲儿来了，面前是两个男孩。“你们？是你们！”刀疤脸想起昏迷之前发的誓言，眼睛睁得老大：“是你们把我从水里拉了出来？”

“没错，”乔治回答道，“你差点就淹死了，幸亏你抓住了我们的木板，不过你之后就晕过去了。”

“我伸手去抓木板？”刀疤脸重复道。

“是的，然后我们把你拖到岸边来了，一开始我们还以为你死了。是我朋友救了你，”他指着阿尔弗雷德，“现在你终于醒过来了。”

“你们救我？你们不知道我要带你们去米兰吗？”

“知道，你说过。”

“你们知道在米兰等着你们的是什么吗？”

乔治和阿尔弗雷德点了点头："我们要去扫烟囱。"

"好吧，原来你们知道。你们不知道，这种工作对你们这样的男孩来说是最辛苦的吗？"

乔治低下了头，声音里透着失落和沮丧："我们村里有人说在米兰，扫烟囱的少年最后会死得像苍蝇一样。"

"你们什么都知道，还把我从水里拉出来？"刀疤脸一脸的震惊和困惑，"你们知道，如果我是你们的话，我会做什么吗？我会让我自己直接淹死，然后拔腿就跑，能跑多快就跑多快。"

乔治跳了起来："我们现在也可以'能跑多快就跑多快'！"

"哈哈哈，现在可跑不掉了。我可以回到你的村庄，从你父亲那里再次把你带回来。哎，你们应该让我淹死，这样你们才能自由。"

乔治坐了下来，阿尔弗雷德也坐在了沙滩上，两人沉默地看着水面。刀疤脸也沉默了。看着涟漪，他想起了不久前对神明许下的诺言。他很后悔，那誓言没有任何意义——就算他不再贩卖儿童，还会有别人这么做。

想了又想，刀疤脸还是决定带这两个男孩去米兰。"你救了我，我可以帮你实现一个愿望。"他对乔治说。"我呢？"阿尔弗雷德问道。

"我只向那个把我从水里拉出来的男孩承诺。"

"无所谓。就算你淹死了，我也得去米兰。"阿尔弗雷德脸色相当平静，"一个来自科莫的男人买了我。"

"我知道，"刀疤脸搓了搓脸，"但是我死了，就没有人知道你还活着，你就可以安心回家了。”

“我没有家。”阿尔弗雷德语速很快。乔治看了看他，这个少年整个人看上去很是苍白，但也可能是因为刚从水里出来太冷了。

“只有我们活下来了吗？”乔治站了起来。阿尔弗雷德也站了起来：“也许有人还在水里。那个小雀斑会游泳，那个高个子男孩应该也会游泳。”刀疤脸浑身湿漉漉的，站起身来，像小狗一样抖动身体，努力想把水抖掉：“我不认为他们还活着。但是你们可以去村里，告诉那些村民你们在水上的遭遇，看看有没有幸存者。”

“你不来吗？”乔治有些惊讶。

刀疤脸笑了：“还是不了。这附近的人认识我，在他们眼里，我可不是什么好人。也不要告诉任何人你们救了我，不然你们可能会被扔回水里。记住，别想着逃跑。你们到街上问问去米兰的路，我就在村子后面等你们。抓紧时间，我们至少今天就得去帕兰扎或斯特雷萨①。”刀疤脸这时恢复了体力，又变回了原来那副模样，看上去又粗鲁又吓人。乔治已经后悔把他从水里救上来了。

他们走到一条小路上，刀疤脸挥舞着拳头威胁他们不准逃跑，然后消失在了灌木丛后面。男孩们遇到的第一个人穿着海关的制服，他们朝他跑去：“海关先生！”

① 斯特雷萨，意大利西北部城市，位于马焦雷湖畔。

那位海关官员听到声音停下了脚步，转过头问："谁？怎么了？"

"有一艘船沉了。"两个男孩异口同声地解释道。

"你们怎么知道的？"官员瞅了瞅这两个浑身湿漉漉的男孩，"你们之前在船上？"男孩们很是着急，连连点头。"我们一共有二十个男孩。"阿尔弗雷德回答道。"另外还有两个大人。"乔治补充说。官员惊讶地看着他俩："你们的船是从哪里来的？""从洛迦诺。我们要被带到米兰去扫烟囱。"

官员摸了摸下巴，思考片刻，然后吹了声口哨。"我知道了，是那个安东尼奥！一定是！真希望死神能把他带走，让他再也没有机会干坏事。不过，"他看着两个人，继续问，"其他男孩都在哪里？怎么只有你们两个？"

"他们可能……"乔治结结巴巴地说，"可能只有我们两个活了下来，其他人淹死了。我刚告诉您了，船沉了。"

"什么？！快跟我来！"官员急匆匆跑进了村子，两个男孩跟在他的后面。

"我们要告诉他刀疤脸也活下来了吗？"乔治对阿尔弗雷德轻声问道，"如果我们告诉他，也许他们会把他抓进监狱，这样我们就自由了！"

"我不知道，"阿尔弗雷德说，"我必须去米兰，而且我们答应过他，不和别人透露他的行踪。"

"可他是个大坏蛋。"

阿尔弗雷德转向乔治，肯定地说："那就让魔鬼抓住他。"

海关官员带着男孩们来到一座长长的房子前，他敲了敲窗台，急切地喊道："巴蒂斯塔！"房子里传来了一阵脚步声："我在！""快去教堂敲钟，一艘船沉没了！"官员把其他几座房子里的人也叫来了。

等乔治他们又回到岸边的时候，半个码头都站满了人，第一批船已经出发了。一个村民指着远处大喊："我看到那艘船了！"乔治他们也看到了，它现在就位于湖面中央。

官员让两个男孩子原地等待，和同事们一起爬上了船。两个孩子数了数，水面上已经有十一条船了。

"嘿！"阿尔弗雷德突然用胳膊杵了乔治一下，"咱们现在得走了。"

"我们不等船回来吗？"

"他们回来了可能会把我们抓起来，我们逃回去吧。"乔治点了点头，阿尔弗雷德说的对，如果他们现在不趁乱溜走，船一回来，官员就会把他们关起来审问。两个男孩蹑手蹑脚地穿过茂密的葡萄园，来到玉米田。

这时，附近响起了一个熟悉的声音："你们俩可算来了！"刀疤脸站在玉米田中央："他们看到船了吗？有人被捞起来了吗？"两个男孩摇摇头："唉，没人活着，船一小时前就沉了。"

两个男孩只能跟着刀疤脸继续沿着马焦雷湖旁边的小路往前走，刀疤脸走在前面，脚步飞快，两个男孩几乎跟不上他。有时他也会停下来，不断地催促："走快点，抓点紧，我们今天尽可能要到帕兰扎。"

乔治越来越累，阿尔弗雷德也坚持不住了——他们一直没吃东西。“饿了？”刀疤脸用审视的目光打探着男孩们。在下一个村子，他买了香肠和面包，把面包掰成三块，一人一块，但是他独自把香肠吃了个精光。“起来！起来！”吃完，他又催促孩子们继续赶路。一路上，如果遇到人，刀疤脸就把脸转向一边——他不想被人看到，更不想和人打招呼。

几个小时后，他们到达了帕兰扎，这是个漂亮的地方。有人坐在岸边欣赏湖景，也有人在水边漫步，从那里，可以看到湖中心的岛屿。男孩们实在走不动了。刀疤脸骂了两句脏话，还想推着两个男孩往前走。“我再也走不动了，”阿尔弗雷德说，“我手疼。”阿尔弗雷德的手又红又肿，刀疤脸看到后很快改了主意：“好吧，那我们就得在野外过夜了。”

今晚，他们直接躺在了灌木丛后面的地里，刀疤脸刚一躺下就开始打呼噜。阿尔弗雷德也很快睡着了，只有乔治一直清醒着。周围起码有几百只青蛙在呱呱地叫着，蝈蝈发出的唧唧声比家里的响多了，个头应该也大得多。有时，他还能听到大鱼在湖里跳跃溅起的水花声。对了，还有猫头鹰咕咕地叫着，和家乡钟楼里的猫头鹰的声音一模一样……

乔治想家了，这是他离开索诺尼奥之后，第一次想起家。他想到了母亲，巴里菲医生去给她看病了吗？他想起了父亲，父亲在雨中欣喜若狂的样子至今令他印象深刻。还有安妮塔，亲爱的安妮塔现在一定把他所有的小动物都带回去了吧？那些小动物也能像信任他一样信任安妮塔吗？

乔治又想起了这一天在湖上的经历。他开始思考救下刀疤脸到底是否正确。那些男孩的死难道不是他造成的吗？要不然那位海关官员怎么会称他为“魔鬼”。那个来自马加迪诺的小雀斑的脸逐渐浮现在乔治面前，但小雀斑看起来一点都不开心，面色苍白，面无表情，乔治有点害怕……想着想着，乔治渐渐睡着了。

第二天，他们继续赶路，先是渡过了一条河，还穿过了一块三角洲。这是一片巨大的水域，河流冲刷过平原，留下满地的泥土和砾石。中午，他们终于来到了斯特雷萨。两个男孩在教堂附近休息，刀疤脸离开去找食物。

附近有人聊天，一个女人用夸张的语气说：“你知道吗？在坎诺比奥有一艘船沉了，上面还载着二十个孩子！”另一个女人点了点头：“对对对！我也听说了，昨天那个从坎诺比奥来的人说他们把整个湖都搜了一遍，但只找到了一个大人和两个孩子的尸体，船上的其他人应该都死了。”

阿尔弗雷德悄声跟乔治说：“看样子我们确实是仅有的幸存者。”“还有刀疤脸，”乔治补充道，“到现在为止，你还觉得我们不应该把救他的事情告诉别人吗？”阿尔弗雷德望着远处的水面：“我不知道。但如果这个决定是错误的，我们到了米兰也可以说出真相。”

这时，年龄大点的女人说：“真可怜啊！教堂里正在为那些孩子们做弥撒，我们去教堂看看吧。”

“他们在为我们做弥撒。”乔治叹了口气，他的心不知道为什么一阵抽搐。刀疤脸回来了：“是时候离开这里了，有人正在湖边到处寻找你们俩。”

过了斯特雷萨，视野开阔起来，一路与他们相伴的大山也变得温柔多了，田地更加郁郁葱葱，他们走在田埂上，时不时地摘几颗香甜多汁的葡萄。在到达阿诺河[①]之前，他们遇到了一个驾着马车的年轻人。两个男孩都走不动了，刀疤脸问年轻人能不能让他们搭个便车。

“上来吧！”年轻人挥着鞭子，很是爽快。三人跳上了马车。马儿跑得飞快，年轻人有时吹吹口哨，有时又唱起歌来，看起来是一个非常有意思的人。“你们从哪来的？”年轻人问刀疤脸。

“从洛迦诺。”

“走路来的？”

刀疤脸点了点头。

“你们可真幸运，昨天，有二十个男孩和两个男人从洛迦诺乘一艘木船过来，结果船在坎诺比奥沉了。除了两个男孩，其他人应该都淹死了，大家正在找活下来的那两个男孩。”年轻人指着乔治和阿尔弗雷德说，“那两个男孩应该和他们差不多大。”

“我在斯特雷萨听说这件不幸的事情了。”刀疤脸回答道，“教堂里在为他们做弥撒。唉，死去的孩子，还有大人，多可怜啊！”

“不对，大人一点都不可怜。这些人在提契诺买孩子，想带他们去米兰当烟囱清洁工。你应该知道我们这里的人们是怎么

① 阿诺河，意大利托斯卡尼地区的河流，位于意大利中部，贯穿佛罗伦萨老城区。

看待这种生意的。那些人就算没被淹死，也会被愤怒的老百姓杀死或者直接扔回水中。”

“你也这么觉得？”刀疤脸问道。

“没错，我就是这么想的！这帮魔鬼！”年轻人恶狠狠地说。过了一会儿，他把马车停了下来：“我只能送到这里了，后面你们要自己走了。”刀疤脸点点头：“非常感谢，我们很快就到家了。”

“哦，他们都是你的儿子吗？”年轻人已经举起鞭子了，却又多问了一句。

“这个是我儿子，”刀疤脸指了指乔治，“个子高的那个是我哥哥的儿子。”

“好吧，那再见了。”年轻人拉紧了缰绳，马车很快消失了。

乔治在马车上时，就想说他们就是那两个获救的男孩。但是好像被人拽住了舌头，他们根本说不出话来——刀疤脸一直恶狠狠地看着他们，满脸嘲讽。这会儿，刀疤脸紧紧地抓住两个男孩，顶着一张黑脸，好像随时都会咬人。“我告诉你们，就算是魔鬼来问你们，你们也得给我把嘴闭上。给我记住了！现在你们是谁？你，”他抓住乔治的肩膀使劲摇了摇，“是我的儿子。还有你，”他走近阿尔弗雷德，“你是我哥哥的儿子。我们要去哪里？说！”刀疤脸的眼里闪着凶光，脸上的刀疤看起来更吓人了。

“我们要去米兰。”两个男孩顺从地回答。

他们走的这条路，沿着水流一直向前，河面很宽，左右两边是礁石和沼泽，乔治问刀疤脸这条河叫什么名字。“提契诺。”

刀疤脸漫不经心地回答道。

听到这个名字，乔治惊讶不已："真的是提契诺河吗？在洛迦诺的时候，它可要小得多。"

"万物都会随着时间而改变，为什么河流不能变大呢？这里甚至可以通航。"过了一会儿，刀疤脸又补充道，"如果我们的船没有沉没，我们就可以乘着船，从这里驶往大运河[①]，最后到达米兰。"

"米兰！"孩子们重复道，他们看着浑浊的河水，内心受到了某种触动。刀疤脸想横渡提契诺河，朝河边大喊："有船吗？有船吗？"过了一会儿，一艘渡船从远处缓缓驶了过来。摆渡的是个白发苍苍的老头。在上船之前，刀疤脸警告两个孩子："给我记住我说过的话。"

又是风餐露宿的一晚，陪伴孩子们的除了饥饿，还有恼人的蚊子。终于，他们沿着运河走到罗镇[②]。山峦完全消失了，视野开阔，田地又大又宽，孩子们一眼都望不到尽头。在罗镇的一个面包店里，刀疤脸买了香肠和一大块面包。好心的面包店老板娘还送了两个男孩一人一小块白面包："他们都要饿出毛病了，你应该给孩子吃点好的。"

"先把你自己的孩子管好吧！"刀疤脸吼了起来。

"无意冒犯。"老板娘心疼地看着两个孩子，"但他们看起来真的好几天没吃什么东西了。"刀疤脸依然一口香肠都没分给

① 大运河，一条流经米兰的运河。
② 罗镇，意大利北部城市，靠近米兰。

两个男孩。男孩们将他们的白面包放到清澈的小溪中蘸了点水，真是柔软可口啊。正值中午，太阳像火一样烤着大地，直到太阳快要落山了，他们才又出发。

路上的人越来越多，车也越来越多。不断有男孩和女孩从田里出来，他们背着或扛着农具——桶、钩子、铁锹和耙子。女孩们戴着宽大的草帽，穿着用麻布制成的五颜六色的衣服，身型优美，个子高挑。男孩们则用毛巾或小帽子包着头，裤腿一直高高卷起到膝盖，赤着脚，脚上粘了一层厚厚的泥土。装满了石头的推车正一颠一颠地往米兰的方向前进。还有一些手推车塞满了各种瓜果蔬菜，东西摇摇欲坠。其间，还有轻巧精致的马车经过，马车上坐着光鲜亮丽的先生、小姐。

“离米兰还远吗？”乔治觉得自己都快散架了。

“不远了，”刀疤脸说，“你要是有我这么高，你就能看见米兰了。”两个孩子爬到路边的石头上，但他们只能看到一片茫茫的白雾。刀疤脸也爬了上来：“看到塔了吗？这是圣玛利亚感恩教堂。那边那边，许多塔楼那个，那就是大教堂。我们马上就到了。”刀疤脸又加快了脚步。

终于，乔治和阿尔弗雷德看到了护城河和高高的城墙，还有一个小广场。穿过广场之后，他们来到了一条崎岖不平、遍布石子的人行道，行人越来越多，到处都扬着灰尘。

“瞧，”乔治一动不动地站在一栋房子前，“它可真高啊。”索诺尼奥五栋房子叠起来还没有这一栋房子高，乔治数了数，每一层都有十四扇窗户呢！

“小心！”刀疤脸一把将孩子们拉到路边，一辆重型马车从他们身边呼啸驶过。

“把你们眼睛睁大了，”他说道，“我带你们来米兰，可不是为了让你们到这里被马车轧死的。”可是不管刀疤脸怎么催促、叫嚷，乔治还是一次又一次地停下脚步——周围的一切都是那么的新奇，到处都是新鲜的事物。这里有五颜六色的商店，还有宽敞漂亮的广场，广场上有长凳，可供人们休息，几名骑手从广场上疾驰而过。广场旁有一座尖顶教堂，光是这个教堂就有一整个索诺尼奥那么大，从外面看起来教堂五彩斑斓的，几位修道士正从教堂里走出来。

“这座大教堂看起来就像一块巨型蛋糕。”阿尔弗雷德说。“不对，”乔治说，“像是冬天挂在维尔萨斯卡峡谷和山谷里的大冰柱子。”

“对我来说，就像一座冰山。如果你们现在再不快点走，我真的要拿出我的棍子了。快跟上！”刀疤脸开始咆哮，“马上就到了，你们想让我把你们的腿打断吗？”

天越来越黑，街边挂着小灯，一群穿着制服的奥地利士兵走过，非常显眼，还有一群骑兵在拐角处转弯。他们还没从新奇和震惊中回过神来，就转进了附近的街道。大路两旁的房子里透出的灯光照亮了街道，看上去温馨又明亮。可他们走的巷子却又窄又脏。

“就在前面。还得再走几步，马上到了。”这条巷子比其他的都要黑。巷子两边的房子只是透出了微弱的灯光。刀疤脸带着两个男孩来到了巷子的第一栋房子前。一盏灯笼在门上方摇晃，灯笼旁的门牌上写着“金罐”二字。

刀疤脸把孩子们推进大门，房间里有一个长长的吧台，吧台前摆了几张破破烂烂的桌椅。有几个人正坐在桌子旁，其中还有个女人。他们边喝酒边大声聊天。两个男孩进来时，没有一个人抬头看他们，但当刀疤脸站在门口时，所有人都安静了。

“晚上好啊！”刀疤脸喊道，没人吭声。终于，一个肚子上绑着围兜的人打破了沉默——是这里的老板：“安东尼奥？真的是你？我们刚刚还在为你哀悼呢。”刀疤脸笑了：“真的吗？”

“报纸上说除了两个男孩，其他人都淹死了，而且那两个男孩也不见了。”

“这样啊，原来报纸都已经刊登过了。这两个孩子来了，我得跟你继续算算账了。”

“你是怎么从水里出来的？”

“他们两个，”刀疤脸指着乔治和阿尔弗雷德，“把我从水里拉了出来。”

“他们俩？”

乔治和阿尔弗雷德着急地点了点头。一个鼻子尖尖，戴着眼镜的男人笑出了声：“所以，作为报答，你把他们带到了米兰？”“难道我应该把他们留在坎诺比奥吗？”刀疤脸提高了音量。

“别这样，”老板安抚道，“那些买家整天找我们麻烦，让我们找别的孩子来给他们扫烟囱。有了这两个男孩，我相信他们明天就会来付钱的。”他边说边把刀疤脸推到椅子上：“快坐下！现在让我们一起庆祝安东尼奥死而复生！”

“这才像句人话。”刀疤脸傲慢地坐了下来。老板走回吧台，拿出一瓶红酒和三个酒杯——其中两个属于乔治和阿尔弗雷德。老板对刀疤脸说：“你还活着多亏了他们救了你，你得敬他们一杯酒！”刀疤脸向乔治和阿尔弗雷德举杯致敬：“多谢你们俩救了我，我一人敬一杯。”接着，刀疤脸告诉其他人这两个男孩救他的经过。

“对了，报纸上可没写你什么好话。”老板打断了刀疤脸的话。

“管他好话坏话，”刀疤脸喝完了第三杯，“对我来说，屁都不是。”

“无论如何，接下去的几天里，我都不用去大教堂祈祷了。”老板笑容满面。

刀疤脸也笑了：“好巧，我也不打算，很快你们就再也见不到我咯。我明天不来，这次，你们要自己把这两个孩子带给买家。”

“我还是想不通，”刚才那个戴着眼镜的男子再次发问，“你为什么还想着把这两个孩子卖了？如果不是他们把你从水里拉出来，你早就被鱼吃得一干二净。”

“哟哟哟，这是哪儿来的大善人。”刀疤脸一脸戏谑，“二十个孩子一共淹死了十八个，这还不够糟糕吗？难道你会赔偿我的损失？”

“哼，”眼镜男大声说，“反正你也只会糟蹋钱。”

“这俩孩子怎么办？”一个额头贴着黑色膏药的人问。“把他们俩留在吧台这里就行。”刀疤脸建议道。老板把他的浑圆的大肉手插进了围兜，说：“让他们把我的酒都喝了，是吗？”

“那就把他们锁在地窖里。”刀疤脸又喝了一杯。

“嗯。”老板带着孩子们走到吧台后面，打开了一扇活板门，指了指下面的深洞。

“在这下面？”阿尔弗雷德深吸了一口气。老板点点头。“我什么也看不见。”乔治有些害怕。老板安慰道：“没关系，放心下去吧。有一个小梯子，你踩着下去。万一滑倒了，你就直接躺下来呗。”

“我真的很害怕。”

老板突然笑出了声，笑得整个肚子都在颤抖，围兜都好像快被他撑破了：“哈哈！害怕？为什么害怕？你害怕什么？你把安东尼奥从水里救上来的时候都不害怕，还会害怕到地窖里去？”老板不耐烦了，他踹了乔治一脚，猝不及防的乔治尖叫着从狭窄的楼梯上滑了下去。阿尔弗雷德也滑下来了。

然后，他们听到了地窖门关上的声音。

现在，只有他们两个人待在这无尽的黑暗中……

儿童拍卖会

乔治哭了。

阿尔弗雷德关心地问："你受伤了吗？"

"没有，但是这里又黑又冷。"

阿尔弗雷德用左臂搂着乔治，他的右臂还有点肿痛："坚持一下，就一个晚上。我们现在就睡觉，睡着了，黑夜就会过得特别快。"他们紧紧地贴在一起，乔治感受着阿尔弗雷德身上传来的温暖，有了些许安慰。

地窖里异常阴森，黑漆漆一片，伸手不见五指，还有滴水的声音，哦，还有窸窸窣窣的声音！"哦，天哪，"乔治抱怨道，"要是我们有一盏灯就好了。"阿尔弗雷德把乔治往自己身边搂："什么都别再想了。"可是乔治做不到，短暂的休息后，乔治又说话了："这是老天爷给我们的惩罚，因为我们没有和任何人说过咱们救了刀疤脸。如果我们说了，他就会被关起来，我们就自由了。"

"对不起，乔治，"阿尔弗雷德耐心地说，"即使没有刀疤脸，我也必须来米兰。我想你现在会在这里，也是因为你知道，只有你在米兰开始干活了，你的父亲才能拿到钱。”

“也许你是对的。”乔治叹了口气，“但为什么我们要被困在这个黑洞里呢？”

“谁知道我们明天又会陷入什么样的困境。”阿尔弗雷德语气平静，但声音里带着一丝悲伤。乔治没再说什么，阿尔弗雷德也没有再安慰他，乔治往伙伴身上紧紧贴拢着，他觉得他和阿尔弗雷德的心也靠在了一起。

乔治平静下来了，虽然地窖里的滴水声、窸窸窣窣的声音还在继续，但他慢慢睡着了。

不知过了多久，一束光把他们照醒了。

“喂，”他们听到了老板的声音，“你们不上来吗？还是说你们想永远待在这里？”两人一下子跳了起来。已经早上了吗？他们匆忙爬上梯子，来到了地面。老板朝他们眨了眨眼：“你们好像睡得很香。我已经看过你们三次了，但现在你们必须做好准备，因为半小时后第一批买家就要来了。”

老板让他们在一个小水槽里洗漱。“好好洗洗吧，”老板提醒道，“把自己弄干净一点儿。”一个女仆把面包塞到了他们手里，还给他们一人倒了杯咖啡：“好好吃吧，谁知道你们明天能不能吃到东西。”男孩们狼吞虎咽。

透过脏兮兮的窗户往外看，乔治发现巷子里还是黑洞洞的，尽管太阳已经在屋顶上了，阳光从屋顶的窗洞上照进来。

“我们能出去转转吗？”乔治问老板。老板低下头，哼了一声："再等一刻钟，你们就可以整天整天地待在外面了。"说完，他笑了，女仆也跟着笑了。

第一个买家来了，是个瘦高个，他脸色发黄，挂在脖子上像个柠檬似的，脖子又细又长。他穿着破夹克、条纹长裤，脚上蹬了一双镂空靴，看起来很是滑稽。"就他们两个？"他嘟囔着走到孩子们跟前，一副怒气冲天的样子，相当可怕。老板叹了口气："是的，本来一共有二十个孩子，现在只剩下他们两个了。你也知道了，其他人都淹死了。"

"什么时候能有新的男孩来？"

"我不知道。我们现在必须非常小心，你应该看过报纸，知道上面都写了些什么。"

"报纸，"那人大喊，"报纸，就不应该有报纸这个东西！如果烟囱堵住不能开火，到时候看他们会不会嚷嚷得更厉害！"他又仔细端详了男孩们一番，先是阿尔弗雷德，然后是乔治。阿尔弗雷德神态自若，但乔治有些紧张。

"我更喜欢他，"他指着阿尔弗雷德说，"让我看看你的胳膊。"阿尔弗雷德伸直了胳膊。那人把他那跟脸一样蜡黄的尖细手指放在阿尔弗雷德的胳膊上按了按："嗯，不错，我更喜欢他，力气不小。多少钱？"

"八十里拉[①]。"老板开了价。柠檬脸吓了一跳："八十里拉？天哪！我从哪弄那么多钱？我是富翁吗？整个冬天，我都花不了

① 里拉，意大利在1861—2002年间流通的货币。2002年后，意大利开始使用欧元。

八十里拉。”老板坐了下来：“八十里拉，一个子儿都不能少，而且每来一个新买家，我都会不断加价。吉沃，所以你最好赶快做决定，否则你就一个孩子也得不到了。”“不，”柠檬脸吉沃喃喃地说，他那一张黄脸抽搐着，“我绝对不会付八十里拉。”说完，他坐了下来。

陆陆续续又来了一些买家。他们有高有矮，有胖有瘦，唯一相同的是他们的眼圈都黑黑的，双手也都漆黑一片——应该都刚干完活。每个人都会仔细端详这两个孩子，确认他们是否健康，乔治和阿尔弗雷德将两手平举，方便这些买家拍拍他们的胸脯或者其他什么地方，就像两只待宰的小公羊。满意的买家哈哈大笑，甚至还会调侃两句；不满意的就会把男孩们推到一边，粗鲁地说着脏话。但无论是谁，得知价格后，他都会立即停止端详两个孩子，大喊起来：“八十里拉？你一定是疯了。”

“我之前说的是八十，”老板说，“现在是八十二了。”

买家们还是认为老板在开玩笑：“八十二里拉？都够买一头山羊了！”

“哈哈，那你就买头羊，骑着它在烟囱里上蹿下跳。”贴着膏药的男人大声笑了起来。

又来了两位买家。一个个子不高，看起来就像头羊一样精壮，还留着山羊胡子。另一个身材圆滚滚的，长了一张和善的宽脸，眼睛却像青蛙眼一样鼓鼓的，还有一个大鼻子。

“噢，巴蒂斯塔、罗西，你们来了，早上好啊！”酒馆老板向他们打招呼，并和他们一一握手。

“就是他们俩？”两人径直走向乔治和阿尔弗雷德。

“是的。”老板回答道。

“好吧，”山羊胡子说，“虽然只剩了两个，但至少最好的留下来了。”他从各个角度打量阿尔弗雷德，胖胖的买家罗西则看着乔治。

“恩里克，你要多少钱？”罗西问道。

“刚刚是八十二里拉，现在八十三了。”

山羊胡子看了看酒馆老板，胖胖的罗西则安静地眯了眯眼睛。“那我不要了。”山羊胡子发话了。胖子站了一会儿，先是看着乔治，然后又看了看老板，试探性地问：“真的不能便宜点？”

“只会更贵。”

“那我要这个。”他选了乔治。“那我要另一个。”山羊胡子也发话了。其他人顿时慌了：“什么?！那我们怎么办？我们呢？我们早就来了！”“嘿！我也愿意付八十三里拉。”一个买家喊道，“我以为你只是开玩笑的。”每个人都在叽里咕噜抗议，把酒馆老板团团围住，那个额头贴着膏药的男人开始嘲笑他们：“早干吗去了？”

最后来的两位买家根本没有理会这群人的争执，那个胖子直接拿出一个口袋，把硬币都掏了出来，放在盘子里；山羊胡子也在数钞票。这时候，柠檬脸走到了山羊胡子和老板之间。

“你难道要把这孩子卖两次吗？”柠檬脸把阿尔弗雷德拉了过去。

“你在胡说什么？”老板垂下两条胳膊，“你压根没说你想买！”

“胡说！我之前就说了，这个男孩更好，我要把他带走。”

“我只听到你说八十里拉太多了。”

“我说我觉得太多了，然后他们就来了，”柠檬脸把钱放在桌上，“不管怎样，这男孩是我的。”

“他是我的。”山羊胡子把阿尔弗雷德拉回到他身边。

柠檬脸的脸色更黄了：“放开他，不然我把你打得找不到北！”

“吓！”山羊胡子笑了，“我看分不清东南西北的是你吧！”场面越发混乱。柠檬脸突然拔出了一把刀：“来啊，比划比划！”老板赶紧开始“劝架”：“如果你们真想在这里动刀子的话，那你们去大街上动手。”老板抓住了山羊胡子的衣服，把他从吧台推了出来。

“我不出去，”柠檬脸继续挥舞着他的刀，威胁道，“除非这孩子归我了。”

“八十二里拉，就归你了。”

“八十，你说的。”

“八十二！”

“八十！”

“好吧，我真想把你炸了！”老板愤怒地走向柠檬脸。柠檬脸放下刀：“给你。”他把钱扔在桌子上。“现在你可以滚了！”老板怒不可遏。

“我想先喝一杯红葡萄酒。”柠檬脸收起了刀，一脸得意。老板和他对视了一会儿，最后还是给他倒了杯红葡萄酒。其他的买家都饶有兴致地看着这场争执。“这个浑蛋吉沃就是个魔鬼，他竟然拿刀！”

“下次我不会让他这么轻易得手的。”老板拿着酒杯，和那些买家坐在了一起。其他买家问：“下一批男孩什么时候来？”

“不会这么快。安东尼奥得躲一阵子才能回到提契诺那边。木船的事故惹了很多麻烦。”

“那我们怎么办？”

“我也不知道，”老板回答道，“也许你们在米兰也能找到一些健壮的男孩。”

“米兰的孩子没有一个愿意爬烟囱。”

“那就等等。到了冬天，安东尼奥又会在路上了。”

买下乔治的胖子罗西准备付酒钱。“没关系，罗西，”老板挥了挥手说，“你刚付了八十三里拉，酒钱就不用付了。”胖子道了谢，又向其他买家挥挥手，然后转过头对乔治说：“来吧！我们走。”乔治看着阿尔弗雷德，他正站在他的主人柠檬脸的椅子后面。乔治觉得柠檬脸不是个好人，可他又能怎么办呢？

“再见，阿尔弗雷德……”乔治声音低沉。

“再见……乔治。”阿尔弗雷德语气悲伤。两个人都很难过，乔治又问：“你们住哪？我有空就来看你。”柠檬脸半转过身来，“我住在哪里？”他用他恶毒的小眼睛看着阿尔弗雷德和乔治，“我住在地狱里。就在隔壁，拐角处那个街区。”

所有人都哈哈大笑。老板走到两个男孩中间：“他住在德拉塞尔瓦大街。离这儿不远。”

乔治的主人已经站在门口了，他招呼乔治。乔治向老板说了声“谢谢”，然后又向阿尔弗雷德挥了挥手，然后跟着主人从“金罐”出去了。

“你的朋友还不如找山羊胡子做主人，他起码是个好人。”乔治的胖主人说，“那个浑蛋吉沃就是个魔鬼，竟然随身带着刀，真可怕。”

乔治跟在主人后面。米兰的白天比夜晚更加有趣，街道上熙熙攘攘、车水马龙，到处都是人，他看到了两个配着枪的骑兵，街上还有几个穿燕尾服长裙的年轻女孩，他还看到了教堂的大主教和他的随行人员。乔治每一步都小心翼翼，因为人行道上到处都是马车和牛群，他生怕被撞到。这个乡下来的男孩一直走走停停，不时被商店里的橱窗摆设迷住，他的主人罗西只好一遍又一遍地催促：“走吧，快走。不然我们白天都走不到家。今天没看够，你可以明天再看，这个城市大得很，一时半会儿看不完的。”

主人罗西抓着乔治的胳膊往前走。正如乔治之前猜测的那样，他是一个和蔼可亲的人，他那红彤彤的脸颊像苹果一般，这令乔治想起了猎人老巴瑞塔，这位老猎人走起路来，步伐也略显笨重。不过，主人稍微要年轻一些。

他们穿过斯卡拉广场①，两侧高楼林立，乔治又一次被震撼到了。广场上站了许多人，他们聚在一起聊着天，聊到开心处还哈哈大笑。几辆敞篷马车驶进了广场，里面坐着一些年轻女士。

---

① 斯卡拉广场，位于米兰市中心，在米兰主要购物街的入口处。

马匹停了下来，侍从把女士们扶下车，这些女士像喜鹊一样叽叽喳喳地拥进了剧院。

他们又来到一座教堂前，主人和乔治一起从正门进去。这座教堂又高又大，主殿堂甚至能装得下整个索诺尼奥的教堂和钟楼。殿堂的天花板上散发出绚丽的光芒，乔治抬头望去，感到一阵眩晕。他们从后门出去，进入了一条小巷。

“马上就到了，”主人说道，“记好了，你很快就能自己认路了。”

这条小巷，并没比“金罐”所在的小巷宽多少，但是却很有生活气息。巷子里有不少作坊，不时传来鞋匠、锁匠、铁匠以及修理工挥舞锤子发出的敲击声，哦，对了，乔治还听到了木匠拉锯的声音。一个年轻的编织工一边干着活，一边吹着口哨。空气中弥漫着胶水、沥青、木炭、油漆混合的味道。小巷里的人们有说有笑，热闹极了。主人罗西和街坊打着招呼。

“你家新来的小清洁工？”一个鞋匠喊。主人罗西点点头。“他脸色很苍白。”鞋匠又喊。“是的，”隔壁的木匠接过话来，“你得给他吃点好的，他瘦得都能从你裤子里掉出来。”“可怜的小家伙，”一个女人叹了口气，“怎么会有人把这么好的孩子送到城里来干活呢？”乔治喜欢这里，他希望阿尔弗雷德也能来到这个像家一样温暖的地方。他一点也不喜欢那个长着柠檬脸的男人，但也许柠檬脸比看上去要善良，也只能这么祈祷了。

主人罗西带着乔治走过一家木匠店，又进入一条狭长的通道，从那里上了两个楼梯，然后他们来到了一个昏暗的四方形院子里。

“好了，”主人说，“这就是我们的家。”他打开一扇门，走进一条走廊。走廊的尽头是一个小棚屋，屋顶倾斜着，尽头是厨房，空气中飘来了洋葱的香味。“回来啦，”厨房里传来了一个女人的声音，响亮又尖锐，听起来让人不是很舒服，“男孩带回来了吗？”

“回来了，”主人把乔治拽到身前，走进了厨房，“就是他。”

乔治的女主人个子很高，非常瘦，简直可以用“骨瘦如柴”来形容，她颧骨突出，脸上满是皱纹，一双黑黑的眼睛长在凸出的眼眶里，两只耳朵又大又尖。一张宽嘴几乎从脸的一端咧到了另一端，看上去着实有些丑陋。

“这个……中用吗？”声音更响更尖了，她上上下下打量着乔治，又用她那双干瘦的手迅速摸了摸乔治的脸、胸部和胳膊。那双手又热又湿——女人刚把它们从大水盆里拿出来，水盆在他们前面的椅子上冒着热气。

“我觉得挺好。”主人罗西说。

“你觉得，”女主人阴阳怪气地喊，“你觉得？对，什么都是你觉得！你花了多少钱？”她的声调更高了。罗西没说话，嘴唇紧闭。

“快说，”女人咆哮道，“难道要我去查你的钱包？”

“八十三。”

“天啊！”女人直接瘫坐在椅子上。乔治差点就笑出声来。

“八十三？！你疯了？你要让我们家破产吗？上一个男孩只

花了五十五，你都差点没挣到钱。”她的声音几乎哑了，“你把我气死就开心了！”

“只有两个男孩，”罗西解释道，“大家都要抢的。”

“只有两个？”女人还是无法平静下来，“提契诺有那么多红头发男孩，就没有一家愿意把他们送出来干活？”

“你也不会让咱儿子出去干活啊。”罗西继续说，“如果我能带上安塞尔莫，我们根本不需要花钱买别的男孩。”

“你怎么当爹的！”女主人很生气，捞出一个线团就扔了过来，乔治差点被砸到。她继续吼道：“你这个王八蛋！你想带你唯一的儿子去干活吗？”罗西赶紧解释：“我只是打个比方。”

“真是不让人省心。”女主人一边嘟囔着，一边把洗好的大亚麻布挂在炉子上。厨房很宽敞，也很干净。右边是一个大壁炉，可以坐下两个人，熊熊燃烧的火焰上挂着两个沉重的水壶。不远处，有一扇门通向第二个房间，门边有一个水槽，然后是一扇小窗户，阳光从窗户里照射进来。另一边是一张饭桌和一条长椅。桌子上盖着桌布，上面放了一罐盐、一条长面包和三个盘子，盘子旁边是一把木制的大勺子。桌子左边的橱柜里摆着各种各样的酒杯、盘子、茶杯和碗，橱柜下方是个锁起来的柜子。乔治睁大眼睛四处观察，冷不丁发现走廊里站了一个男孩，他一定是主人口中的安塞尔莫，乔治心里想着，因为这个男孩的脸和主人们长得太像了——和女主人一模一样的蝙蝠耳朵、大嘴以及和男主人一样的青蛙眼睛。

安塞尔莫比乔治高了半个头，他看着乔治的神情和他的母亲一模一样，起初是惊讶，然后是好奇，很快，眼神中透露出了敌意和鄙视。女主人朝儿子喊道：“你听到你爸爸刚刚说的话了吗？你得拿着扫帚和你爸爸一起去扫烟囱了！”男孩歪了歪嘴，似乎很生气。

“我说了，那只是打个比方！”罗西吼道，“没什么好担心的，我饿了，我们吃饭。”

“哦，这个家的男主人饿了。为什么饿了？站着不动就饿了？还是您今天已经干了什么活儿？”女主人用围裙擦了擦手，然后走到壁炉前，把一口锅放在桌子上。罗西坐在靠窗的长凳上，安塞尔莫走到长凳的另一端，女主人则坐在椅子上。她掀开锅盖，用大木勺盛了三碗汤，是用洋葱、肉和卷心菜一起炖的汤，上面还漂着几片西红柿。乔治动了动，使劲地闻了闻香味。男主人抬起头来看着乔治，又看看自己的老婆：“不给这孩子吃点吗？”

“没他的份儿。如果他今天表现不错的话，晚上或许可以给他点吃的，我们可养不起一个懒汉。”女主人掰下一块面包扔给了乔治，“拿着这个坐在壁炉边，扫烟囱的不许上桌。”乔治无所谓坐在哪里，比起桌子，他倒是更喜欢坐在壁炉旁。

几分钟后，女主人又从橱柜里拿出一个盘子，盛满了汤，但这并不是给乔治的。她从乔治身边走过，穿过走廊，走进厨房对面的房间。乔治听到她在轻声细语地和房间里的人说话，不一会儿就回来了。

“她吃了吗？”等女主人坐到桌边，主人关切地问道。

“正在吃。还不错。”女主人继续喝汤。

乔治注意到安塞尔莫还在盯着自己，他看起来真的既刻薄又狠毒。乔治默默地告诉自己要小心这个男孩。安塞尔莫好像猜到了乔治的心思，他把盘子推到一边，站了起来。

“吃饱了？”女主人惊讶地问。安塞尔莫哼了一声：“我就是不想吃了。”“要不要吃点葡萄，或者无花果？”他母亲贴心地问。

“过会儿再说吧，我要出去。”安塞尔莫离开了桌子。

“啊！”乔治突然尖叫着跳了起来。夫妻俩被吓了一跳：“你怎么了？”

“他踢我！”乔治愤怒地看着安塞尔莫。“你为什么不把腿收回去呢，”女主人说，“那样谁都踢不到你了。”男主人什么也没说，只顾着埋头吃饭。乔治把腿缩了回来，他不想在这的第一天就打架。安塞尔莫又不出去了，径直坐回了桌边，大口嚼着玉米片和无花果，故意发出吧唧吧唧的声音，一边吃一边故意看乔治。

乔治饱了，气饱的，他一直在心里告诉自己要忍耐！

主人罗西喝光了第三碗汤，他终于吃完了，擦了擦嘴又捋了捋大胡子，喝了一口酒，站起来伸了个懒腰，对乔治说：“来吧，孩子，我们得走了。”乔治庆幸终于可以离开这对可怕的母子了，一个箭步向主人追去。

进入走廊时，某个房间传来了女孩的声音：“爸爸！爸爸，你要去哪里？”听起来非常温柔，乔治很喜欢这个声音。

“我们要去干活了。”她父亲说。

“你找到新的男孩了？”悦耳的声音里透着愉快。

“是的。”

“那让他进来吧。”

乔治和主人进了一个房间，这是一个狭长的房间，阳台上有一扇大窗户。阳光从外面照进来，把一切都照得透亮。房间里面有一张床、一把椅子和一个大箱子，墙上挂着一面镜子和一幅圣母像。主人罗西站在床边，床上躺了一个女孩。乔治一下子就看到了女孩那苍白透明的小脸，她一头乌黑的头发，眼睛又大又清澈，神情带着点忧伤。

“这是我女儿，”主人解释道，“她叫安格丽塔，她病了。”

“唉，”小女孩低声说，“我病得很重。我已经两年没下床了，医生不让我下床。对了，你叫什么名字？”

“乔治。”

“哦，”女孩拍了拍手，“那你的名字跟我的教父一样呢。”她抬起头仔细地观察乔治。

“你从哪里来的？”

“提契诺。”

“离这里远吗？”

“嗯，我们整整走了三天。”

“这么远啊！唉，我可能再也不能走路了。”女孩喘了口气，然后把手从毯子里伸了出来。乔治握住了她的手，那只手又瘦又小，比她的脸还苍白不少，就连血管都清晰可见，手心湿湿的，但却很热，乔治吓得把手缩了回去。

女孩笑出了声："别怕，我发烧了。"

"你们还不走？！"女主人的声音从厨房里传了出来。

"别急，妈妈，"女孩努力地大声回答，"我想看看这个新来的男孩。"

"没什么可看的。你们赶紧走。"女主人生气地推了把丈夫，"安格丽塔吃完饭就得睡觉。"

"嗯，我喜欢这个男孩。"安格丽塔说。

"呸，我不喜欢他！"安塞尔莫咆哮着。

女孩说了什么乔治没听见，因为主人这时候已经把他推下了楼梯。乔治朝外走去，在他今天所遇到的人中，她是第一个让他真心感到高兴的人。

对了，她叫什么名字？

安格丽塔，安琪儿，小天使。

乔治悄悄地在心里念了好几遍。

扫烟囱扫烟囱

院子里有一个小棚子。主人罗西拿出了一把梯子、一把扫帚、几根枯树枝和一些其他的工具。他把梯子挂在肩上，然后把工具放进袋子让乔治背着。他们走进小巷，从教堂后面进入了曼佐尼大街。乔治感到很新鲜，不知道扫烟囱的生活是不是和传闻中的一样糟糕？

不过，到目前为止，还没发生什么特别不愉快的事情。街上到处都是人，还有很多马车，主人背着梯子在大街上边走边喊："扫烟囱，扫烟囱咯——清扫壁炉咯——"他喊得越来越大声，乔治跟在后面慢慢走。

有人停下来好奇地看着他们，还有几个孩子怪声怪气地喊："扫烟囱的来了！快看，他们浑身黑乎乎的！"一个满脸痘印的高个子男孩冷不丁从乔治的背后把他使劲往前一推，然后立马跑开了。看着乔治一脸愤怒，街边的几个男孩嘲笑得更加大声了。乔治很不高兴，他们为什么要这样？

"扫烟囱，扫烟囱咯！"主人转过身愤怒地看着乔治，"喂！

你为什么不跟我一起喊？你想让我把喉咙喊破吗？”

“我……”乔治结结巴巴地说，“你没跟我讲过啊。”

“一点眼力见儿都没有，必须要我教你，你才会做？”主人骂道，“我怎么做，你照做就行。”

乔治也喊了起来，每次主人喊完，他就接着喊。不过他的喊声有些虚弱，听起来没什么底气，有时他的声音稍微大一些，那几个跟着他们的男孩就大笑起来。这几个男孩已经跟着他们走了好几条街。不堪烦扰的乔治想把他们赶跑，但主人抓住了他的手：“别管那些人！”

“他们在嘲笑我！”

“也是在嘲笑我，”主人轻声说，“那些孩子跟着我们、嘲笑我们，这是我们职业的一部分，你必须习惯。”

“我不知道我能不能习惯，”乔治倔强地说，“如果有人在索诺尼奥嘲笑我，我会把他痛扁一顿！”

“你现在在米兰，”主人厉声说道，“你不能在这里跟别人打架。不听话，我就揍你。”

两人走得更快了，一路吆喝个不停。“有人在挥手，快上去问问她！”果然，有个女孩正站在三楼的窗户里向下挥手。乔治把工具包夹在胳膊下面，一路小跑，一转弯，却碰到了站在墙边的那群男孩。那个脸上都是痘印的男孩正打着呵欠，似乎是这群孩子的老大。男孩们看到乔治，拔腿就跑。乔治也没去理睬他们，径直来到女孩所在的房子门口。

这是乔治的第一单生意。女孩把他们带进了厨房，乔治从没见过这么大的厨房，单是壁炉就和他们家的厨房一样大。壁炉的左右两边都是鹅卵石，壁炉的上方挂着漂亮的锡盘，壁炉上放着杯子和罐子。总之壁炉布置得像教堂里的祭坛一样庄重整洁。墙边挂着的餐具大部分是用铜做的，一个个干净铿亮，就像镜子一样闪闪发光。

“小姐，您想让我们做什么？”主人捋着胡子，神情友善。乔治从没见过主人用这么和蔼的态度和别人讲话。小女孩神态自若地回答道：“这个周末，我们要做一顿丰盛的晚餐，但是之前壁炉就出了点问题。所以我们想请你们看看有没有问题。”

“好的，小姐。”主人仍然表现得非常谦卑。他走到壁炉前，抬头看向上方的黑洞。“我们得先确认它是不是能正常冒烟。”他又对乔治喊，“做好准备，爬进去。”乔治一脸茫然：“爬进烟囱？我要到里面做什么？”

主人朝女孩挤了下眼睛：“他是个新人。这是他第一次出来跟我一起干活。”

“但愿他能干好。”女孩说。

“放心吧！”主人拍拍胸脯，“我保证，绝对没问题。”

主人把乔治拉了过来。“现在，你把眼睛闭上，然后进去。这儿有一根钢筋，”他举起乔治的手，“摸到了吗？你踩上去然后往上爬，紧接着你就能摸到第二根、第三根，顺着这个爬梯一直爬到烟囱最上面，你就可以从烟囱里伸出头去。”

“那我在烟囱里该做什么呢？”乔治又问。

“把你的胳膊往四周伸展，检查是不是有灰垢把烟囱里面用来通风的小洞堵上了。你用手把它们拽下来就行。”

乔治闭上眼睛，顺着钢筋爬梯往上爬。烟灰一直往他身上掉，他扭着身子，努力躲开那些不断掉落的煤灰。但还是有一些掉进了他的鼻子和耳朵，乔治被呛得打了好几个喷嚏，结果烟灰又掉到了他的嘴巴里，他很庆幸自己没有睁开眼睛。

但是，想找到钢筋爬梯没有那么容易，他刚睁开眼，一大块烟灰就从上面直接砸进了眼睛里，疼得他差点叫出了声。不过，勇敢的乔治咬紧了牙关，继续往上攀爬，两只手不断在烟囱里摸索。每摸到一个小洞，乔治就把手伸进去，拽出烟灰往下一扔，然后继续往上爬。烟囱越往上越窄，乔治的眼睛疼得厉害，里面全是烟灰，鼻子也被堵住了，只能用嘴呼吸，但很快，就连张嘴呼吸都变得无比艰难，他现在头晕目眩，只得转过身背靠着烟囱壁休息一会儿。

“进展如何？”主人的声音从下面传了上来。

“好疼啊！我的眼睛像被火烧了一样，我都不能呼吸了。”

“眼睛疼你还睁着眼睛？你一下子还没习惯。先下来休息吧，过会儿再上去。”

乔治从壁炉里爬出来，难受得一直揉眼睛。女孩笑了：“哈哈，起码你现在看起来像个真正的烟囱清洁工了。”说着，递过来一面镜子。乔治震惊了！全身上下，只有一处白色的地方——牙齿，其他全都黑漆漆的，衣服、脖子、胸口，还有胳膊，全都像被染了色一样。乔治使劲抖了抖，想把身上的烟灰都抖掉。

“啊！”女孩尖叫起来，“你这样会把我的厨房弄脏的！”

主人笑够了，又严肃起来："好了小家伙，现在咬紧牙关坚持住，这次你得爬到最上面去。"乔治又开始往烟囱顶上爬，他紧闭双眼，再次用嘴呼吸。爬到最后一级阶梯时，他感到一阵眩晕，幸亏一阵微风吹进了烟囱，有了新鲜空气，周围的烟尘仿佛也没那么糟糕了……

清理完毕，主人和女孩把烟灰全部扫进桶里。女孩给了主人半里拉："太好了，我希望壁炉能正常燃烧起来。"

"就像我的心在燃烧一样。"主人开起了玩笑，"如果还有烟往下掉，就告诉我们，我们每天都能过来。"女孩又向乔治表示感谢："你也应该得到点报酬，小黑娃。"她从一个装满了葡萄、无花果、橙子和苹果的大筐子里拿出了一个橙子，递给乔治："这是给你的。"乔治难为情地笑了笑，露出一口白牙……

下了楼，新一轮的吆喝开始了："扫烟囱，扫烟囱！谁家需要扫烟囱？"乔治觉得好像扫烟囱也没那么糟糕，至少还有人会把这么新鲜的一个水果送给他，应该很好吃吧？他把橙子放在口袋里，想把它送给生病的小女孩。她叫什么来着？哦，对，安格丽塔。

那群男孩子又来了。"啊呀呀！"那个讨厌的男孩大声喊，"黑娃黑鬼大黑炭！"他们嘲笑乔治，还对他做鬼脸。乔治挥舞着拳头，朝他们吼："你们这群浑蛋！"但主人把他推到了一边："住嘴，还记得我跟你说的话吗？"乔治讪讪地笑了笑，只好作罢。

很快，他们又来到了第二户人家干活。这户人家一整面墙都堆满了书，角落里还摆了一架钢琴和一张大桌子，桌子上面铺满了笔记和书稿。一位老人在屋里踱来踱去，一头凌乱的白发，两只眼睛里布满了血丝。“你们终于来了。清洁工先生，我想烧一些文件。”他指向壁炉里的一堆纸卷，“但只有一丁点火星，根本烧不起来。肯定是因为壁炉里面有东西。”

主人罗西走进壁炉，抬起头来，壁炉不高，大约只有三四米，但却看不见一点光。“教授先生，您请放心，很快就可以搞定了。乔治，爬上去看看！”这户人家的壁炉里没有钢筋梯子，主人蹲下身来，乔治踩着主人的膝盖，爬到主人的肩膀上。壁炉里确实是有什么东西，摸起来有点扎手，凭手感，乔治觉得是木头和稻草。他用力一扯，一大坨东西直接掉了下来。壁炉通了，从顶部看出去，乔治能看到隔壁的房子，还有树梢。

“啊呀，是一个鸟巢！”主人喊道。

“哦，确实是鸟巢。所以其实一直有小鸟和我们住在一起，我竟然完全没有注意到。”老人抓了抓自己的头发，“难怪我好像听见过小鸟清脆的叫声。”他边说边走到钢琴前，飞快地弹了一段悦耳的旋律，然后，哼着曲调，一边打着节拍，一边写起了曲子。

乔治屏住呼吸，听得很认真，主人也睁大了眼睛。女仆拍了拍教授的肩膀：“先生，您还没付钱呢。”老人本来因为被打扰了而看起来很生气，听了这话，笑了起来：“对不起，我差点忘了。先生，您要多少钱？”

主人回答：“一里拉。”“给您，”他把钱递给主人，然后饶有兴趣地看着乔治，“我能给这个孩子些什么呢？”

“哦，”主人说，“教授，您什么都不用给他。”教授没有理会，取下一本小书。“给你。”他把书放到乔治的手心。

乔治非常激动：“谢谢您。但我……我不识字。”

“里面也有插图，看看那些插图也好。”

“我会把它弄脏的。”乔治不好意思地说。

“皮娅会帮你包好的。”

女仆皮娅拿了一份报纸，把小书包了起来。乔治步伐轻盈，如果工作一直是这样的话，他非常乐意。就算一起大声嘲笑他的男孩越来越多，他也不再感觉难过和难堪。现在，他甚至比主人吆喝得还要卖力：“扫烟囱，扫烟囱！扫烟囱需要吗？”

第三个叫住他们的是面包店的伙计。“快来，”伙计一脸焦急，“我们整个后厨都是烟，晚上要卖的面包都没烤！”他们跑进了一条小街，又穿过三个狭窄的院子，来到了面包店的后厨，面包店老板和他的伙计们正站在门口。

“你们可算来了，”面包店老板叫苦不迭，“烟囱堵上了，热气和浓烟排不出去，搞得整个厨房全是烟，呛得人受不了。”果然，后厨里“乌云”密布。“炉子里好像还有残火，得先把火弄灭。”主人说。

“天啊！”老板哀叹道，“我刚刚还庆幸炉子没灭呢，我的伙计必须在六点前把面包送到。”火不灭掉的话，没人能进去。面包店老板只好用布包住嘴，带着伙计拿起长长的钩子，从炉子里把正在燃烧的木块往外掏。烟更大了，什么都看不见，每个人都在不停地咳嗽。

“你也用布把嘴包起来。”主人对乔治吩咐道。主仆两人都包好了，他们硬着头皮往前走。好不容易来到了烤炉附近，主人刚一打开烤炉，里面的浓烟就像一堵黑墙直接倾倒在他们身上。“快把头转过去！”主人喊道。烤炉很热，乔治差点被烫伤。

过了一会儿，主人命令乔治爬上去。乔治害怕极了，犹豫不决，但主人把他推了进去：“这烟囱不高，可能是里面的砖松动了。”乔治试着往上爬，但是炉壁上还是太烫了，烫得乔治嗷嗷直叫。

主人给了他一块浸过水的抹布，乔治把湿抹布包在手上，一边爬，一边摸索。烟囱的确被石头堵住了，他想用劲把石头拽出来，可怎么都拽不动，一使劲，脚下一松，乔治摔了下去……

醒过来的时候，乔治感觉有人在往他身上泼凉水。“再来一盆，再来一盆！”是主人的声音。“他醒了！”面包房的伙计喊道。乔治发现自己正躺在面包店的院子里，浑身湿透，冻得瑟瑟发抖。主人拍了拍他的肩膀，让他站起来。乔治试了试，但胃部一阵恶心，他呕吐起来。

“真可怜啊，都生病了！”周围的街坊围了过来，大家都很同情乔治，纷纷谴责罗西和面包店老板。乔治休息了一会儿，“我感觉……好……好多了。”他结结巴巴，努力扯出一丝笑容。“太好了！烟也散得差不多了！”面包店老板高兴地喊道。主人罗西也很满意：“应该是有几块石头松动了，就把烟囱堵了，乔治摔倒的时候把石头拽了下来。你们明天别生火了，我明早过来把问题再检查一遍。”主人把乔治扶了起来。

围观的人们让出了一条道，当主仆二人来到大街上时，主人才不再掩饰脸上的高兴，乔治却没有像他嘴上说的那么轻松——他头晕目眩，脚也疼得要命。他坐在马路边，可怜巴巴地说：“我走不动了，主人。”

主人思考片刻，把乔治拽了起来：“好吧！来来来，我们先去喝一杯。”主人扶着乔治来到了一家酒馆。他先是自己喝了一杯，然后把第二杯递给了乔治：“闭上眼睛一口闷！[①]”

乔治想学主人，结果一下子被呛到了。太辣了，太辣了，仿佛有人在他嗓子眼用刀使劲捅。乔治忍不住剧烈咳嗽，眩晕感也越发强烈。“往后靠，休息一下。”乔治乖乖听话，头晕好一点了，但肚子却开始灼烧起来，仿佛装了一肚子辣椒。

主人喝了一杯又一杯，当他俩再次回到大街上时，天已经黑了。主人喝多了，摇摇晃晃，这次轮到乔治扶着他了。他们又在曼佐尼大街上走了半个小时，但无论他们吆喝得多响，再也没人找他们干活了，跟着他们的那群孩子却人数越来越多。这群男孩拉扯着两个烟囱清洁工的衣服，给他俩取难听的外号。那个满是痘印的男孩还大喊：“看这两个黑鬼！腿都站不直了，还想扫烟囱呢！两个酒鬼！”

主人直起腰来，怒目圆睁。乔治也很生气，但他现在太虚弱了，根本打不过他们。好在主人终于放话了：“回家吧，今天

① 饮酒有害健康，未成年人禁止饮酒。请勿模仿！

应该没活干了。”

晚上的巷子更加嘈杂，也更加热闹。大多数作坊还开着，工匠们坐在凳子上，或与路人聊天，或与邻居们闲谈。主人摇摇晃晃地走在乔治前面，他不是第一次这样回家了，街坊四邻都嘲笑他，对着他指指点点。乔治走路的时候也晃了晃，鞋匠立马就开玩笑说：“那男孩也喝醉了！”其他人看出了端倪：“他现在脸色灰白，可能生病了。”

乔治把工具放到小棚屋里，然后朝厨房走去：“晚上好，太太，哪里能洗澡？”

“哦，是你啊！”女主人尖声说着，“下楼去洗澡！院子里有个水槽，那里有水。”主人也走进了厨房，他大声嚷嚷：“今天又起火了，差点就……就是一场火灾！再干这个，很快我就会死了。”女主人登时开始大骂：“你又用赚的钱喝酒了，一整天下来一个子儿都没挣到……”

乔治下了楼，水槽位于院子中间，他洗得很彻底，洗了很长时间，洗完澡回到楼上，他终于感觉好多了。乔治走进厨房，主人已经不见了，安塞尔莫母子正坐在桌边，乔治问主人在哪。

“他光喝酒就喝饱了，现在早睡着了，”女主人仍然很生气，“他口袋里一个子儿都没有！”乔治静静地坐在壁炉旁，眼睛直直地盯着桌子。桌子上有一大碗热汤，还有玉米饼和番茄镶肉。乔治饿极了，眼睁睁地看着母子二人大口大口地吃饭。“还是什么都不给我吃吗？”他嗫嚅道。

“你还有脸说。”女主人很快转过身来，“你这个没用的男孩！”她摇了摇头，“被一点点烟熏到就能晕过去？另外，如果你的主人下次还像今天这样喝醉了回家、一分钱都没赚到的话，你什么都别想吃到！给我记住了，下次给我好好看着他！”

安塞尔莫幸灾乐祸地看着他，故意闻了闻食物的香味，然后拿起一块金黄色、香喷喷的玉米饼大声咀嚼，这已经是他吃的第四块了！

这时，从走廊的房间里传来了悦耳的声音：“今天，我也没有东西吃吗？”

“天啊，我差点把安格丽塔忘了！”女主人急忙跳起来，盛了一大碗，跑进了房间。

“你觉得我们今天这晚饭如何？”安塞尔莫坐在桌边，用他青蛙一般的眼睛挑衅地瞪着乔治，一张大嘴看起来非常吓人。乔治什么也没说，只是生气地回瞪，他还没跟安塞尔莫算账呢，这家伙中午无缘无故地踢了他一脚。

“我能去院子里吗？”女主人进来的时候，乔治问。

“去院子里？”她掐着腰说，“干完一整天的活儿，还有劲儿在夜里闲逛是吧？你明天必须五点起床。安塞尔莫，你把他带到马厩里去！”

“快点！”安塞尔莫推着乔治，仿佛在驱赶骡子。

一个栅栏将马厩分成了两部分，乔治往里看了看，那间被隔出来的马厩放着一些不用的杂物，有瓶子、罐子、几条裤子、一堆破布、一把破躺椅，还有一些垃圾，这都不能算是一个房间！

“给我进去！”安塞尔莫打开了栅栏的门，像他母亲一样粗鲁地命令道，“快点！”安塞尔莫踹了一脚，乔治猝不及防，摔倒在地。乔治生气地爬起来想要找这浑蛋算账，但安塞尔莫这时已经关上了栅栏，上好门闩，大笑着朝他吐着舌头。

“开门！”乔治生气了，从里面猛撞栅栏。“哈哈哈哈！”安塞尔莫在外面狂笑。

“给我安静点！”女主人走出了厨房，“你给我乖乖地待在这里！之前那些扫烟囱的男孩也是睡在这里的。没有人能从我的栅栏里逃跑。八十三里拉可不能白花。你也别想着夜里跑去街上或者院子里。”她一脸鄙夷地笑着：“养小鸟就得装进笼子，养小狗就得拴上绳子，像你这样的小流浪汉晚上就得直接关起来。”说完，她抓住自己儿子的手，换上了另一副面孔：“走，咱们回去。”

乔治一下子泪流满面。马厩里太小了，他连转个身都很艰难，站起来又会碰到头，他把破麻袋铺在破躺椅上，麻袋太硬了，躺椅又太滑，肚子还一直咕咕叫。要是这个时候他能吃块玉米饼就好了！躺椅睡不了，乔治只好躺在地板上，他把几块破布垫在身下，闭上眼睛，脑海里不受控制地回忆起这一整天的经历。烟囱变成了黑不见底的深渊，弥漫的浓烟像一双无形的手扼住了他的喉咙，一团团的烟尘又变成了黑乎乎的油腻食物，仿佛吃一口就会被直接毒死。但他的眼前同时也浮现出了一些美好的画面：那位文质彬彬的老教授正为他弹奏着美妙的钢琴曲，还有那个一直在温和地安慰他的女仆。但很快，这两人又消失在一片暗淡无光的迷雾之中。

为了摆脱这一片迷雾，乔治试着去回忆家人的样貌，祖母、双胞胎弟弟、父母，还有他的那些小动物。他好像还看到了老猎人巴瑞塔，还有酒馆老板和他的儿子。但这些画面很快也被烟尘和浓雾再次吞噬。黑暗中，乔治仿佛听到有人在喊他的名字，本以为是梦境，这声音却越发真实，乔治惊讶地支起身来："是谁？"

"是我，安格丽塔。"这声音就在附近。

"你？"乔治惊讶极了，连声音都大了一些，"你怎么下床了？"

"嘘，安静点！"

"你来做什么呀？"

"我给你留了番茄镶肉和一些玉米片，小心点，现在我把门闩打开，你来我房间吃！"随着门闩"咔嗒"一声，乔治听到安格丽塔迈着小步跌跌撞撞地回到了她的房间，乔治跟了过去。安格丽塔的房间里有一幅圣母像，下面挂了一盏小灯，光线虽然微弱，但是乔治看得一清二楚。

"坐这儿，"安格丽塔指着自己的床说，"吃吧！"乔治顺从地走到床边坐下。安格丽塔的盘子里盛得满满的。"我吃了，你怎么办？你不会饿吗？"乔治问。安格丽塔摇了摇头："我很少觉得饿。"

两个小朋友边吃边聊天，乔治告诉了安格丽塔在索诺尼奥的一切，还提到了安妮塔，甚至还给她看了安妮塔送给他的项链。"你一定爱着安妮塔，"安格丽塔用一种肯定的语气说道，"和我的名字真像，对了，你知道我为什么叫安格丽塔吗？我的名字是‘天使’的意思，天使给人带来快乐和幸福。医生说我就要死了，但是如果我真的像我的名字那样，死后变成了天使，我会在你身边保护你的。”

乔治被感动了，他看着眼前这位天使一般的小姑娘，她的皮肤像天使一样娇嫩透明，脸像墙一样洁白，眼睛深陷在眼窝里。她躺在枕头上，深黑色的头发像一个花环，环绕着她。

“对了，”乔治突然想到了什么，“我有东西要送给你。”他偷偷溜去马厩，把白天那个漂亮的大橙子拿了过来，还有教授送给他的小书。

安格丽塔高兴得拍起了手，又问起了乔治白天干活的情况，乔治说了一些，但是并没有告诉安格丽塔他白天被烟雾熏得窒息，以及有人把水泼在他身上的事情。说着说着，乔治的头越来越低，声音越来越小。

安格丽塔推了推他：“你走吧，赶紧回去睡觉吧。”

乔治回到了马厩，这一次，他没有因为被关在这里而感到委屈或生气。相反，他还很高兴，因为这让他和安格丽塔拉近了距离。他躺到地上，女孩把门闩合上，然后仿佛一个真正的天使，轻盈地飘走了。

小　偷

早晨五点整，女主人准时叫醒乔治。她一边敲着栅栏，一边打开门闩：“起来！给我起来！”乔治仍然觉得很累，浑身酸痛，好像梦里被谁殴打过一样。他还感到非常饥饿，好心的安格丽塔给他的食物只能让他过过嘴瘾，却并不能让他吃饱。

女主人并不打算在乔治干完活之前给他任何食物。今天以及以后每一天的早晨，乔治都必须按照女主人的吩咐，把一桩桩一件件的活计干好——在这个家里，他不仅仅是一个烟囱清扫工，还是一个随叫随到的仆人。

乔治必须先把厨房和走廊打扫干净，然后去院子里取水把所有的水壶都灌满，他跑上跑下，忙得不可开交。不过，乔治把安格丽塔的房间留在了最后打扫。这样，他就能跟她打招呼了：“早上好啊！”

安格丽塔甜甜地说了声谢谢。她的脸色看起来比前一天晚上更加苍白，近乎透明。放在白色毯子上的小手异常干瘦，如同枯叶一般。

“昨晚睡得好吗？”安格丽塔问。

乔治点了点头，虽然他睡得一点都不好。坚硬的地板硌得他浑身都疼，但是他并不想表现出来。

安格丽塔说：“我把你给我的书读完了。故事里一贫如洗的主人公年轻时去澳大利亚淘金，晚年衣锦还乡，回到了意大利，感觉是个真实的故事呢。你晚上有空的话，我读给你听。”乔治迅速地点了点头，女主人又在喊他了。去巷子里买完面包和大米之后，乔治终于可以坐在壁炉旁边好好歇一会儿了，女主人给了他一大罐黑咖啡和一块面包。主人这时已经从宿醉中醒了，这会儿正坐在角落里，边吃着早餐边发着牢骚。

吃完早餐，主仆二人出去找活干。他们先是回了趟面包店，主人把壁炉里面的砖垒得严严实实，然后又清扫了烤箱和壁炉。乔治的工作也没有那么艰难了，一旦他的肺逐渐适应了烟尘、蒸汽和煤灰，他就没那么容易头晕，更不会轻易晕倒了。很快，他也不那么害怕爬进烟囱里了。他突然想起祖母曾经说过：“人早晚都会死的，我们只是不知道会在年轻时还是年老时遇见死神。”

中午，主仆二人准时回家，如果乔治能够成功阻止主人进入路过的所有酒馆，或者确保主人只喝了一杯格拉帕酒或一杯红酒的话，他们俩回家之后就都还能有午饭吃。要是一直干活干到晚上，乔治就很难将主人准时带回家了。不过，就算主人把他们俩一下午挣的钱都花在了喝酒上，乔治也知道安格丽塔会给他留些食物——趁晚上大家都睡着之后再偷偷给他。

每天晚上，安塞尔莫还是会把乔治像个犯人一样推进栅栏里。不过，这个可恶的青蛙脸再也不能给他苦头吃了。如果安塞尔莫想踢他或是推他，乔治会举起他的拳头来反抗。

唯一令乔治感到艰难，甚至可以说是难以忍受的事情，就是街上的男孩听从那个痘印脸男孩——乔治听到他的手下喊他“痘霸”——的命令，每天都嘲笑他、朝他吹口哨，每一天！后来，乔治竟然发现安塞尔莫和痘霸是一伙的。安塞尔莫绝对不敢公开嘲笑自己的父亲，但他似乎在暗中煽动那群男孩跟乔治对着干！

这天晚上，乔治和安塞尔莫摊牌了。“我知道你跟那个痘霸是一伙儿的，”安塞尔莫把他带回马厩时，乔治突然发话，“但如果让我再看到你和那家伙在一起，我就会告诉你的父亲。”

安塞尔莫眼露凶光，咧着大嘴，好像要把乔治一口吞下：“你去啊！你以为我就什么都不会跟他说吗？”两人隔着栅栏对视，眼睛里都要冒出火来。良久，安塞尔莫朝乔治恶狠狠地喊道：“你给我等着！你竟然敢威胁我，你看我回头怎么弄死你！你这个流浪汉！”他往栅栏里吐了一口口水，怒气冲冲地转身而去。

一天早上，主人准备出发的时候，突然大喊：“我的钱包不见了！”“什么！”女主人尖叫起来，乔治也走了过去，而安塞尔莫则在自顾自吃着面包，喝着咖啡，好像一切都与他无关。

“只剩两里拉了。”主人翻遍了所有的口袋。

“两里拉？！”女主人崩溃了，立刻哭了起来，“一定是你昨天把钱包弄丢了！”

“不，”主人说，“昨天晚上我进屋的时候钱包还在。”

“在哪儿？”安塞尔莫头都没抬。

“在我的大衣口袋里。”

安塞尔莫嗤了一声，嘴里还嚼着面包。“那就只能是这个家伙把钱包拿走了，”他用那双青蛙眼得意又恶毒地看着乔治，“我昨晚看见他手里拿着你的钱包。”乔治既愤怒又害怕，这就是青蛙脸所说的报复吗？

“你？”主人不可思议地看着乔治。经过这几天的相处，主人已经完全信任这个安静、能吃苦的男孩了。

“你！”女主人也叫了起来，瞪着乔治，上前一把抢过乔治的工具包。乔治赶紧大喊：“我没有！”

“你还想抵赖？”女主人叫得更大声了，直接扇了乔治一巴掌。

“我真的没有！”尽管眼泪还是流了下来，但乔治直视女主人的眼睛，毫无惧色。

“你到底有没有看到？”女主人又转向了自己的儿子。

安塞尔莫神情自若：“我当然看到了。他从裤子口袋里拿出了别的东西，把钱包放了进去。”

“你在撒谎！”乔治把裤子口袋翻出来给大家看。

“谁知道你把钱包藏在哪里了，”青蛙脸安塞尔莫耸了耸肩，“你们见过有小偷会把赃物藏在自己的身上吗？”

女主人气到了极点：“你这个小坏蛋，你还撒谎？我就应该把你的骨头都打断！”主人看了看自己的妻子和儿子，然后又看了看他的小烟囱清洁工。“你真的没有拿吗？”他第二次向乔治问道。

“不是我！”乔治急得直跺脚，“我没有拿钱包！”

“我也相信不是你，不过我们要把事情弄清楚。”他看了看儿子，“昨天晚上，乔治不是被关在马厩里的吗？如果他真的偷了钱，那钱包就只能在他的‘房间’里。我们先出门干活，你们去乔治住的地方看看。到时候我们就知道乔治到底是不是小偷了。”女主人盯着自己的丈夫看了好一会儿：“你好像更信任他，而不是你自己的儿子。”

“他们两个我都相信，中午我们就会知道真相了。快点，现在得走了！”主人罗西拉着乔治的手，“已经八点了。”单纯的乔治为此感到庆幸，他们怎么可能凭空找到他压根没碰过的东西呢？他安静地跟在主人身后，认真地干活，期待到了午饭时间，可以回家证明清白。

中午，女主人罗西太太已经在大门口等着他们了：“吓，小偷回来了！”小巷里的人都像看罪犯一样看着乔治。

“找到你的钱包了！”她朝主人喊道，“地上有一里拉，安塞尔莫把钱包从那堆破布里翻了出来。这小坏蛋还能把钱包藏哪？你可真是带了个宝贝回家啊！”乔治愣住了，还没等他反应过来，女主人就已经走到他面前，左右开弓，对着他啪啪扇了好几个巴掌。周围的街坊——尤其是那个木匠——开始在一旁煽风点火：“揍他！”“快揍他！”“真是个小坏蛋！”

罗西太太在周围人的谩骂起哄声中，使劲揍乔治。没多久，周围人也开始撸起袖子，一起跟着踢打可怜的男孩了。就连主人现在也相信乔治是小偷了，但他还是把自己的妻子推到了一边：

“如果乔治真的是小偷，你可以在家里给他苦头吃。为什么要弄得一整条街的人都知道？”

女人尖叫起来：“我就是要让所有人知道，你花了八十三里拉买来了一个什么样的货色。我告诉你，你今天就给我把他带回‘金罐’，把钱给我要回来。”主人罗西拎着乔治的耳朵把他从地上拽起来走回家去。罗西太太紧随其后，一路上骂骂咧咧。她正要再继续动手，主人发话了：“把这孩子交给我！”

他把钱包放在乔治眼前：“你不仅偷了我的东西，还欺骗了我，辜负了我对你的信任。”

“我既没有偷窃，也没有撒谎。”乔治一边哭，一边倔强地说。

主人大发雷霆，高高举起钱包：“但这就是证据，安塞尔莫在你的房间里找到了它。”

“反正我没偷，我以神的名义发誓，我碰都没碰过它。”

“真是个浑小子！”主人脸上的肉气得拧在了一起。

“问他把剩下的钱藏到哪里了。”女主人又说，“如果他不老实交代，我绝对不会放过他！”说着，她一只手抓住乔治的头发，另一只手拿起木鞋，使劲地抽打乔治。

“哎哟！哎哟！”

“住手，你会把他打死的！”主人警告她。

“你在干什么，妈妈？”安格丽塔突然出现在了门口，她倒在地上拼命往前爬。

“我的孩子！”罗西太太惊恐地叫了起来，放开乔治，冲向安格丽塔，把她抱了起来，想把她带回房间。安格丽塔抓着门框，质问自己的母亲："你在干什么？"她看到乔治的脸上又是血又是泪，泪水也从她苍白的脸上流了下来。

"这个小坏蛋偷了钱，他还撒谎。"女主人想把安格丽塔从厨房里拉出去。可安格丽塔紧紧抓住门框："不，我不去床上。除非你保证不再打乔治，否则我不会离开。"

"他把我的钱都偷走了。"父亲也说话了。

"你们不能再打他了。"安格丽塔坚持。

"好吧，我们不会再打他了。我会把他锁起来，直到他承认偷了我的钱包并且告诉我们他把剩下的钱藏到哪里去了。"主人把乔治拽起来，想把他关到马厩里。安塞尔莫跳了起来："让我来！"

乔治浑身颤抖，安塞尔莫把乔治拽起来往马厩走。快进门的时候，他使劲一踹，乔治就像子弹一样飞到了破躺椅上。乔治感觉身体要裂开了，但比起身上的伤痛，更让他伤心的是，他竟然被冤枉是个小偷，他这辈子从来没有偷过东西！从来没有！乔治的眼前开始浮现出那些街坊可怕的嘴脸，那些人一起咒骂他、羞辱他，还殴打他。但最让他痛苦的是他的主人，连他也不相信自己。

唯一让他感到幸运的是安格丽塔，这位天使一样的女孩竟然去厨房救他。她应该知道他是无辜的吧？唉，到了晚上，要是他能把一切都告诉她就好了！也许她有什么建议？

一整个中午，乔治都待在破烂堆里，双手捂脸，什么也不想看，什么也不想听。主人罗西来了又离开了。女主人每次从栅栏前面经过，都会使劲羞辱他、咒骂他。大约晚上七点钟的时候，主人回来了。乔治听到了他们吃晚饭的声音，还听到女主人把食物端给安格丽塔。虽然他从早上到现在一点东西都没有吃，但也没感觉到饿。身上仍然很痛，头上鼓起来好几个大包。这时，好像又有谁过来了？乔治感觉有人悄悄地站在了栅栏前。

“安格丽塔？”乔治欣喜地抬起了头。安塞尔莫的那张青蛙脸一下子出现在了栅栏前面。“嘿！你好啊！”安塞尔莫咧着大嘴，笑得无比得意，“是我！哈哈，你现在感觉怎么样了？现在，你觉得我父亲更相信谁呢？”

乔治之前猜得没错，这就是安塞尔莫的复仇！是安塞尔莫偷了钱！是安塞尔莫嫁祸给了他！剩下的钱一定还在安塞尔莫的手里！“是你！”乔治咬着牙说，“是你陷害我！”“要是有人相信你就好了！还有，我父亲已经和警察谈过了。明天他们就会来接你，你就应该去坐牢！你这个流浪汉！”安塞尔莫朝乔治吐了吐舌头，转身走了。

乔治还在等安格丽塔，但她一直都没有出现。“她为什么还没来？难道她也认为我是小偷吗？”乔治心里一阵绝望。如果就连安格丽塔也真的这么认为，他该怎么跟主人说清楚呢？谁还会相信他？乔治越来越伤心，他可能要被关进监狱了。他的父亲、母亲、奶奶和安妮塔很快都会知道他——乔治因为盗窃罪入狱。

乔治突然想到了阿尔弗雷德。现在他能找的也只有阿尔弗雷德了，但怎么才能找到阿尔弗雷德呢？但乔治并没有完全丧失希望，他还在聚精会神地听着外面的声响，静静地等待着安格丽塔的脚步声，但她一直没有出现。

教堂传来了午夜十二点的钟声。接着又响起了一点、两点的钟声，安格丽塔肯定不会来了。

乔治必须远离这些人，远离在这房子里受到的一切耻辱和痛苦！

乔治之前就发现马厩里的一堵墙破了个大洞，只有两块木板钉在上面。之前他还嫌弃木板漏风，现在倒是成了救命的通道。乔治掰开了木板，擦干眼泪，钻了出去。他翻过一堵堵墙，穿过一个个院落，又爬过两个棚屋，终于站到了曼佐尼大街上。

黑夜中的大街阴森又恐怖，宽阔的道路上一个人影都没有，街边的房子仿佛高高的监狱围墙，似乎要将乔治一把困住。乔治跑得越来越快，越来越快。他要去找阿尔弗雷德！但他不知道具体的方位，只知道名字，他能找谁问路呢？在这座陷入沉睡的城市里，乔治似乎是唯一在路上转悠的人了。

教堂的钟声又一次敲响，三点了。乔治看到了一个巡逻兵，他本想上前问路，突然又想到卫兵肯定会问他这么晚在大街上干什么，最后说不定还会把他带走。于是，乔治躲了起来，等到巡逻兵过去了，乔治飞快地穿过广场，来到一条运河边。河水在两岸之间缓缓流动着，月亮高高地悬在夜空，把皎洁的月光铺满了大地。

头上的肿块开始隐隐作痛，乔治从山坡上爬下来，拐进了灌木丛，打算歇一会儿再去找阿尔弗雷德。突然有人低吼一声：

“停下，不然我开枪了！”乔治转头发现一个高大的留着络腮胡子的男人正举着枪看着他。这人穿了一身黑，就连帽子都是黑色的，黑暗之中，乔治只能看到他那双明亮的大眼睛。

“我……我只是个小小的烟囱清洁工。”乔治结巴起来。

“那你在这里做什么？”这人咆哮道。

“我想休息几分钟。”

这人抓住乔治的手，把他拖进灌木丛里。没想到这里还有好几个人，他们正围着一个火堆。“我发现了一个人，”大胡子说，“他刚刚从桥上监视我们来着，奥古斯托，快点揍他！”

“把他扔过来！”有一个人边说边站了起来，他肯定就是奥古斯托了。大胡子把乔治往前使劲一推，乔治差点掉进了火堆。奥古斯托一把将他抓住，然后拖到了身边：“行了，小伙子，说吧！但是你给我说实话，明白了吗？”

奥古斯托看上去比那个大胡子更加高大粗犷、更加桀骜不驯，乔治害怕极了：“我……我是个烟囱清洁工，他们冤枉我偷东西，但我真的不是小偷！所以我逃跑了。现在我在寻找我的朋友，他叫阿尔弗雷德。”除了奥古斯托和大胡子之外还有两个人，乔治解释的时候，这俩人已经从火里把锅拿了出来，拔出刀，在锅里搅拌。一阵阵肉香袭来，乔治的肚子开始咕咕直叫。

“那么，你真的没有偷东西？”奥古斯托饶有兴致地朝乔治眨了眨眼睛，“好了，在我们面前，你不必撒谎！现在，你正处在全米兰最厉害的一伙人里，我们需要像你这样的人。”

“嘿，”正在火堆边看着食物的大胡子突然转过头说，“他能帮我们做什么？”

“他暂时还做不了什么，”奥古斯托回答道，“但如果他和我们待上一段时间，他就会成为一个了不起的人物。”

“我们凭什么留着他？”

“也对，那回头对他做个测试。如果他通过了考验，他就可以和我们在一起。”奥古斯托一边说，一边看着乔治。乔治一脸困惑，他不知道事情为什么变成这样了。奥古斯托又问乔治：“你饿了吗？”乔治头点得比啄米的小鸡还快。

“那就一起吃吧，”奥古斯托从锅里拿出一块肉，“吃完我们赶紧出发。”乔治没有理由拒绝。锅里煮的是羊肉，乔治也不怕烫，直接把手伸进了大锅，拿出一块羊腿快速啃了起来。“你慢点吃！”大胡子不满地抗议，“给我们也留点。”

乔治从来没有吃过这么香、这么好吃的肉。他大口咀嚼，一块接着一块，好像要把所有的肉都塞进自己的肚子里。大胡子大笑起来：“好吧，你好像很久都没吃东西了，简直就像一个饿死鬼。”

“我……啊呜……一整天没吃东西了。”乔治的嘴里塞满了食物，声音含糊不清，“平时也就只有干面包或者玉米片。”

“如果你好好听话，和我们待在一起，你就再也用不着吃那些东西了。”

“我要跟着你们做什么呢？”乔治朝大胡子害怕地看了过去。

“回头你就知道了。”大胡子一边说，一边拿出一大瓶酒喝了一大口。奥古斯托把火灭了，对乔治正色道："我们要让你做的，就是今天令你逃跑的事。"说完，他轻轻地笑了两声。

乔治没听懂，但他没有时间去思考，附近断断续续地响起了"喵喵"的声音。奥古斯托也"喵喵"地叫了两声，然后说："我们该走了。"几个大汉让乔治走在中间，他们沿着河走，放哨的人也过来了。他们在一起嘀嘀咕咕说了一会儿，然后又分开了。有两个人从运河边的灌木丛里拖出了一条小船。一行人爬进船，驶往宽阔的湖中心，那里停了一艘大木船。大胡子和乔治，还有奥古斯托则留在了岸上。

"你现在到街上去，"大胡子对乔治吩咐道，"你就站在灌木丛后面，如果你看到或听到有人过来，你就'喵喵'叫！就像你刚刚听到的那样，懂了吗？"

"你们到底在做什么啊？"乔治又好奇又担心。

"我之前就告诉你了，我们要去取我们需要的东西。白天没拿到，我们就晚上来了。"

"你们……是……是小偷！"乔治又结巴起来，他害怕极了，汗水顿时从他的额头上冒了出来。大胡子笑了："是的，小偷先生。我不是早就跟你解释过了吗？"

"但……但我真的不是小……""这不重要，下次再说，"奥古斯托粗暴地打断了乔治的话，"现在你就过去藏好，小心点！"乔治顺从地爬回山坡，月亮还挂在天上。四周无人，一点声音也没有。乔治心中越来越忐忑，他变成了自己最不想成为的人——盗窃团队的同伙！他怎么就陷入了这样的境地？

过了一会儿，乔治听到了划水的声音——那条小船回来了。乔治目不转睛地盯着前方，突然身后冷不防有人低吼一声，是大胡子。“伙计，这里有一袋无花果干，是给你的报酬。你可以在街上找个地方把它卖了，也可以自己吃掉。如果你愿意和我们一起，你明天还是到这里来。但是别想着出卖我们！我们会把每一个叛徒扔进水里，就像淹死一只猫。”最后一句话，大胡子是一字一顿地说的。

乔治很想告诉大胡子，他明天不来！他真的不是小偷！他也不想要那袋无花果。但是大胡子早就不见了。现在该怎么办？把无花果扔下？沿着河岸等天亮？天啊，乔治看见一个巡逻兵正在朝他走来！他的心快跳到嗓子眼了。如果被发现就完蛋了！乔治拔腿朝另一个方向跑去，身后接连传来了尖锐的口哨声。乔治刚拐过路口，就被巡逻兵从背后抓住了，他力气奇大，乔治像被钳子夹住一样动弹不得。

“男孩，你为什么要逃跑？”巡逻兵问道。

“我是冤枉的，”乔治绝望地喊道，“我什么也没偷，什么都没偷！”

巡逻兵笑了起来：“我从来没有见过有哪个贼会说自己有罪的。我都没说什么，你这不是此地无银三百两吗？我得带你回去。一个在凌晨四点看见士兵像躲魔鬼一样的男孩肯定不是什么好人。”巡逻兵拿出一条绳子，捆住了乔治的双手：“好了，小伙子，走吧！”

几分钟后，乔治被关进了一间低矮、黑暗的牢房。除了他，房间里的其他人——一个老妇人、两个男孩都睡着了。黑夜还没有过去，恐惧和绝望又一次袭上心头。一天之内，乔治不仅被冤枉偷窃，然后还被逮捕了，像一个真正的罪犯一样被关在牢里。更重要的是，乔治觉得自己已经不清白了，因为即使他没有偷窃，他也成了一伙小偷的帮凶。想到这里，乔治难过地哭了起来。

“唉，要是老老实实地待在马厩里，现在就不会被关进监狱了，呜呜……”乔治后悔不已。而这时候，主人罗西一家也乱成了一锅粥。

过去的一晚，安格丽塔躺在房间里无法入睡，替乔治感到由衷的担心。一开始她只是觉得乔治被打得太重了，所以才努力站起来去帮他。后来母亲不停地向她解释揍乔治的理由，她的担心又多了一层，直觉告诉她——乔治是清白的。

母亲搂着她，安格丽塔浑身发烫、不停地战栗，脑海中却在仔细回想这两天发生的所有事情。她清楚地记得，从挂在她床上的镜子里，她两次看见安塞尔莫手里拿着父亲的钱包。当时她根本没多想，她以为是父亲或母亲让安塞尔莫去拿钱的。

现在，安格丽塔已经猜到真正的小偷是谁了，她马上又猜到了安塞尔莫为什么要这么做。她很了解自己的哥哥，知道他有什么本事。她也很了解自己的母亲，她知道如果真的是哥哥偷了钱，母亲对乔治的态度只会更加恶劣。所以，她必须得等晚上告诉父亲。然而，这事让父亲心烦意乱，他一直待在酒馆里，都已经夜里十点了，他还没有回家。安格丽塔思绪翻涌，辗转难眠。

尽管这位母亲无微不至地照顾女儿，但一整天下来，安格丽塔的病情还是越来越严重了。睡觉前，罗西太太注意到女儿发烧了，忧心忡忡的老母亲直接把床垫拖进了女儿的房间，轻声安慰道：“我晚上和你一起睡，照顾你。”现在，安格丽塔既不能在父亲回家时把他叫过来，也不能去向乔治问个清楚了。一整夜都是如此令人绝望。

母亲睡着了，呼噜声一阵高一阵低。安格丽塔发着烧，内心备受折磨。直到天快亮了，她才迷迷糊糊地进入了梦乡。但半小时之后，她就被一声尖叫惊醒。母亲发现乔治不见了，她尖叫得那么大声，好像被抢劫了似的，紧接着，父亲和哥哥安塞尔莫也出现在了走廊里。母亲的声音更响了：“这坏小子畏罪潜逃了！鬼知道他还从我们家拿走了什么东西！”她又转过头对丈夫说：“你马上去找卫兵，让他们去抓乔治！”

安塞尔莫也很疑惑：“我明明把栅栏锁上了，看，门闩还是好好的。”

“他可能翻墙或者从地道跑了，”罗西太太对她的丈夫继续咆哮，“我从第一天起就不相信这小子，你这个蠢货却那么相信他！”安塞尔莫走到栅栏里查看，很快便发现了端倪：“这儿有一块木板！他从这里跑的！”

女人继续絮絮叨叨地说着：“我们应该庆幸这小子没有把我们家洗劫一空，也没放一把火烧了咱。我现在就去换衣服，然后去报警。”

安格丽塔听到乔治不见了，哇哇大哭起来，母亲立刻冲到她的身边。“怎么了，孩子？天啊，”母亲也哭了，“自从这家伙来到我们家，我女儿的身体一天比一天差。”但安格丽塔不想和母亲说话：“父亲呢？”罗西过来了，他还穿着睡衣。他惊讶地看到女儿竟然站了起来，一双大眼睛因为哭泣肿成了核桃。

“父亲，乔治真的走了吗？可怜的乔治！”

“你竟然还可怜他？”母亲觉得不可思议。

“根本不是乔治，父亲，母亲，是他，”安格丽塔指着自己的哥哥，“是哥哥偷了钱！”她把昨天在镜子里看到的一切都告诉了父母。父亲大发雷霆，拿出皮带走向罪魁祸首，罗西太太却立即挡在儿子身前，大喊：“你别打他！他是你儿子啊！”有了母亲的掩护，安塞尔莫赶紧跑进乔治住的马厩，也从洞里钻出去逃走了。丈夫没追上安塞尔莫，罗西太太松了一口气。突然，她想到了什么，又开始害怕起来：“你昨晚是不是去找警察了，要是警察来了，我们要怎么说？”

幸好罗西昨晚并没有去找警察，而去了“金罐”找酒馆老板恩里科商量。老板劝他不要报警，否则不仅钱没了，乔治一旦被关起来，就再也不能给他干活赚钱了。女人第一次对自己的丈夫感到满意。

“父亲，”安格丽塔说，“你现在应该去找找乔治，告诉他，你知道他不是小偷！”罗西安慰了女儿一番，他也正打算这么做。他到酒馆去询问，还到城里的哨所去打听，问到第三个哨所的时候，罗西终于得知昨晚有一个可疑的小男孩在运河边被逮捕了。

典狱长带着他穿过警卫室，推开了窗户，罗西往里看了看，肯定地说："是他。"

"那么，"典狱长问，"他为什么要从你身边逃跑呢？"主人罗西把一切都告诉了典狱长，但是省略了自己儿子的那一部分。

"怪不得他总是大喊'我不是小偷'，今天运河上又有条船被偷了。我们就是在运河旁边发现这个小伙子的，所以我们还以为他也是盗窃团伙里的一员。最近几周，这个盗窃团伙弄得大家人心惶惶。"

乔治听到有人在牢房前说话，他认出了主人的声音。完蛋了，现在一切都完蛋了，他痛哭起来。牢房的门开了，主人罗西走了进来。但他看上去一点都不像要难为他的样子，反而对他伸出了手："来吧，孩子！"

乔治愣住了。

典狱长催促道："你可以走了。如果还有下次，记得千万别逃跑。当然啦，被误会是小偷然后无罪释放总比真的因为盗窃而被关起来要好得多。"乔治不知道这一切怎么发生的，他还以为发生了奇迹。

乔治跟主人来到了小酒馆，得知逃跑以来发生的事情，这个惊魂未定的男孩才松了口气，接过了主人递过来的茴香酒。

一切都在往好的方向发展，比乔治想象的要好得多，这全都因为他的小天使——安格丽塔。

乔治现在更加喜欢安格丽塔了，比对父母、祖母和他亲爱的安妮塔的喜欢还要多！

“我向你保证，”主人对他说道，“从今以后，我会让你过上好日子的。”

野狼少年团

主人罗西遵守了诺言，乔治确实过上了好日子，安塞尔莫还向他道歉了！主人还跟街坊邻居编了一个故事，试图让人们相信，他们也是不小心才会将这个小烟囱清洁工当成小偷的。但渐渐地，真相还是传了出来，安塞尔莫也因此受到了邻居们的指指点点，这个可恶的青蛙脸再也不能把乔治锁在马厩里了。但乔治知道，他们之间的仇怨并没有完全结束……

从那以后，马厩的门一直敞开着，乔治甚至晚上也可以出去。除此之外，生活几乎没有什么变化，他还得继续当一个合格的仆人。让他最为高兴的是，他现在可以经常去找安格丽塔，不需要等着她把他从马厩里放出来。乔治告诉了安格丽塔那天晚上发生的一切。安格丽塔听得入迷，然后告诉乔治这件事不要再跟任何人讲了。“因为，”安格丽塔一脸严肃，“那天晚上，你确实是盗窃团伙的一员。”乔治立刻答应了，他也感到很幸运，因为如果哨兵审问他的话，他极有可能会“出卖”大胡子一伙人。

乔治清扫烟囱的手艺也越来越好了，主人对他很是满意。

只不过，街上那群男孩对他们的嘲弄和羞辱并没有停止。痘霸说话越来越难听了，他不知道从哪里听说乔治偷东西——大概率是安塞尔莫说的——竟然给乔治取了新的外号，喊他“小黑贼”“黑心肠”。主人安慰他：“扫烟囱的男孩和街上的男孩从来都不对付。你不用把他们当回事，你越当回事，他们就越是变本加厉。”但自尊心极强的乔治实在不愿一直沉默，只能屈辱地面对同龄人的讽刺和奚落。

这天晚上，乔治看到痘霸一个人坐在街角啃甜瓜，机会终于来了！

“你为什么总是欺负我？”乔治从后面接近。痘霸正吃得不亦乐乎，听到乔治的声音，他吓了一跳，转过脸来讪讪地说：“我就是在找乐子。”

“但我不喜欢这样！”

“我不在乎。”

乔治把他拽起来，威胁道：“我揍你一顿，你就在乎了吧？”

痘霸垂下了眼睛：“好呀，你可以试试。”他嘴里还在嚼甜瓜，一刻都没停过。乔治仔细打量他，他敢肯定，尽管这个男孩有一双结实的手，但是肯定没有自己的手有劲。“你有本事试试啊。”男孩对他眨了眨眼睛。乔治把他推到一边。男孩没有退缩，继续挑衅：“来啊。”乔治站到男孩面前：“我真的要揍你了！”

“哦？”男孩突然一脸坏笑，“我看到底是谁会挨揍！”话音刚落，乔治身后走出来两个男孩——他被包围了！乔治终于明白这坏家伙原来一直在拖延时间，就等着同伴过来。乔治身后站着两个人。其中一个看起来像野猫一样暴躁野蛮，脸长得也很像野猫，他愤怒地跳来跳去，就跟脚上着火了一样；另一个身材壮实，长了一头稻草般的黄发，但只有一只眼睛。

“还想打我？”痘霸站了起来，一步步逼近乔治。乔治脑筋转得飞快——现在对方一共三个人，很有可能几分钟之内就会变成十几、二十个，得尽快脱身。

“对，我就是要揍你。”乔治一拳击中了痘霸的脸。可痘霸却没有退缩，反而迎头撞了上来。乔治费了九牛二虎之力，终于冲出了男孩们的包围圈，成功跑掉。两个男孩想追他，但痘霸阻止了。“别管他，”乔治听见他在后面大声说，“看他明天还跑不跑得掉！”

从那天晚上开始，男孩们的表现更加恶劣了，他们用言语恐吓他，个子小的用石头砸他，体格壮的则直接上前撞他。安塞尔莫也在这群男孩之中，不过他害怕被自己的父亲看到，所以总是站在队伍的最后，藏在房子拐角或树干后面。

乔治忍无可忍，思来想去，决定去找阿尔弗雷德，他想见他的朋友已经很久了。主人没有反对，他还好心地告诉乔治应该去哪里找阿尔弗雷德。“不要待太久了，”主人补充说，“以免巡逻兵抓住你！”

乔治抄了小路，那群男孩哪怕是到了晚上也一直在找他麻烦，他爬进木匠的储藏室，翻过几个栅栏，从曼佐尼大街出来，半个小时后，他来到了阿尔弗雷德所在的小巷。这条小巷比他住的那条还要狭窄。这里住着很多烟囱清洁童工，几乎所有坐在门前的男孩他都只能看到他们的眼睛，有些人似乎好几天都没洗澡了，浑身漆黑。

乔治向一个男孩打听阿尔弗雷德的主人吉沃。“噢，柠檬脸啊！”男孩笑了，“再往前走两步，左边第一道门。”男孩话音刚落，乔治就听到有人在喊他，他转过身来，发现正是阿尔弗雷德。这位昔日的伙伴更加消瘦了，看起来十分虚弱。他的鼻子像鸟喙一样尖，两只眼睛倒是依然有神，不过深陷在眼窝中，就像安格丽塔一样。

“阿尔弗雷德！”乔治走上前，一把握住了伙伴的手。

“我每天都坐在这里，”阿尔弗雷德顿了顿，“等着你。”

“我很早就想来了，”乔治解释道，“但我来不了。”他向伙伴详细讲述了最近发生的小偷事件。阿尔弗雷德这边倒是没有什么可讲述的。他的主人，也就是柠檬脸，是一个刻薄寡恩、喜怒无常、口碑奇差的小人。他的妻子忍受不了，已经逃走了，现在他和阿尔弗雷德住在一间小屋子里。阿尔弗雷德同样不仅是烟囱清洁工，还是柠檬脸的仆人，每天回来后，他得做饭、收拾屋子。但是，柠檬脸吉沃酗酒成性，整天醉醺醺的，钱都花在了喝酒上面，几乎不会买东西回家。所以阿尔弗雷德通常没有钱买东西，只能吃一些干面包或者残羹冷炙。

可怜的阿尔弗雷德，他又瘦又虚弱，一个劲儿地咳嗽，胸口像扎了许多根针一样疼痛难忍，几乎站不直。乔治还从其他扫烟囱的男孩那里得知，柠檬脸一直虐待阿尔弗雷德：喝醉了回家，会打他；发现阿尔弗雷德没做饭，也会打他；没有钱买木头，更加会打他。

总而言之，米兰就是阿尔弗雷德的地狱。

阿尔弗雷德问乔治今天怎么有空过来，乔治这才想起了此行的目的：“你有没有被街头那群男孩欺负过？”

阿尔弗雷德摇了摇头：“最近没有。但是一开始的时候，那群男孩一直欺负我们。不过，在德拉塞尔瓦大街，有十一个小烟囱清洁工，别的街上还有其他的烟囱清洁工。我们这些人已经结成了同盟，如果他们白天胆敢欺负我们中任何一个人，晚上我们就会团结起来，一起去揍他们。”

乔治叹了口气，羡慕地说：“要是我也有这样的盟友就好了！”

“这并不难。”阿尔弗雷德安慰他，“只要你加入我们，大家就会保护你。我们也收编了住在米兰郊区的男孩，他们现在也在我们的保护之下。我们保护每一个小烟囱清洁工，但有一个前提——他必须来自提契诺。”

乔治高兴地跳了起来：“我现在就能加入你们吗？”

阿尔弗雷德看了眼圣巴比拉教堂的钟楼，郑重地说道：“当然，我们半小时后集合。”阿尔弗雷德给乔治介绍了巷子里其他的扫烟囱男孩，乔治则向阿尔弗雷德讲了送他书的老教授、他的好主人，当然，还有安格丽塔。

这会儿，小巷里有几个扫烟囱的男孩已经站了起来，阿尔弗雷德推了推乔治：“来吧，我们也得走了！”他在前面带路。男孩们走进一条小巷，爬进一口枯井，然后又钻进了一条旧通道，通道里黑漆漆的，只能闻见一股水体发臭的味道。接着，他们来到了一扇门前。阿尔弗雷德敲了敲门。“暗号。”门里响起了一个声音。

“提契诺！”阿尔弗雷德回答。

“洛桑！”里面的声音继续。

“永远都是瑞士人！”

“一直都是瑞士人！”

话音刚落，乔治听到里面的门闩落下了，门开了。

乔治屏住了呼吸，眼前的景象令他震惊。这是一个古老的房间，只有一盏小灯发出幽暗的光线。屋子里很寒酸，只有几条长长的石凳。几个男孩在墙边站着，还有几个躺在长凳上，其中有几个乔治刚刚在小巷里见过。这里至少有十五个男孩。当他们进门的时候，躺着的男孩都跳了起来，大家热情地向阿尔弗雷德打招呼，看这架势，俨然是一位受欢迎的领导人。

“你带了谁来？”一个低沉的声音问道。

“乔治。”阿尔弗雷德笑着回答。

“是他啊，”那个声音又说，“太阳晒在马焦雷湖上时，他可高兴了。”乔治惊讶极了，他听出来了，赶紧快步走向刚刚说话的高个子男孩。“天啊，”乔治惊喜地喊道，“你是那个第二次来米兰的男孩！”

“就是我。”高个子男孩也很高兴。

“所以，阿尔弗雷德和我不是仅有的幸存者？”

“对，我和来自马加迪诺的小丹特也获救了。”

“是那个渔夫家的小雀斑吗？”

“对，就是他。”

乔治高兴极了：“真是太好了！我以为你们都死了，我们在坎诺比奥没看到你们。”

“肯定不可能看见我们的，”高个子男孩耸了耸肩，“我们游到了马卡尼奥[①]。”

“小雀斑人呢？他没来吗？”

“丹特今天可能不会来，他的主人住在米兰郊区，他每周只能出现一次。”

乔治好奇地四处张望，有些男孩正举着瓶子在喝酒，有些则在吞云吐雾。“你抽吗？”其中一个抽烟的男孩拿着一杆旧烟枪问乔治。乔治摇了摇头：“我不会抽烟。”那男孩调皮地眨了眨眼：“真正的烟囱清洁工必须能抽烟、会喝酒。不着急，等过一段时间，你就会了……”

这时，高个子男孩打断了抽烟男孩的话，又问乔治为什么这么晚才来找他们。

“我对你们一无所知，”乔治解释道，“我的主人住在城北的博尔戈大街，如果我不是今天偶然知道了阿尔弗雷德的地址，我也不会来找你们……”

“是呀，”阿尔弗雷德坐在了一张高脚凳上，接过了话茬，“乔治今天来找我，还有一个重要的原因。”他告诉了大家，关于痘霸的事——这伙人经常找乔治的麻烦。一个红头发的男孩跳

① 马卡尼奥，意大利北部城市。

了起来："我知道他！这人特别讨厌。痘霸真名叫乔瓦尼，他那伙人叫作'野狼少年团'。他最好的两个朋友是福斯蒂诺和里纳尔多。里纳尔多只有一只眼睛。"

乔治拼命点头："对对对，就是他们！"

"好，"高个子男孩笑着说，"如果你成为我们的成员，我们就会保护你不受他们的欺负。""我愿意！"乔治大喊。"不过你得满足一个很重要的条件——你需要两个担保人。"高个子男孩补充道。

"我愿意做他的担保人，我……"阿尔弗雷德说。"不行，"高个子男孩打断了他的话，"他回头还要在你面前发誓呢。"乔治非常自豪，从男孩们的话里，他听出阿尔弗雷德是他们的老大，甚至很有可能就是阿尔弗雷德组建了这个帮派。红头发男孩举起了手："如果老大同意他的话，我很乐意效劳。""我也是！我也是！"三四个男孩跳起来围住了乔治。

"可以吗，安东尼奥？"阿尔弗雷德向高个子男孩问道。

"为什么不行？当然可以。我一点都不反对乔治加入我们，我只想一切都按规矩办。"

"那就都过来吧！"阿尔弗雷德喊道，"我们让他加入。"男孩们都跳了起来，每个人的手里都拿着蜡烛。他们在地下室的中间围成了一圈，让乔治站到了圈子中间，阿尔弗雷德则站在乔治面前，庄重地发问："你是来自提契诺的小烟囱清洁工吗？"

"我是。"乔治毫不犹豫地回答。"是的，我的团长。"红发男孩低声提示乔治。乔治马上顺从地改口，大喊道："是的，我的团长！”

“你自愿加入‘暗黑少年团’吗？”

“是的，我的团长。”

“你自愿把你短暂的生命奉献给它吗？”

“是的，我的团长。”

“你有两个担保人？”

“是的，我的团长。”

两个替乔治担保的男孩都向前迈了一步：“我们在这，团长！”阿尔弗雷德转向右边的男孩：“你叫什么名字？”

“恩维利诺，我的团长。”红发男孩说。

“你相信你朋友说的话吗？”

“是的，我的团长。”

“你愿意永远为他担保？”

“永远，我的团长。”

阿尔弗雷德又转向左边的奥古斯托，把刚才的流程重复了一遍。然后，阿尔弗雷德严肃地看着乔治：“现在，请举起你的右手，宣誓！”乔治举起手来，跟着阿尔弗雷德团长郑重地说着誓言：“我愿意成为暗黑少年团中最勇敢的一员。我将永远服从我的团长。我永远不会告诉别人暗黑少年团里的秘密，我保证永不泄露暗黑少年团的据点……”

“如果我，”阿尔弗雷德的声音变得更加严肃了，“违背了我的誓言，所有的恶魔都会来找我，暗黑少年团的每一个成员都将有权斥责我、殴打我、监视我。如果我变成了坏人，我将永远不再属于米兰的暗黑少年团。”乔治看着好朋友那张苍白的脸，严肃地重复了一遍。阿尔弗雷德仍然站在他面前，背挺得直直的，目光炯炯地看着他。

“好，我宣布，乔治现在正式加入我们暗黑少年团。”阿尔弗雷德握了握乔治的手，然后给了乔治一个大大的拥抱，还亲吻了他的双颊。大高个安东尼奥在一旁打趣道：“咱们的团规里可没说还要做这些。”

“哈哈哈，他是我最好的朋友，”阿尔弗雷德说，“我们很久以前就结拜成了兄弟，宣誓效忠彼此。”听了团长这话，每个人都更加友好地看着乔治，热情地与他握手。

宣誓结束后，阿尔弗雷德让大家坐下：“现在，让我们讨论下应该如何帮助我们的新同志。”团员们讨论了很久，气氛相当热烈。半个小时后，当乔治和他的新朋友们分开时，他已经可以确信痘霸乔瓦尼和他的野狼少年团很快就不会再找他的麻烦了。

会议结束后，阿尔弗雷德又陪乔治待了一会儿，这对好兄弟太久没见了。乔治拉着阿尔弗雷德的手：“这是你自己组织起来的吗？”

“是我和安东尼奥一起组织的。”阿尔弗雷德谦虚地回答，“安东尼奥也是个好人。”

“我不知道为什么，”乔治顿了顿，“我现在还不太喜欢他。”

“他只是有点固执，喜欢直来直去。”阿尔弗雷德解释道，“相信我，他是个好人，你会喜欢上他的。”

良久，这对好兄弟终于互相道了再见，急匆匆回了各自主人的家。安格丽塔还没睡。她知道乔治去了哪里，一直在等他。乔治对他过去两小时经历的一切依然感到非常兴奋，但他没有多说，只告诉安格丽塔他见到了阿尔弗雷德，阿尔弗雷德见到自己也非常高兴，但是他病了，一直咳嗽，还发着烧。

“噢，”安格丽塔叹了一口气，“有机会你一定要把他带来。”

这天以后，乔治和以前相比完全变了个人，每当他遇见痘霸乔瓦尼或是独眼里纳尔多，他不再退缩，反而故意去招惹他们——朝他们吐舌头、挥拳头，甚至向他们扔石头。野狼少年团的成员们更加生气了，他们增加了对乔治的攻击，双倍攻击！但对此，乔治满不在乎，只是在心里偷乐，告诉自己：“再过两天，我就可以和你们好好算算账了。”

一周很快过去了，周日终于到了。周日这一天，烟囱童工的主人会聚到一起喝酒，到了晚上，他们通常会早早地躺在草垫子上或者在酒馆里的某个地方休息，所以在周日这一天，暗黑少年团的成员们都能从四面八方赶来。他们约好在贾迪迪诺公园[1]找野狼少年团算账。在公园里打架总比在巷子里好。一来，没有那么容易被认出来；二来，等事闹大了，还方便逃跑。现在的关键是怎么把乔瓦尼一伙人引到公园去。

乔治在周六的晚餐时间征得了主人同意，他可以在星期天晚上去公园玩耍。安塞尔莫的那双尖尖的蝙蝠耳朵自然把一切都

① 贾迪迪诺公园，位于米兰市中心。

听进去了，乔治确信这个家伙会把听到的一切都告诉痘霸。

星期天早上，出了一个小插曲，安格丽塔发烧了，她想让乔治陪着她。乔治答应安格丽塔今晚尽量把阿尔弗雷德带来，安格丽塔才放他离开。一出门，乔治就立刻注意到野狼少年团的人已经包围了整条街，他们如幽灵一般看着他，跟着他，一步都不肯放过。安塞尔莫果然没有让人失望。

贾迪迪诺公园里有一片绿茵茵的大草坪，花坛里种了许多漂亮的树。乔治还没来过这么大的公园。白天的时候，公园里到处都是嬉戏的游人。而到了晚上，就只剩下一些小情侣在花前月下互诉衷肠，以及散步的老人和推着婴儿车的妇人。

野狼少年团就像一群真正的野狼，慢慢地向“猎物”乔治逼近。他们来了不少人，独眼里纳尔多和安塞尔莫也在其中，痘霸则站在两个矮个子男孩中间，把他的人分成了两拨。乔治悠闲地坐在一条长凳上，有一位老人坐在附近。野狼少年团的男孩们从各个方向缩小包围圈。

里纳尔多第一个走到乔治面前，他用那只独眼恶狠狠地瞪着乔治：“我可算等到你了！”

乔治看着他，轻蔑地笑了：“不知道是你等我，还是我等你们？”独眼大为光火：“你很快就没法嘴犟了。”猫脸福斯蒂诺和另外两个男孩也走了过来，绕着乔治坐的长凳来回巡视。乔治感受到了身后的危险气息，直接站了起来。安塞尔莫立马得意地喊道：“别着急，马上就揍得你满地找牙！”安塞尔莫噘着嘴，快步走向乔治，准备给他一拳。独眼却把安塞尔莫拽了回去：“第一拳让老大先打！”

终于，这伙人的老大——痘霸走过来了，他看起来脏兮兮的，和以前一样，身边站着大约十八个男孩。“现在，感觉如何？”痘霸一脸挑衅。

“和平常没什么不同。”乔治镇定自若。

“你还挺有骨气的，”痘霸说着，又向前走了一步，“但是，你很快就会哭着喊妈妈了。”他伸出手来。

“住手，”坐在附近的老人突然跳起来，站到了乔治身边，“你们要做什么？”

“不做什么，”独眼里纳尔多冷笑道，“他喜欢笑，我们想逗逗他。”

“是的，他还喜欢喊叫，”猫脸福斯蒂诺威胁地说，“我们还想让他给我们唱首歌呢。”

安塞尔莫也站在了最前面。“对啦，”他青蛙一般的大嘴一张一合，“他还喜欢五颜六色的东西，我们想给他上个色。”

“你们不觉得羞耻吗？”老人更加大声地喊道，“十九个对一个。”

“不觉得！”痘霸乔瓦尼又往前迈了一步，“敌人越多，荣誉越高。放心吧，他能保护自己。”

“我不允许你们这样做！”老人举起了长柄雨伞。

“我们也不答应！”乔治的身后响起了一个响亮的声音。终于来了！乔治总算可以松口气了。当野狼少年团那帮人和老人争吵的时候，暗黑少年团悄无声息地快速靠近，野狼少年团的人还没等反应过来，他们就被包围了。

战斗随即开始，两拨少年将手边能摸到的一切东西都用力砸向对方——石头横飞、树枝乱舞，简直是“世界末日”！“天啊！这群孩子疯了！”劝架的老人挥舞着阳伞，抵挡着空中飞来的石头还有树枝，从混战中仓皇逃离……

野狼团和暗黑团的“战斗”进入了白热化。大高个安东尼奥扑向了痘霸，他往对手脖子上一绕，又向后用力一掰，把野狼团的老大痘霸摔到了长凳边，安东尼奥哈哈大笑：“蠢货，现在你知道扫烟囱的男孩是怎么打架的了！”然后又是一顿拳打脚踢……

乔治想上前攻击安塞尔莫，却被阿尔弗雷德推到了一边。“就是他冤枉你？”阿尔弗雷德问，“把他交给我吧！”阿尔弗雷德一脚踢在了安塞尔莫的屁股上，把他踹倒在草坪上。安塞尔莫用尽全身力气反击，又是吐口水，又是连抓带咬。“想咬是吧？那咬这个吧！”阿尔弗雷德将沙子和石头塞进了安塞尔莫的嘴里……

猫脸福斯蒂诺被红毛恩维利诺和奥古斯托袭击了。猫脸虽然很瘦弱，却是野狼少年团中打起架来最凶狠的。他翻过身来，反而把红毛压在身下，奥古斯托只好对着猫脸的背拳打脚踢。

“让开！让开！”乔治直接使劲一撞，撞开了猫脸，两人你来我往，互不示弱。猫脸的力气真的很大，他一直都没放弃。最后还是乔治先躺在了地上，猫脸才停手，躺在坚硬的沙地上大口喘气。

他们是最后几个还在打架的人了。野狼少年团的老大早就逃之夭夭了，大部分男孩也都跟着老大跑了。安塞尔莫更是一边跑，一边哭，嘴里还不停地咒骂着。高大的安东尼奥打跑了痘霸，又加入了与独眼里纳尔多的战斗。他抓住独眼男孩的后颈，把他从暗黑少年团成员身边拉开，又从地上像拎麻袋一样拎起了猫脸："这两个应该是这些人里最坏的。"安东尼奥饶有兴趣地看着这俩人。独眼朝他吐口水，猫脸挣扎着想用指甲挠他。但是他们根本够不到安东尼奥，安东尼奥用头一人给了一下，然后像扔皮球一样把他们扔在地上。独眼里纳尔多识相地跑了，不服输的猫脸福斯蒂诺却又扑向了安东尼奥。

"你还想挨揍？"安东尼奥再次抓起他，往地上扔去。猫脸狼狈不堪，爬起来又往安东尼奥身上撞："你们这些无赖！你们这些肮脏的扫烟囱的黑鬼！"他愤怒地咆哮着："二十二比十八[①]，真不要脸！"

"哈哈，"安东尼奥大笑，真诚地赞美道，"你一个就顶十八[②]个了。"

"你们一定会后悔的。"猫脸还在叫骂。

"把嘴给我闭上，"安东尼奥轻嗤一声，"先回家吧，让妈妈把小可怜脸上的眼泪擦擦干净！"

"你们等着，我们会报仇的，到时候哭的就是你们！"

"哭就哭呗，"阿尔弗雷德做了个鬼脸，"反正我们今天已经笑得够开心了！"猫脸又被激怒了，他拿起一块石头，还没来

① 原文如此，但根据前后文，此处应为二十比十九。
② 原文如此，但根据前后文，此处应为十九。

得及砸出去，就又被暗黑少年团的其他成员绊倒，最后只能扔下石头跑了。

“我们赢咯！”阿尔弗雷德和乔治高喊。其他男孩也兴奋地挥舞着帽子，或者跟着举起手臂大喊：“我们赢咯！”“战争”结束，安东尼奥说：“我们也尽早离开，万一被巡逻兵抓住，到时候又免不了一顿揍。”阿尔弗雷德点头同意：“都散了吧！”大家陆陆续续地离开了，只有乔治和阿尔弗雷德还在“战场”上。

阿尔弗雷德疲惫不已，咳嗽个不停，乔治陪着他，又告诉阿尔弗雷德，安格丽塔想见他。阿尔弗雷德也想见见这位善良的姑娘，于是，两个男孩蹑手蹑脚地来到了安格丽塔的房间，周围一片寂静，主人夫妇应该已经睡了，安塞尔莫也没有动静。

安格丽塔从床上坐了起来，和阿尔弗雷德握了握手。“非常感谢您能来，”她瞅了瞅两个男孩，皱起了眉头，“你们怎么弄成这副模样？”乔治和阿尔弗雷德同时看向对方——乔治头上有好几处抓痕，还有两个高高鼓起的大包，阿尔弗雷德的耳朵在流血。乔治笑了，指着好兄弟的伤口说：“这是‘一只猫’的杰作。”

“不对，这是拜安塞尔莫所赐，”阿尔弗雷德认真地说，“但他以后再也不敢了。”

“我哥哥？”安格丽塔的眉头皱得更深了。意识到自己说漏了嘴，阿尔弗雷德马上捂住了嘴巴，但已经晚了。两个男孩只好把一切都告诉了女孩。听完后，安格丽塔笑着拍手：“难怪他今天回家这么安静，希望他别再折腾了。”

“但愿如……咳咳咳……”阿尔弗雷德忍不住咳嗽起来，

筋疲力尽地坐在床脚。“你累了，”安格丽塔说，“赶紧回家好好休息吧。”乔治扶着阿尔弗雷德出去。

“有空再来找我！”安格丽塔挥了挥手。

“没问题。”阿尔弗雷德也挥了挥手。

乔治回去后，安格丽塔又把他喊进了屋。

还没等安格丽塔开口，乔治就先问了：“你喜欢我的朋友吗？”

“跟你相比，我好像更喜欢他。哈哈，但是……”安格丽塔突然换了一种非常严肃的语气，“他病了，病得很严重。”

“我知道，”乔治叹了一口气，“他在咳嗽。”

“不仅仅是咳嗽的问题，他的手和我的一样烫，一看到他的眼睛，我就知道了，他可能……”安格丽塔声音低了下去，“和我一样……活不了多久了……”

心脏猛地抽搐，乔治心痛极了，刚刚因为暗黑少年团获得的幸福和快乐转瞬之间变成了巨大的悲伤。乔治都不知道自己怎么走回马厩的，一躺下，阿尔弗雷德那张苍白的脸就浮现在他的眼前。乔治突然想起阿尔弗雷德说过他有一个秘密，也许……他决定找一天去和阿尔弗雷德谈谈这件事。经过这些事，阿尔弗雷德和暗黑少年团完全接受了乔治，乔治也完完全全地接受了阿尔弗雷德。他想起了他们曾经许下的誓言：“我们发誓，从现在起，我们将永远像亲兄弟一样团结，即使在米兰，我们也将分享一切痛苦和欢乐，为对方两肋插刀，直到生命的最后一刻。”

对，我们要像亲兄弟一样！想到这里，乔治的心情稍微平静了一些，一天的疲惫让他很快就睡着了。

第三章

暗黑少年团

阿尔弗雷德的秘密

安格丽塔的预言是对的。

几天后，乔治终于抽出空去看望阿尔弗雷德，但是德拉塞尔瓦大街的男孩们却告诉他，阿尔弗雷德病了，没法上街。乔治一度想直接冲到阿尔弗雷德家里去见他，安东尼奥努力劝说道：“你最好别去，柠檬脸就在楼上，而且他回家的时候喝得醉醺醺的，你现在上去不仅见不到阿尔弗雷德，还可能会被柠檬脸狠狠揍一顿。”乔治只好作罢，他本想第二天晚上再去一趟，可是到了第二天晚上，女主人又让他到城里去扛玉米粉。干完活回家已经很晚了，也没办法去德拉塞尔瓦大街了。

第三天晚上，乔治终于有时间了，他刚一溜出门，就看见之前船上那个来自马加迪诺的小雀斑站在他的面前。“是你？”乔治惊喜不已，热情地跟他打招呼，“你怎么来了？”

“阿尔弗雷德病得很重，你赶快跟我一起去看看他吧。”丹特抽了抽鼻子。

“我正想要去见他，不过你等我一小会儿。”乔治快速跑去找安格丽塔，跟她说了情况。女孩眼含泪水：“代我向他问好。”说着，她又把一个橙子放在乔治手心：“你把这个给他。”

一路上，丹特告诉了乔治木船上发生的事。当时，他掉进了水里，凭借良好的水性，他任由风浪推着向前，后来在水中他遇到了安东尼奥。最后，他俩结伴在马卡尼奥上岸，又一起走过瓦雷泽来到了米兰。至于乔治二人得救的事情，阿尔弗雷德已经告诉了丹特。除乔治外，幸存的三人总是在星期二碰面。“我很期待今晚见面，因为阿尔弗雷德之前告诉我，你今天可能也会来。但当我去找他的时候，他只说让我来找你。”丹特叹了一口气。

今夜，这条狭窄的巷子异常安静。年轻的小烟囱清洁工们都围坐在高大的安东尼奥身边，抬头望着阿尔弗雷德住的房子。看到乔治来了，安东尼奥的声音里充满了悲伤：“你一个人上去吧，他只想见你。”

楼梯破破烂烂的，窄小无比。乔治上了三楼，周围有很多门，他听见有扇门里有人在咳嗽，于是敲门走了进去。那是一间空荡荡的大厨房，里面只有一个破旧的壁炉、一把椅子和一张桌子。

房间非常昏暗，乔治根本没看见阿尔弗雷德，还差点被放在壁炉旁边的稻草绊倒。

“阿尔弗雷德！你在吗？”

“乔治，是你吗？”

“是我，你没有灯吗？”

“没有，我更喜欢昏暗的环境。来，把你的手给我。”乔治把手伸了出去。阿尔弗雷德把乔治拉到稻草上坐下。

“你病了吗？”乔治问完就觉得自己真是愚蠢，他真切地感受到阿尔弗雷德那只瘦骨嶙峋的手比安格丽塔的手还要滚烫，乔治握得更紧了。阿尔弗雷德的呼吸急促而沉重，几乎每一秒钟都在咳嗽。

“嗯，很……咳咳……严重。”阿尔弗雷德有气无力地回答道，“我想……咳咳……这病是从落水开始的，我可能冻着了，再加上之后一路走到了米兰。到了这里之后，每天……咳咳……每天还辛苦地干活。每次呼吸胸口都好像有一千根针在刺，我不断咳嗽，有一次还咳出了血和煤灰。两天前我开始浑身止不住地颤抖，现在我几乎站不起来了，咳咳咳……”

“你的主人应该给你找个医生。”

阿尔弗雷德虚弱地说道：“他啊！自从我不得不躺下后，他连喝酒的钱都快没……咳咳……没有了。这不重要，听我说，你还记得我们在洛迦诺郊外初见时，我跟你说过的话吗？”

“我记得，你说你只能到了米兰再告诉我，因为这是个秘密。”

阿尔弗雷德点点头：“我该告诉你了。但我只告诉你，你不能告诉任何人。我觉得我快死了，不然我也不会跟你说的……”乔治打断了阿尔弗雷德，声音里带着哭腔：“你别这么说！”

阿尔弗雷德又咳嗽起来：“咳咳咳，没办法，乔治，你再坐过来一些，我告诉你。”

乔治的眼睛习惯了黑暗，现在，乔治能清楚地看到阿尔弗雷德的脸。他很痛苦，脸颊几乎惨白，眼睛却又大又亮，剧烈的咳嗽让眼睫毛每时每刻都在颤抖。

“你坐近了吗？”阿尔弗雷德又开口道，还用手碰了碰他。

“非常近。”乔治轻轻地说。

“说来话长，我希望能在老吉沃回来之前讲完。”

他又咳嗽了一声，然后开始了艰难的叙述。

阿尔弗雷德其实来自一个富有的家庭，财富来自他的祖父。他的祖父是个建筑师，结婚之后想从家族里独立出去。他当时请他的母亲——也就是阿尔弗雷德的曾祖母——给他一些钱让他出去干活，然后他再赚钱尽快还给母亲。阿尔弗雷德的曾祖母非常富有，住在村外一所大房子里，但她却是个不折不扣的吝啬鬼。她不愿意把钱给自己的儿子，阿尔弗雷德的祖父为此非常生气。他们大吵一架，然后母子分了家。一开始，大家都觉得没什么大不了的，但祖父的做法出乎所有人的意料。

一天早上，他在桌上留了一张字条不辞而别，字条上说他去外面的世界闯荡了，去寻找他母亲没有给他的幸福。他把所有的东西都留给了自己的妻子和儿子。当时，这事轰动一时，有的村民说祖父不孝，有的村民说曾祖母不知道心疼自己的孩子。不管怎么样，结果就是，祖父一直没回来，也没有人知道他在哪里。

十年过去了，祖父的儿子——阿尔弗雷德的父亲已经十六岁了，他和自己的祖母相处得很一般，但有时候祖母也会帮助他，所以他一直过得也不算穷困潦倒。阿尔弗雷德的曾祖母直到去世都一直住在教堂外的大房子里，死因是活活饿死，人们都说这是报应。在她死后，她的儿媳妇，也就是阿尔弗雷德的祖母搬进了那所大房子。听说里面很吓人，因为曾祖母去世之前从没有请过女仆，屋子里到处都是老鼠、乌鸦、猫头鹰，还有遍地的小虫子。阿尔弗雷德的祖母花了很长的时间才把房子打扫干净。给房子大扫除的时候，人们发现这位去世的老妇人拥有的财产比预料的多得多——数不清的钱币、各种金银器皿，以及拥有数百年历史的珠宝首饰。一夜之间，这位贫穷、可怜的儿媳妇成了村里最富有的女人。也因此，一夜之间，这位之前从未被注意过的、美丽善良的妇人突然有了各种各样的求婚者。但是祖父虽然失踪，却没有被宣布死亡，因此，她拒绝了所有人的求婚。后来，她给自己找了一个管家和两个女仆，慢慢意识到需要给这个大庄园找回它的主人。于是，祖母去找了村长，在村长的建议下，他们开始四处寻找她的丈夫。

整整半年的时间，他们给其他的村庄写信询问。终于有一天，祖父被正式宣布死亡，祖母为丈夫守寡一年。第二年，她嫁给了自己的远方亲戚阿普希尔，很快，他们又有了一个孩子。所以，阿尔弗雷德的父亲在十八岁那年，有了一个同母异父的弟弟。

如果这位庄园的新主人好好珍惜的话，生活本可以平静幸福地过下去。但是，几年时间，所有的钱财都被祖母的新丈夫败光了。房子被卖掉了，只剩下一家债务比烟囱都要高的破酒馆。

不久之后，事情又峰回路转。原来，阿尔弗雷德的祖父自从离开家乡后，一直在墨西哥做生意，非常富有，尽管移居国外，但死前他还是把大部分财富运回了国内，而阿尔弗雷德的父亲是他最主要的遗产继承人。于是，阿尔弗雷德的父亲再次成为村里最富有的人。他买回了老宅，还给了母亲一些钱。同母异父的弟弟当时也就四五岁，但已经被养成了一个小无赖。过了几年，父亲娶了阿尔弗雷德的母亲。五年后，阿尔弗雷德出生了，又过了两年，妹妹碧昂卡也出生了。父亲努力工作，生活又恢复了平静和美好。

后来，祖母去世了。父亲的弟弟也结婚了，他的妻子是个控制欲极强的可怕女人，她不给自己的公公吃任何东西，导致这位老人最后自杀了。这对夫妇很快就有了孩子，先是一对双胞胎男孩，后来还生了一个女儿。阿尔弗雷德一家通常被称为富有的科西尼一家，叔叔家则是贫穷的阿普希尔一家，孩子们经常一起玩耍。父亲也会时不时给他弟弟塞钱，与弟弟一家相处得不错。

但是，天有不测风云，灾难再次降临。一件可怕的事情彻底改变了阿尔弗雷德一家的生活——老宅在某一天突然起火了。父亲那天恰好不在，母亲把兄妹俩救出来后，自己却因严重的烧伤去世了。等阿尔弗雷德的父亲出差回来时，妻子已经长眠在大地之中了。

阿尔弗雷德在讲述过程中，一直不断地咳嗽。讲到这里，他终于打算停下来休息一会儿，可怜的男孩剧烈地咳嗽着，浑身都在发抖。休息了好一会儿，他才继续："我的父亲尖叫着，撩起头发，冲进废墟里，仿佛母亲仍躺在灰烬之中。剧烈的打击，令父亲精神失常，他再也没来找过我们，也没去墓地，他不愿相信母亲已经死了。一个好好的家就这么散了。女仆离开了，我和妹妹只能睡在邻居家或叔叔家。父亲整日整日在废墟上徘徊，到了晚上，满心绝望的父亲就到处找酒馆喝酒，喝了又喝，不和任何人说话，直到喝得睡过去。然后酒馆老板和老板娘会把他拖进马厩里，第二天早上，太阳一升起，他又会跑出去。才过了几个星期，我们就几乎认不出他了。他浑身脏兮兮的，不刮胡子，也不剪头发，什么也不吃，整个人越来越瘦。我们也像他一样，浑身邋里邋遢，无家可归，没有人照顾。母亲还在的时候，我们是村里唯二跟着牧师学习读书写字的孩子。而母亲去世后，我们和野孩子没什么区别。父亲的状况越来越糟，酗酒让他脾气越来越大，到处和别人争吵、打架，直到有一天，他被人带走了。从那以后，我们再也没见过他，终于有一天，牧师通知我们——他死在了一个疯人院。那之后，叔叔成为我们的监护人。”

日子变了，叔叔对兄妹俩很凶，刻薄又狡猾。但与他妻子相比，他顶多算一只羔羊。这位婶婶一肚子坏水，让阿尔弗雷德和碧昂卡过上了苦日子。有时阿尔弗雷德还会独自一人去曾经的家，那里如今是一片废墟。里面就像曾祖母在的时候一样，住着老鼠、猫头鹰和其他的小动物……

“我们在以前过的好日子，好像都是从上帝那里偷来的一样。自从叔叔变成了我们的监护人，婶婶就告诉我和碧昂卡，家里很穷，父母的死让我们身无分文，我们俩必须干活。但我觉得这很奇怪，因为我在酒馆里听别人说起过，我的叔叔因为我父亲的去世继承了一大笔钱。我也注意到，叔叔雇了一个女佣和两个仆人，我们的堂兄弟吃的穿的也都焕然一新……”

阿尔弗雷德和碧昂卡却没享什么福，兄妹俩不得不睡在阁楼里，晚上只能垫点树叶当床睡，半夜，兄妹俩还常常从睡梦中哭醒。白天的时候，他们也只能和仆人坐在一张桌子上吃饭，阿尔弗雷德不得不去田里干活，碧昂卡只有十岁，却也不得不在厨房和小酒馆里帮忙赚钱。尽管兄妹俩一直都在很努力地干活，但那个专横跋扈的女人从没有一句好话。

“堂兄弟们也一直在找我们的麻烦，有时，他们还会嘲笑碧昂卡，我实在忍不下去了，就会狠狠揍他们一顿，结果他们跑到他们母亲那告状，这个恶毒的女人听到后马上就会拿着火钳冲过来揍我。我们俩都知道，我们已经和以前的生活彻底告别了。但我们总是安慰自己，终有一天，我们会熬出来的……

“后来有一天，她对我的态度突然转了一百八十度。那天一大早，她给我倒了一杯葡萄酒，说：‘喝吧，喝了你就更有力气了。’中午和晚上她也总是给我斟酒。我开始没觉得有什么不对劲，直到一个女仆对我说：‘阿尔弗雷德，我要是你，我不会喝那么多酒，你父亲就是这么把自己喝死的。’我没当回事，直到有一天，我听到了叔叔和他妻子的谈话。叔叔让她别给我喝那么多酒，那女人却告诉他，这样的话我就能早早死掉……咳咳……然后……然后他们就可以名正言顺地继承我的财产。我的叔叔没再说话，我知道，他默认了她的做法。从那时起，我不再喝酒。我也明白了她为什么对我们这么坏，但正因为我明白了，一切反而变得可以忍受了。我告诉自己，只要忍一忍就能获得一切……咳咳咳……我没有告诉碧昂卡这件事，我尽可能让她心情轻松，让她感受生活的美好。我经常跟她描绘我们未来的好日子，我还向她保证会重建祖母的房子，会在花园里种上鲜花。尽管我们还是经常泪流满面地入睡，但是对美好未来的希望让我们振作了起来。”

一天下午，碧昂卡告诉哥哥，她听见婶婶对叔叔说：“阿尔弗雷德那孩子一定发现了让他喝酒是为了害他，因为他现在一滴酒都不沾。”叔叔回答说：“这可难办了。我刚用他们父亲留给他们的钱买了几块草地、两头奶牛和一个葡萄园。”然后碧昂卡听到婶婶恶狠狠地说：“好吧，那我得加快速度让那两个孩子消失。”碧昂卡害怕得浑身颤抖，甚至想立刻逃跑。

阿尔弗雷德安抚住了妹妹，但在第二天，他故意在晚饭前扭伤手，好提早回家。最危险的地方往往就是最安全的地方，他藏到了饭桌下面，长长的桌布一直坠到地面，可以把他完全盖住，这样进房间的人也就看不到他了。阿尔弗雷德在那里躺了大概有一刻钟，然后他听到了婶婶的声音：“快来！快来！”叔叔还没坐下，她就开始说话了：“今天是时候把那两个孩子弄死了。”叔叔说：“你疯了吗？”但阿尔弗雷德清晰地听到那个女人恶狠狠地说：“我很清醒。这事很简单，我今天准备了玉米粥和炖蘑菇，不过，我加了一些毒蘑菇进去。你放心，管家和两个女仆我已经打点好了。那两个孩子只要稍微吃一点，就能被毒死。”

“虽然我的叔叔胆小懦弱，但是我一直觉得他本性不坏，我当时还以为他会骂那个女人，骂她是个巫婆或者是个毒妇。但他竟然说：‘万一事情败露了怎么办？’‘怎么可能败露？毒蘑菇是碧昂卡自己摘的，饭也是她自己做、自己端的，所以她才是罪魁祸首。我们俩到时候也吃一点蘑菇，假装肚子难受就行。不是所有吃过毒蘑菇的人都会死。但是这两个小孩，他俩一定会死。’你不知道她的声音有多么冷酷无情！”

在那个时候，阿尔弗雷德一直在等着他叔叔的回答，他甚至还想直接站起来，当着他们的面揭穿他们的卑鄙行为。但冷静下来后，他知道那只会增加他们对他的敌意。现在，既然已经知道了，那就要时刻准备好，一刻都不能松懈。阿尔弗雷德的脑子高速运转：“我可以把食物换掉。不行，这行不通，食物已经在灶上了。更何况，万一管家或者女仆吃了毒蘑菇，那我就成了凶手……”而桌子外，这对恶毒的夫妇站起来出去了，中途，叔叔对他的妻子说：“好吧，你做吧。但我要事先声明，我和这事没一点关系，万一东窗事发，被绞死的人只有你。”

“我当时听见那个女人在笑，猖狂地说：‘你这个懦夫，我也没指望你能做什么。你把嘴闭上就行。除非他们真的有证据，不然你想在洛迦诺被绞死也没戏。’然后，他们走了出去，咳咳咳咳……咳咳咳……”阿尔弗雷德又咳嗽起来，过了好一会儿，他才接着说，“所以我爬起来……”

“所以，”乔治和阿尔弗雷德突然听到身后有个声音粗鲁地说，“你爬起来……那当你的主人回来了，你为什么不爬起来迎接我呢？！”两个男孩都被吓了一跳。阿尔弗雷德勉强站起来，但立刻往后退去，乔治也害怕地站了起来。站在他们面前的是那个又高又瘦的柠檬脸，他手里拿着一只空酒瓶，穿着松垮的衣服，在半暗半明的房间里，简直就像个鬼魂。乔治已经跑到了厨房最远的角落。

“你这个小浑蛋，”酒鬼破口大骂，“你的主人来了，你为什么不起来迎接我？一让你干活，你就疼得直哼哼。一不看着你，你倒好，邀请客人到家里来给他们讲故事。起来，去给我把酒瓶装满酒，不然我把你身上的每根骨头都打碎！”柠檬脸又往前走了两步，摇摇晃晃，几乎跌倒。他怒不可遏：“你以为你能像平常一样，一直沉默不语吗？你现在起来还是不起来？”他举起酒瓶，想一瓶子敲在阿尔弗雷德的头上。

阿尔弗雷德举起手吃力地抵抗着，乔治跳上前去，一把撞在柠檬脸身上：“别找他麻烦，他真的病了！”他冲着醉汉大喊。柠檬脸吉沃转向了乔治，两颗眼珠子瞪得大大的：“哟呵，你还在呢，我还以为你早就跳出窗户逃跑了呢。”他咯咯地笑着，声音中充满了贪婪和邪恶：“那我就先把你的腿打断吧。”

吉沃迈开双脚，一个冲刺，左手抓住乔治的脖子，右手再次举起酒瓶。乔治努力挣脱，跳到靠近门的壁炉旁。“你往哪里跑！”醉汉转过身，又一次举起了瓶子。乔治伸手捡起壁炉旁的木头反击。“砰！”木头和酒瓶子撞在一起，瓶子破了，乔治又使出浑身解数，撞到柠檬脸头上，柠檬脸摇摇晃晃地倒了下去……

一股黏稠的液体喷在乔治的脸上。透过窗边的玻璃，他看到自己的衬衫、胸膛和手全都红红的，手里的木头也是红红的。

他把柠檬脸杀了吗?！“天哪！”乔治大叫起来，扑上去查看。

柠檬脸正死死地盯着乔治，他试图站起来，脸上流满了红色的液体，那双眼睛好像能射出箭一般，想把乔治刺穿。乔治吓坏了，一下子又跳了起来。柠檬脸还想说话，但是他一张嘴，却只能发出咯咯笑的声音。

“天啊！天啊！我杀人了！”乔治再也忍受不了了，冲出门去……

遗　言

走在大街上，乔治浑身发抖，满脸血的柠檬脸和他那邪恶的笑声像可怕的影子一直跟在乔治身后。乔治用尽全力飞奔，他要赶快去找安格丽塔，向她坦白所发生的一切，向她寻求建议。

“你终于回来了？你怎么变成了这副模样？”乔治向安格丽塔伸出双手：“我……我杀了人。”

“你杀了人！”安格丽塔吓得用手蒙住了脸。

“我杀了阿尔弗雷德的主人。”

“这究竟是怎么一回事？”

乔治絮絮叨叨地把事情的原委告诉了安格丽塔。

“你确定他真的死了？”安格丽塔冷静下来了。

“我也不知道，”乔治喃喃地说，“他摔倒了，浑身是血。然后他又坐起来，还发出很诡异的笑声，后来我就被吓跑了。”安格丽塔平静地说：“如果他还能喘气，甚至还能笑的话，他应该还活着。”“但是他的笑声太可怕了。没有人会那样笑，只有魔鬼才会发出那样的笑声。”

安格丽塔把全身发抖的乔治拉了过来，摸了摸他的头发，用鼻子闻了闻：“这不是血。”

乔治瞪大了眼睛。

安格丽塔又嗅了嗅：“这是酒。”

“酒？”乔治还在颤抖，“原来是这样！老吉沃当时拿着酒瓶，瓶子里可能还剩下一些酒。木块打碎了瓶子，酒就洒出来了。”

“就是这样，你手上和衬衫上的也是酒，”她接着说，“等等，你打了他之后就直接跑了？”乔治垂下头，非常自责，恨自己就这么匆匆忙忙地逃跑了。“好吧，”安格丽塔说，“我希望他千万不要把气撒在可怜的阿尔弗雷德身上。但是你今天不能再去找他了，现在快去睡吧，明天晚饭后再回去。”乔治也想睡，但蒙蒙眬眬中，他好像看到了老吉沃那张狰狞可怖的黄脸，又仿佛看到了阿尔弗雷德那双充满了悲伤的、又大又亮的眼睛。

第二天，乔治一整天都魂不守舍，甚至连吆喝都忘了。主人罗西不得不好几次揪住他的耳朵提醒他。他甚至把包里的工具落在了面包店里。主人非常生气，踹了他几脚。就连安塞尔莫踢了乔治一脚，朝他吐口水，乔治也都丝毫没有理会。乔治完完全全沉浸在对阿尔弗雷德深深的担忧之中，甚至没有听见女主人吩咐他去附近的小店买西红柿。

时间过得很慢很慢。工作的时候，乔治的眼前常常浮现出阿尔弗雷德那神情绝望的脸，甚至因为走神一脚踩空掉了下去，谢天谢地，他掉进了烟灰堆里，只伤了手。晚饭，他也什么都没吃。终于有时间了，乔治告别了安格丽塔，飞一般来到了德拉塞尔瓦大街。

街上空无一人，大多数扫烟囱的男孩和他们的主人都还没有回来。他敲了敲阿尔弗雷德的门，但没人应声，房间里一片死寂。乔治直接推开门走了进去，厨房看起来和昨天一样，阿尔弗雷德仍旧躺在那里，一动不动。

柠檬脸把他打死了吗？乔治的心一下子揪了起来，他颤抖地俯下身来，发现阿尔弗雷德的嘴半张，呼吸急促。谢天谢地，他只是在睡觉！但他的面容看起来比昨天更加苍白了。

柠檬脸去哪了？他不在厨房。乔治推开了厨房里的另一扇门。这时，里面传来了阿尔弗雷德的声音："谁？"乔治赶紧回到厨房："是我。"阿尔弗雷德心下感动："乔治，你回来了！昨晚你跑得那么匆忙，我以为你不会回来了。"

"对不起，我太害怕了，"乔治满脸歉意，"柠檬脸昨晚血淋淋的，我以为我把他杀了。"

阿尔弗雷德笑出了声："哈哈，你应该看看他是怎么把'血'舔掉的……咳咳咳……他就算真想站起来也无能为力，直接躺在那里睡着了。他醉醺醺时就会这样，甚至都没注意到你打了他。"

"他现在在哪里？"

"在哪都有可能。他会找活干，赚钱买酒喝。"

乔治愣在了原地，没想到这事这么容易就过去了，不过眼前更加重要的是阿尔弗雷德的身体："你还好吗？"阿尔弗雷德无力地看着他："我感觉身上更热了，而且很渴。""拿着，"乔治拿出了安格丽塔前一天让他带给阿尔弗雷德的橙子，“安格丽塔送你的。”乔治坐了下来：“她还让我代她向你问好。”阿尔弗雷德很开心，本想自己剥橙子，但他太虚弱了，手上一点劲儿都没有，乔治忙接过来帮他剥。

吃完橙子，阿尔弗雷德拍了拍他旁边的草堆：“来，躺下吧，咱们说说话。我们说到哪儿了？”

“你听见你叔叔婶婶说想毒死你们兄妹。”

“好，现在继续听我讲。”阿尔弗雷德咳嗽了一声，清了清嗓子，开始继续讲述。

“对于我叔叔和他的妻子来说，只有我和碧昂卡离开这个世界，他们才能拿到我们的遗产。我所能想到的就是尽快离开那所房子。我必须非常小心，等他们在我身后砰的一声关上门之后，我也离开了房间。我来到厨房，碧昂卡正在煮玉米粥。我低声告诉她我们必须马上逃走，婶婶想毒死我们。我先去收拾了点东西，其实我都不知道该往哪儿跑。我从我的稻草堆下拿出一个包，里面藏着我仅剩的一切：一件外套、一双旧鞋、一件衬衫、几本我以前读过的书，还有一张我母亲的照片。碧昂卡和我一样有个包，她带了几件衣服、一枚金胸针和一块她从母亲那里得到的金子。我背着两个包，我们离开村子，穿过田野，跑到我们祖母的房子那里重新思考下一步的计划。我们没有任何人可以投奔，现在不仅身无分文，还被整个世界抛弃。碧昂卡呜呜直哭，我本来试图安慰她，但很快我也哭了。”

听到这里，乔治的眼眶也湿润了。

“我们决定先睡在老房子里，第二天再考虑。房间都被烧毁了，空荡荡的。四周好像有蜥蜴在爬，厨房里甚至还传来了蛇吐信子的声音。碧昂卡害怕得发抖，不想再继续往前走了。我好不容易让她平静下来，试图在房子里找个可以睡觉的地方。好在地窖看起来很干净。我一直没睡着，苦苦思索我们俩能逃到哪里去。然后我突然感觉有人在盯着我。”

说到这里，阿尔弗雷德又坐起来一些，他的双手紧紧地握在一起：“那一刻，我的心几乎停止了跳动。那不是一张人的脸，那双眼睛也不是人的眼睛。那个东西一动不动，一直紧紧地盯着我。它突然跳到我的跟前，我一下子就不怕了，因为那是一只大型野猫，这只野猫应该把地窖当窝了。我打跑了野猫，带着在黑暗中哭泣的碧昂卡回到了花园。碧昂卡哭得浑身发抖，不停地说着‘我要回家’。我差点就要带她回叔叔家了。突然，我想起了我家以前的一个女佣维罗妮卡，她对碧昂卡特别好。后来，她的嫂子去世了，她就去了她哥哥在罗夫雷多的家帮忙。

“下定决心之后，我们立刻出发，我叔叔的房子里还有灯光。他们正在四处找我们，一个仆人提着灯笼走在前面。幸亏我们离开了老房子，不然马上就会被发现。”

阿尔弗雷德休息了一会儿，闷哼几声，又清了清嗓子，他现在觉得说起话来越发困难了。回忆一幕幕涌上心头，支撑着他：“那是一段漫长而艰苦的旅程。我们只能吃田地里的野草和豆子，还有萝卜之类的，走了两天两夜，我们才走到罗夫雷多。结果那个村里有四个人都叫维罗妮卡，我们一个一个地去找，但都不是我们要找的维罗妮卡。最后一个维罗妮卡人很好，给我们牛奶喝，还告诉我们村里之前还有一个叫维罗妮卡的人，但这个维罗妮卡从洛迦诺打工回来不久就因为发高烧去世了，听到这，我和碧昂卡难过极了。我们决定去见见她的兄弟。一个身材矮胖、看起来脾气暴躁的农夫迎接了我们。他看起来疑神疑鬼的，但还是告诉我们，他的妹妹的确曾受雇于科西尼一家，但她回来待了不到四个月，就生病去世了。

“我们兄妹走投无路，只好鼓起勇气告诉那个农夫，我们为什么会来找他的妹妹。他允许我们在他家里暂住一夜。谢天谢地！我们终于能把白面包蘸在热乎乎的羊奶里，终于睡进了温暖的干草堆，我们对维罗妮卡哥哥家的三个孩子也怀有同样的感激。

“第二天早晨，我在农夫之前就起床干活了。然后，我问农夫是否想留下我们。我告诉他，我在家里做过一些琐碎的工作，碧昂卡会做饭，还会做各种家务。但是农夫什么也没说，只是取下镰刀，走进了田地。我很失望，只好打算和碧昂卡一起离开。中午农夫回到家，他说：‘碧昂卡可以留下来，至于你，我实在是负担不起。’然后，他告诉我说有人愿意付三十法郎找适龄的男孩去米兰做烟囱清洁工，还说要是我去的话，那三十法郎就可以留给我妹妹。这样一来，我们兄妹俩至少有一个能过上好日子。

“事情发生得太突然了。我去米兰做烟囱清洁工，碧昂卡留在这个家里做女仆？农夫让我考虑到晚上。碧昂卡不想让我离开，但我又有什么办法呢？至少她有了一个安稳过日子的地方，而我也会努力干活赚钱，这样就能更好地照顾碧昂卡。于是，我同意了。我向碧昂卡保证明年一定会回去找她。她把母亲的胸针给了我，我把父亲的戒指交给了她。之后我就沿着提契诺山谷出发了。

“中途有乡村警察向我走来，问我是不是阿尔弗雷德·科西尼。我骗他说我来自阿尔贝多，去贝林佐纳是为了找一个木匠下订单。我当时就知道我的叔叔和婶婶还在找我，他们肯定不会想到我要去米兰。我格外小心，避开所有路人，绝对不主动和任何人说话。”

阿尔弗雷德站起来，他看着乔治，突然笑了起来：“直到……一个小时后我遇见了你。”

“没错，”乔治打断了他的话，“那为什么来米兰是个秘密呢？”阿尔弗雷德又躺了下来：“如果不是因为我觉得自己活不了几天了，我肯定不会现在就告诉你。”“别总是再说死啊这种话了。”乔治有点生气了。

阿尔弗雷德对乔治挥了挥手：“行吧，别打断我，我还没把我的秘密说完呢。”

“为了保护碧昂卡，我不想告诉任何人我自己的经历。你知道的，我妹妹是我在这个世界上最后的亲人了。我们彼此挂念。你是除了我以外，唯一知道她现在在哪里的人。我答应过她，春天我会回去找她……”

说到这，阿尔弗雷德控制不住对妹妹的思念，一下子哭了起来。

“所以，我现在想向你提出一个不情之请，”阿尔弗雷德流着泪继续说，“如果你能离开这里，你一定要去罗夫雷多寻找碧昂卡。你一定要保证，见到她之后，要么让她和维罗妮卡的哥哥一家继续住在罗夫雷多，要么你带着她一起回维尔萨斯卡山谷。在她长大成人之前，不能让她再见到我叔叔和婶婶，他们再也别想伤害她。”阿尔弗雷德撑起身子：“答应我，乔治。我们发过誓的，请你答应我。”

乔治紧紧地握住伙伴的手：“我向你保证，等我的主人不再需要我的时候，我一定会找你的妹妹。可是，我该怎么让她相信是你让我去找她的呢？”

阿尔弗雷德解开衬衫领口，拿出一个挂在脖子上的小袋子。“她的胸针在里面，”他低声说道，“我在袋子里还放了两个小银扣，是我在祖母的地窖里找到的。还有一些钱，是别人给我的小费。你把这些都带给她。我明天再写一封信，把它和胸针一起放进袋子里。你把这一切都给她，她会相信你的。”阿尔弗雷德又把袋子系好，塞进了衣服，接着，他躺回了草堆：“你快走吧。主人随时都有可能回来，今天不能再被他发现了。”

“我明天再来。”

“不用。你现在什么都知道了，等我死了，我相信暗黑少年团的兄弟们会告诉你的。然后你再过来把我的袋子拿走。”

乔治难过得哭了起来，他流了那么多眼泪，哭了好一会儿，才艰难地点点头：“那我走了……”

“好好保重，我的朋友。”阿尔弗雷德轻声说。

“再见了，我的朋友。”乔治紧紧拥抱了阿尔弗雷德，吻了吻他的眼睛和脸颊，然后走进了无边的黑暗中……

阿尔弗雷德之死

接下来的几天里，乔治还是满脑子都是阿尔弗雷德，幸好暗黑少年团的兄弟们一直都没有来找他，没有消息就是最好的消息。慢慢地，乔治平静下来，内心一度充满了喜悦，他坚信阿尔弗雷德的病快好了。

可这一天终究还是来了，这天晚上，乔治看到安东尼奥站在主人家的门口，安东尼奥悲伤地看着他："阿尔弗雷德死了。"

"死了！"乔治一下子紧紧地抓住安东尼奥的手臂，感觉自己全身的血液都凝固了。

"是的，"安东尼奥点了点头，"今天下午死的。"乔治渐渐缓了过来："你等我一下，我马上跟你过去。"然后，他万分悲痛地请求主人罗西让他去见阿尔弗雷德最后一面，主人同意了。

德拉塞尔瓦大街上，其他扫烟囱的男孩们早就知道了。他们都沉默地站在巷子里，静静地看着乔治和安东尼奥。小丹特迎了上来："你们是要上去找他吗？我和你们一起上去。"

"你们当心，"红毛恩维利诺提醒他们，"柠檬脸刚才上楼了。”

“我们有三个人，”安东尼奥冷哼一声，“而且他看到房间里有个死人，就会马上安静下来。”

柠檬脸吉沃蹲在阿尔弗雷德的身边，用油腻的手指戳了戳少年瘦削的身体。“死了？真死了？真晦气……”老吉沃喃喃地说，“说不定这家伙私藏了什么？”老人把阿尔弗雷德的包翻了出来。阿尔弗雷德好像预料到他死后主人还想抢劫他唯一的财产，突然滚到另一边。老吉沃吓坏了：“吓死我了，镇定！这家伙肯定死了，都没呼吸了。”

老吉沃发现包里有一个小袋子，打开后，他高兴地跳了起来：“一枚胸针，金子做的！”就在这时，房间里出现了三个男孩，老吉沃马上把袋子藏到了身后。“你们在这里干什么？”他发现这三个男孩是阿尔弗雷德的朋友，立刻对他们大喊大叫。

“这是我们的兄弟。”安东尼奥悲伤地说。

柠檬脸用他的空手抓住安东尼奥的肩膀，把他往门口推：“你们给我出去，这是我的房子！你们想让我告诉警察吗？就说有小偷闯入我的房子，还想抢劫我？”安东尼奥抓住老吉沃的手恳求：“别这样，我们只想见见朋友的最后一面，求您了……”

“你才是小偷！”乔治大声地喊道。

“你们是小偷！”柠檬脸面目狰狞。

“我们都看到了，”乔治并没有退缩，“你刚刚偷走了我朋友的遗物。”

“真可笑！如果这是真的，就让魔鬼把我的胳膊砍掉。”老吉沃想把手从安东尼奥的手里挣脱出来。乔治抓住了老吉沃紧紧攥着的另一只手:“这是你从阿尔弗雷德那里偷的。”

“这明明是我的，他之前偷走了！现在只是物归原主罢了！”

“你撒谎！”乔治气得大喊，“他几天前给我看过，里面有他妹妹的胸针和给他妹妹的信。他跟我讲要是他死了，就让我过来把袋子拿走。”

“你胡说八道！”老人越来越恼火，“你就该被雷劈死，你……”话音未落，他突然从安东尼奥身旁挣脱，逃到了厨房的角落里，高高举起房间里唯一的椅子，大声威胁道:“快滚！不然我杀了你们。”乔治被他那扭曲的黄脸和恐怖的叫喊声吓得退后了一步，小丹特都准备往门口跑了，但安东尼奥仍然留在原地，寸步未动:“乔治，你刚才说的是真的吗？”

“是的，”乔治气得咬牙切齿，“千真万确！”

“我们一定要把袋子抢回来！”

“你们试试看。”老吉沃把椅子举过头顶。

乔治假装往后退了几步，丹特趴在地板上。安东尼奥还没等老吉沃反应过来，突然暴起上前:“把包给我！”“想得美！”老吉沃直接把椅子砸向安东尼奥。不过丹特抱住了柠檬脸的腿，乔治一个飞跃抓住了他的手，最后他像一袋面粉一样倒在了安东尼奥的面前。

“救命！救命！救命！”老吉沃高声大喊。安东尼奥扑倒在他身上，把他的脸摁在地板上，转过头低声对乔治说:“快把袋子拿走，东西还在里面吗？”

乔治看了看："没少，有信，还有胸针。"

"快逃！"

是该逃了，外面已经有人听到了老吉沃的哭喊声，三个男孩甚至听到有人沿着台阶上来了。丹特已经跑下楼了，乔治看了一眼死去的朋友，阿尔弗雷德现在就躺在干草堆中间，整张脸一片死白，但是比活着的时候看起来更高贵、更仁慈，乔治泪流满面。

"快走！"安东尼奥再次大声催促。

整个房子都乱套了。安东尼奥把老吉沃锁进了厨房，然后逃进走廊，他没法从楼梯上下去，因为一旦下楼，就会被房子里的其他人发现。慌乱中，他被乔治拉进了隔壁的一间黑屋子，藏了起来，屋子里一片黑暗，他们能听见外面传来的声音。

房子里的其他住户来到了柠檬脸的门前。柠檬脸恶人先告状："那些小男孩！那些坏孩子！他们把我打倒了，还扑在我身上！我要打死他们！"他的声音变得越来越尖："现在他们还把我关起来了！"

"我们要去报警吗？"一个男人问道。

"对，去叫警察！"老人的声音越来越大。后来，锁匠来了，安东尼奥和乔治听到老吉沃还在那边嚷嚷："三个男孩闯了进来，他们扑到我身上，还把我的袋子抢走了！这一切竟然发生在米兰，光天化日，竟然有人入室抢劫！"

"我想我看到了一个，"女人说，"他从楼梯跳到了大街上。"

"一定要叫警察来。"那男人的声音又响起来了。

“但是这里还有个人？”乔治和安东尼奥又听到了那个女人的声音。

“一个死人而已。”柠檬脸粗鲁地回答。女人尖叫起来：“一个死人！”

“对，”柠檬脸满不在乎地说道，“是我的烟囱清洁工，他病了很久。估计今天早上死的。”

“是阿尔弗雷德，”那女人一定认识他，“噢，可怜的孩子。”其他人也都在为阿尔弗雷德难过，似乎再也听不进老人的抱怨了。“我都没难过呢！”老吉沃又喊了起来，“不就是死了个脏兮兮的男孩吗？你们哭什么！”

“抓住了。”突然，一个响亮的声音从街上传来。

老人立刻冲到了窗前：“他们真的抓住了一个。”老人冲下楼去，厨房里的众人都跟了下去，乔治和安东尼奥也走到了窗前。安东尼奥看着商店玻璃上映射出的人影：“他们抓住了丹特，但旁边有我们的兄弟，他们会救他。”

老吉沃跑到大街上。“对！就是他扑到我身上。”他朝丹特尖叫，“你这个小坏蛋！”还试图用尖尖的手指去挠丹特，“我要掐死你！”紧要关头，警察跑到两人中间，把丹特从老人的爪子里解救出来：“别着急，老头子，真有必要的话，会由我们把这孩子绞死，而不是你。不然要警察和法官做什么呢？”

“他们刚刚掐我脖子，我得还回去！”老人尖叫着又想去掐丹特。这一次，其他扫烟囱的男孩直接把丹特挡住了。“把你的手从他身上拿开。”红毛恩维利诺恶狠狠地说，一把将老吉沃推倒在地。

“啊呀！”老吉沃从地上爬起来，愤怒至极，“我要打死你们所有人！”

“行了，”警察警告他，“到底发生了什么事？”

“有三个人……”

“我只看到了一个。”警察打断了他的话。

“他，”老吉沃指着可怜的丹特说，“还有另外两个男孩溜进了我的厨房，扑到我身上，打我，还抢走了我的袋子。”

“真不要脸，是你的袋子吗？”丹特勇敢起来了，大声质问。

“就是我的袋子，你这小坏蛋！”老吉沃对丹特大喊大叫，“就是我的！如果你再不闭嘴，我就把你打得满地找牙！”

“他撒谎！”丹特大叫道，“根本就不是他的！”

“你、你、你！”老吉沃像头羊一样围着丹特跳着脚，那张黄脸一阵青，一阵白。警察又发话了：“都冷静点。老头子，你先告诉我被偷的袋子里有什么。”

“有一枚金胸针。”老人说得很轻。围观的人群互相看看，然后哈哈大笑：“哈哈，老吉沃有一枚女士用的金胸针！”

“为什么我不能有一个金色的胸针？”老人冲着周围大喊。

“是的呢，”几个小烟囱清洁工眨着眼睛揶揄道，“为什么他不能有一个呢？米兰到处都有金色的胸针。”

“无论如何，”警察说，“老头子，我得知道你是从哪儿弄来的胸针，才能帮你。”

“我……我……”老吉沃结巴起来，突然又底气十足地吼道，“这和你有什么关系？它从我这里被偷走了，现在我要我的胸针回来。”

“说不出来，胸针就是他偷的。”一个男孩插嘴说。“对，我也这么认为。”一位邻居也这么说。老吉沃转过身来，像是被人捅了一刀，跳着脚冲周围人大喊：“都给我滚得远远的！你们算什么东西！”他甚至粗暴地对警察大吼：“你到底是不是来帮我的？”发泄过后，老吉沃转身想回屋里去。

“站住，”警察抓住了他的肩膀，“你把我叫来，事情还没有解决！”

“我没有叫你来，我决不会叫一个和小偷站一边的警察。我现在自己去找我的袋子和胸针。”

“站住！”警察严厉地喝止他，追上前去，“我再问你一遍，所以你放弃起诉他们了，是吗，老吉沃？”

“对，我不干了！”说完，柠檬脸灰溜溜地溜回了屋子，而丹特早就趁着警察去追柠檬脸的空当跑掉了。

“好吧，当事人都跑光了。”警察笑了，周围的人也都笑了，人群渐渐散开了。

乔治和安东尼奥站在窗前，提心吊胆地看完了整个经过。看见警察离开，乔治长吁一口气：“我们很幸运。”安东尼奥点点头。隔壁的柠檬脸已经回来了。他把三个男孩、警察以及围观的众人通通骂了一顿。然后砰的一声，他又关上门下楼去了。

“他肯定又去喝酒了，然后醉上三天三夜。”安东尼奥耸了耸肩。乔治若有所思：“那太好了，或许我们可以趁机找个地方把阿尔弗雷德埋了？”安东尼奥摇了摇头：“他们会把他的尸体拖到某个地方扔了，很多扫烟囱的男孩最终都是这个结局。”

“不，”乔治的手在颤抖，“安东尼奥，我们不能让阿尔弗雷德曝尸荒野。”

“可葬礼要花很多钱，至少二十五里拉。”

“如果咱们每个人都能给凑一里拉……”

安东尼奥心酸地说：“但是我的主人不会让我去参加葬礼的。”

“如果我的主人不让，”乔治坚定地说，“我就逃跑。我先把袋子藏好。明晚九点我准时到咱们基地去，到时候我们再商量。”安东尼奥同意了。他们悄悄打开门，走进走廊。乔治本想再去看看阿尔弗雷德，但他担心老吉沃会回来，只好作罢。

今天发生的一切让乔治筋疲力尽。已经很晚了，街上只有几盏灯零星地亮着。乔治走进了教堂，想在里面安静一会儿。阿尔弗雷德的包还在身上，胸针和信也还在里面。过了好一会儿，他才站起来继续往回走。

不好，好像有人在跟踪乔治，乔治加快了脚步，小跑起来，但一直没能把人甩掉，乔治的心脏都快跳到嗓子眼了。

“小伙子，”那人走到有亮光的地方，吹了声口哨，“真的是你。”乔治紧张极了。

“你一点都不记得我了。”那声音听上去有点生气。乔治想起来了，是他之前在水边遇到的大胡子。与此同时，又出来了一个人，是大胡子一伙人里那个有点驼背的小个子。小个子嘟囔着：“我跟了他半天了，我就知道你会一直在这里等他。”

乔治听出来了，大胡子似乎一直在找他，忍不住问:“你想做什么？”大胡子说:“小伙子，我什么都不想做。你先跟我来。”

“但是我现在很累。”乔治真的很累。

“你只要和我们待上几分钟就不会累了。”

乔治绝望了，他刚刚就有预感这个人要把他带走，鬼知道他们又想让他做些什么。乔治又被带到了岸边，大胡子轻轻吹了声口哨，不一会儿，水上驶来了一艘船。“上船。”大胡子推了推乔治。驼背小个子在岸上望风。

港湾里停着一艘长长的驳船，他们朝驳船开去，狭长的船舱里，亮着两盏小灯。乔治再一次见到了那个叫奥古斯托的首领。首领取下一盏灯，照亮了乔治的脸。“啊哈！你今天终于抓到他了？”他站了起来，“小子，你的小心脏是不是怦怦直跳？你怎么没回到我们身边？”

“因为我不是小偷，我也不想成为小偷。我跟你说过，我是被别人冤枉的。现在一切都过去了，我的主人当天就把我从看守所里带回了家。”乔治勇敢地说出了真相，尽管他也不确定是不是应该这么回答。

“你没背叛我们吗？”

“我没有背叛任何人。”乔治大声地说，两只手在胸口握成了拳头。

“那警察为什么在你被捕三天后把我们的阵地捣毁了？”奥古斯托问。“小子，他们还抓走了里卡尔多！”大胡子补充道。

“我真的不知道，先生们，”乔治急了，“我什么都没有往外讲，也没有人问我关于你们的事。”

“哈哈！”奥古斯托和大胡子都笑了，另外两个在玩骰子的人也转过身来笑了。“哈哈！”奥古斯托笑得越来越大声，“所以警察会无聊到在夜里两三点随便抓个人，然后把他带到警察局，也不盘问他。你的脑子是不是进水了？你以为我们会相信你的鬼话吗？！”

乔治差点就要哭了：“我说的是实话。我真的没有被盘问。那个警察逮捕我之后立刻把我和另外三个人扔进了一个黑漆漆的房间。第二天早上，我的主人就把我接走了。”

“小伙子，警察最后把你交给了你的主人，是吗？说不定警察还跟你的主人说抱歉呢！”奥古斯托继续戏弄着乔治。

“我不知道。我只听到我的主人告诉哨兵，说我逃跑是因为他威胁我要揍我。而且他还指着我替他干活赚钱，所以他要求警察放了我。”

大胡子也开口了：“你既然是无辜的，为什么第二天晚上不回到我们这里来呢？”

“因为我不想！我之前就跟你们说过了，我从来没有偷过东西，我不想成为小偷。”

“哦吼！”奥古斯托喊道，“为什么不呢？”

“我祖母以前总是告诉我：‘如果你不能脚踏实地地赚钱，你最好自己把自己吊死。因为就算你通过歪门邪道赚了钱，那你迟早也会走上绞刑架。’”

男人们又爆发出一阵大笑。奥古斯托说：“你有一个好祖母。”大胡子更加夸张：“我巴不得有一个这样的祖母。”大笑过后，船舱里安静了下来，谁都没有说话，只能听到油灯的灯芯噼啪作响。哦，不对，乔治还听到了自己的心跳声，它怦怦跳动的声音和灯芯的噼啪声一样响亮。

“好吧，”奥古斯托摇了摇头，“我们现在该拿这小家伙怎么办？我几乎都要相信他了。”“嘿，”大胡子不满地抗议，“别忘了警察把咱们的阵地捣毁了。”奥古斯托手上转着一支烟：“但是，如果他们真的知道我们的阵地在哪里，也不会大白天直截了当地冲过去。他们为什么不等到晚上我们都在的时候，把我们一网打尽？”大胡子不再说话，时不时哼唧几声。

“你们怎么想？”奥古斯托转向另外两个人。

“你想怎么处置就怎么处置。”其中一个说。

“要么放他走，要么淹死他，我无所谓。”第二个人也说话了。

“要我说，把他放了吧。”第三个人说道，这是划船把乔治和大胡子带过来的船夫，他正安静地坐在角落里。

“好吧，”奥古斯托又转过脸来对大胡子说，“现在你知道我们的想法了。当然，你说了算。”

“至少要让他吃点苦头！”大胡子不情愿地咆哮着。

“对，”一个掷骰子的人说，“把他扔进水里，剩下的看他自己的造化！”

“你听到了吗？”奥古斯托转过头对乔治说。乔治松了口气，他会游泳：“你怎么处置我都行。我只想再次告诉你们，我真的没有出卖你们。”

“这话你去跟鱼讲吧，看看它们会不会信你。要是它们不吃你，你就是清白的。”

首领跳了起来，抓住乔治的衣领：“来吧。”他们回到甲板上，把乔治抬了起来，奥古斯托托着他的上半身，大胡子则抓着他的腿，在空中来回摇晃。

“晃一下，上天堂。”奥古斯托说。

“晃两下，下地狱。”大胡子说。

“晃三下……”他们放开了他，“喂鱼喽！”乔治被一头扔进水里，激起巨大的浪花。冰冷的河水顿时裹挟着他，乔治使尽全身的力气向岸边游去，驼背在左岸，所以乔治往右岸游。

“你看见了吗？”大胡子问道，“他游得真快。”

“的确，像鱼一样快。”

乔治游得越来越快，摆脱了那群人，他觉得很开心，甚至都不觉得冷了。但是他突然想起阿尔弗雷德的信还在袋子里。天啊，信不会被水泡坏了吧。乔治把手伸进口袋，掏出装信的袋子，用右手举起，只用左手游泳。

一刻钟后，他终于游到了岸边。乔治把身上的水抖掉，然后把袋子放好，又开始小跑。

回家后，乔治第一次觉得自己的小马厩是那么的温馨。

安格丽塔已经睡着了。乔治小心地把湿漉漉的信打开，放在木板上，其他物件也都在旁边摊开晾着。然后他像刺猬一样卷进一个旧袋子里，很快就睡着了。

小男子汉的约定

第二天晚上，乔治来到了暗黑少年团碰面的地窖，其他成员都已经到了，除了少数几个人在轻声交谈，剩下的人都沉默不语。安东尼奥悲伤地坐在角落里，一言不发，直到看到乔治进来，他才站起来对乔治说："我们把钱凑起来了，一共有十八里拉。但最便宜的葬礼也需要二十里拉。"

"我这里还有四里拉，"乔治说道，"还能再买两束鲜花。"一里拉是他自己的，另外三里拉是安格丽塔给他的，她听说阿尔弗雷德的死讯后非常难过，又得知扫烟囱的男孩们想把他好好安葬，大方地表示自己也要出一份力。所有人都很高兴。

"那我们的钱完全够了。"丹特说道。

"是的，没有什么能阻挡我们。"红毛恩维利诺也高兴地说。

"我们已经把阿尔弗雷德带到圣卡洛教堂了，"安东尼奥继续说道，"牧师也答应会在星期六上午十一点举办葬礼。但是，有件事很麻烦。我们的主人不同意我们周六放假。[①]”

说到这里，场面开始混乱起来，男孩们七嘴八舌地诉说着自己的难处：“要是偷跑的话，我的骨头会被打断的。”“我的主人今晚就想把我关起来。”“我要是去参加葬礼，我的主人会派警察来抓我。”“我刚跟我的主人开口就挨揍了。”

“无论如何我也要去！”突然，有一个男孩大喊。

“我也是！”又有两个男孩异口同声地喊道。

“就算主人没把我揍死，反正迟早也会死，”恩维利诺坚定地说，“所以，我一定要亲眼看着阿尔弗雷德入土为安。”大家议论纷纷，最后都看向了乔治，好像在等着他发话。阿尔弗雷德之前对乔治无可比拟的信任，不知不觉中，让他成了暗黑少年团中的核心成员。乔治咬住下唇：“嗯，让我想想。”过了一会儿，他问：“你们认识刀疤脸吗？”

“安东尼奥·路易尼！”“我们当然认识他！”“那是个大坏蛋！”“他就是个人贩子！”在场的男孩们都认识刀疤脸，他们激动地喊了起来。

“你们知道他住在哪里吗？”

有一个男孩知道：“在巴涅拉大道。我的主人曾经去拜访过他。”

“太好了。”乔治说着，“他曾经向我保证，他可以满足我

① 孩子们之所以没有挑选自己本身可以休息的周日举行阿尔弗雷德的葬礼，是因为在西方传统中，星期日不宜举行葬礼。习俗认为这样会导致在一个星期内还会接连举行三次葬礼。

一个愿望。因为当初是阿尔弗雷德和我把他从水里拖出来的。我现在就去见他，请他替我们大家向主人们说句好话。他们还都得依靠他，说不定我们就都能来参加葬礼了。”

“去吧！快去吧！快点！”孩子们兴奋起来。

“带两个人跟你一起，”安东尼奥说，“毕竟你要去的地方，住的都是吃人的‘豺狼虎豹’。”

丹特自告奋勇，恩维利诺也一起去了。巴涅拉大道是乔治在米兰见过的最肮脏的地方。街上到处都堆满了垃圾，他们得打起十二分的精神才能找到下脚的地方。脏兮兮的小猫、小狗到处游荡。街边破烂房屋门口，坐着几个妇女，正在给小孩子喂饭。

他们来到了一家酒馆的门口。“你们最好在外面等我。”乔治对另外两个男孩说。他一个人走进了长长的走廊。里面七拐八绕，经过一位老妇人的指点，乔治费了老大的工夫，终于找到了刀疤脸所在的房间。

整个房间黑漆漆的，每一桌都坐满了客人，乔治一桌一桌找过去。第一张桌子边坐了一个身量矮小、衣服油乎乎的女人，还有一个老头，这个老头牙都没了。两人面前都放了一杯酒。第二张桌子边坐着两个穿着破制服的士兵，其中一个人正把头枕在胳膊上打呼噜，另一个人抽着烟，眼睛迷茫地盯着前方。乔治路过的时候，那人眼睛都没眨。

第三张和第四张桌子边坐着几个人，他们睡着了，但时不时地又会抬起头来，从他们面前的玻璃杯或瓶子里啜一口酒，然后继续低头睡觉。下一桌是两位正在交谈的年长的妇女。其中一个脸庞苍白瘦削，不禁让乔治想起了他的女主人。另外一个年纪大了，个头更小，但面相也更恶毒。乔治一走近，她们立刻停止了交谈。稍微年轻点的那个女人在一个大口袋里摸来摸去，拿出了一大瓶酒，咕咚咕咚喝了起来。

酒馆老板站在旁边。他身材魁梧，脾气暴躁，一双小眼睛深陷在眼窝里，粗糙的大手里握着一瓶酒，他看见了乔治。

“你在这里干什么？”他朝乔治吼道，“我这里可不是什么儿童庇护所！”

“我在找刀……安东尼奥·路易尼……”乔治不知所措，房间里的景象把他吓坏了。

“他在那，”老板指着睡在中间桌子上的其中一个人说，“你看看能不能把他弄醒。他在这喝了三天的酒了。”

“我必须跟他谈谈，”乔治说，“这是一件生死攸关的事情。”

老板笑了：“安东尼奥可不会在乎别人的生死，但你可以试试。”他抓住刀疤脸的脖子，把他拉起来，摇了摇：“安东尼奥！”

正是刀疤脸，乔治一下子就认出了他。“安东尼奥！”老板又喊了一声，继续摇晃。刀疤脸张开嘴，弯下腰，慢慢睁开了眼睛，不耐烦地大吼：“别烦我！”

酒馆老板把乔治推到了跟前：“这男孩想和你聊聊。”

刀疤脸眼神呆滞：“我根本不认识他。”乔治很害怕，但他一想到阿尔弗雷德，便鼓起了勇气，一把抓住刀疤脸：“是我，来自索诺尼奥的乔治·贝尔纳斯科尼。那个在坎诺比奥把你从水里拉出来的男孩。”

刀疤脸拿着酒杯的左手重重地拍在了桌子上，酒杯碎了："什么玩意儿，你想把我从水里救出来？我压根就不碰水。"

乔治焦急地继续解释："你一点都不记得了吗？大约三个月以前，当时你和我们一起从洛迦诺坐船去斯特雷萨。但是暴风雨来了，船翻了。"乔治的声音很大，坐在不远处的两位妇人坐得更近了，酒馆老板也听到了，他又摇了摇安东尼奥："安东尼奥，这件事情很重要。我给你倒杯咖啡，你清醒一下好吗？"

"什么？"刀疤脸暴躁极了，"现在没有什么东西比酒更重要。我不想清醒，我想继续喝酒。"

乔治没有放手："不，你必须清醒。快点听我说！最近发生了一件不幸的事情。我的朋友，那船上二十个男孩中的一个，当时和我一起救你的那个……"两个妇人听得更认真了，一个士兵也走了过来。

"安静！"酒馆老板突然打断了乔治，很多人都不知道刀疤脸当时也在船上，还被男孩救了。"别说了，"老板又说，"就算没有你在这里胡说八道，我也得把他弄醒。"他猛地把刀疤脸拽起来，像拖麻袋一样把他拖进了旁边的一个小房间里，然后把乔治也叫了进去。

老板一定是往刀疤脸头上泼了一壶水。因为他的头发、鼻子和耳朵上都滴着水珠。刀疤脸抬起头，在黑暗中向乔治咆哮道："你刚刚在胡说八道些什么！"

"我没有胡说！"乔治坚定地说，"我需要你的帮助！"

"你刚才那样喊，恨不得让整个米兰的人都知道。"

“我只是想让你清醒一下，先生……”

酒馆老板回来了，他带来了一杯黑咖啡：“来，喝杯咖啡提提神吧。”刀疤脸接过咖啡，愤怒地看着乔治：“你到底想做什么？”

“阿尔弗雷德死了。”

“阿尔弗雷德！”刀疤脸吼道，“哪个阿尔弗雷德？我至少认识十几个叫这个名字的人！”

“我的好兄弟。他当时也在船上，是我和他一起把你从水里拖出来的。”

“是人，终究要死，包括你我。”刀疤脸阴阳怪气地说。

乔治继续解释：“我们想明天给他办葬礼。”

“你们？谁？”刀疤脸现在彻底清醒了，他站了起来。

“其他在米兰扫烟囱的男孩。”

“哦？你们互相都认识？”

“我们都认识，”乔治自豪地说，“明天我们想去参加葬礼。”

“这跟我有什么关系？”刀疤脸粗暴地说。

“主人们不会允许……”

“他们当然不会允许。”刀疤脸又打断了乔治的话。但乔治继续解释：“所以我才想请你帮个忙，在主人们面前求求情。”

“我？”刀疤脸高声喊道。

“对，你。我们都相信，主人们能听进你的话。”

“我不会帮你的！”刀疤脸直接拒绝。

乔治涨红了脸：“我们把你从水里拖出来的时候，你答应过我！说会帮我实现一个愿望。”刀疤脸点了点头，辩解道：“我记得。但不是满足别人的愿望，而是你自己的愿望。”

乔治的脑子转得飞快：“那你是不是因为我把你从水里拉出来，才向我承诺？”刀疤脸又点了点头：“对。如果是那个男孩把我从水里拉出来，我也会向他许诺。”

乔治拍手喊道：“就是他。真的，我只是在帮他。”

“是死掉的那个吗？”

“对。是他先看到了你，然后他抓住你的衣服，把你拽上木板。我只是把你的腿放在上面而已。”

“那你为什么今天才告诉我这些？”

“因为这些在那时候都不重要，但现在很重要，你必须实现阿尔弗雷德的遗愿。”

刀疤脸兴致盎然地看着乔治，乔治因为想到了解决办法而容光焕发。刀疤脸问道：“所以他的遗愿是什么？”

“他希望我们给他办个葬礼。”

刀疤脸笑了：“你以为你吃定我了？我不会帮你的。”

乔治说：“但是你已经答应了。”

刀疤脸笑得更大声了：“你这个小坏蛋。好吧！我会试着和那些主人们谈谈。什么时候举行葬礼？”

“明天上午十一点。”

“那时间很紧张。我现在直接去‘金罐’，应该会遇到一个或几个主人，他们可以互相转告。”

“你千万别忘了。”

刀疤脸又咆哮起来："我，安东尼奥，只要答应了就绝对不会食言！听懂了吗？"然后他声音低了下去，对乔治轻轻地说："现在，你可以走了。"

终于解决了，乔治来到院子里准备和丹特他们会合，还没走出去就听到街上吵吵闹闹的。估计是野狼少年团里的人认出了乔治三人，一路尾随，这会儿整个野狼少年团都来了，就站在门口。痘霸乔瓦尼站在最前面，然后是猫脸福斯蒂诺，独眼里纳尔多也来了，他身后至少站着十二个男孩，安塞尔莫也在里面。

"他在里面！我只想抓他，你们给我让开！"痘霸喊道，"我的手下看见他进去了。在我们抓住他之前，你们别想走。"

"他不在里面。"是丹特的声音。

"他就在里面！"情况僵持不下。

这时，乔治走了出来："我在这，你们想做什么？"整个野狼少年团都叫喊起来，一步步逼近。丹特和红毛直接朝野狼少年团的男孩们撞了过去。"你们找我做什么？"乔治无所畏惧地走到丹特和恩维利诺之间。

"那得问问你自己！""痛打你一顿！""把你所有的骨头打断！"野狼少年团的少年们叫嚣道。"你们快走，"乔治低声对两个伙伴说，"穿过院子，去求援！"丹特和恩维利诺本不想离开，但事情紧急，只能快速跑开了。野狼少年团的几个男孩想跟踪他们，被乔治张开双臂拦住了："站住！你们老大说了，只想抓我。难道他的话你们也不听了？"

"对，你们给我站好，"痘霸下了命令，"今天我们只抓他。"

“就在这儿？”乔治无所畏惧，指了指附近围观的人群，临街的窗户里、街道上，到处都是看戏的眼睛，“不去公园吗？”

痘霸看着围观的人群，心里有点发毛。安塞尔莫看出了老大的犹豫，建议道：“把他带到我们的营地去吧。”“是的，去营地。”其他人附和道。“但是那样我们的营地就暴露了。”猫脸比较谨慎。“我相信一旦我们把他带过去，他就再也不会有机会告诉别人了。”安塞尔莫朝老大眨眨眼睛。

独眼开路，一行人浩浩荡荡地走在米兰的街上，最后，野狼少年团走到了郊外，进入了一个大型工地，工地的西北角有一个露天采砂场，他们把乔治赶了进去。乔治注意到采砂场里有不少小洞，每个小洞都容得下两到三个男孩。

“现在我们抓到你了。”痘霸一脸得意。“是的，现在你跑不掉了。”其他人把乔治团团围住。安塞尔莫用棍子捅了乔治的后背，乔治立刻转过身，把安塞尔莫的棍子从他手里扯出来，掰断了直接朝他脸上扔过去。“我们揍死他，把他揍得不敢吭声！”独眼咆哮着摩拳擦掌，在乔治面前摆出了凶狠威胁的架势。

乔治知道自己可能很快就会被揍得躺在地上。不过，丹特现在可能已经找到暗黑少年团的兄弟们，如果他们一直这样僵持下去，就该轮到野狼少年团挨揍了。对，现在必须要拖延时间：“在你们揍我之前，我想先给你们讲一个故事。”

“哎哟！”独眼大喊起来，“下地狱前还要认罪吗？”

乔治说：“你们到底想不想听？”

猫脸低声威胁：“你别又要什么花招。”

他们的老大倒是没有反对："可以。但你只有两分钟。时间一到，我们就揍你。"

"用不了那么久，"乔治慢慢地说，"你们知道，我们这些扫烟囱的男孩也有一个小团体，就像你们的野狼少年团一样。我们老大是，不对，曾经是阿尔弗雷德。"

"嗯，我们认识他。"猫脸说。

"阿尔弗雷德昨天死了。"

"死了？"独眼很是惊讶。痘霸和猫脸也都看着乔治，除了震惊，脸上还带着一丝怜悯。

"是的，他死了。"乔治点点头，"我们打算明天给他举办葬礼。"男孩们都有点不知所措，有几个还低下了头。"这就是你要告诉我们的？"痘霸在一片寂静中发问。

"对，我说完了。"

"为什么要告诉我们这件事？"痘霸继续问。

"我想请你们，"乔治顿了顿，"明天晚上再揍我。"

"哈哈哈哈哈！"野狼少年团爆发出一阵哄笑。"你这个胆小鬼！"安塞尔莫大喊。"真是个懦夫！"独眼讽刺道。"没用的家伙！"猫脸笑得合不拢嘴。"我……"乔治想解释，但是其他人的声音完全把他的声音盖住了，好在痘霸大吼了一声："都安静！让他把话说完！"

"我不是懦夫，也不是胆小鬼，否则我也不会让我的那两个兄弟轻易离开，就这么跟你们来了。这是一个请求，我不知道你们今天会对我做什么。但我明天早上必须去参加阿尔弗雷德的葬礼。他是我最好的朋友，和亲兄弟一样，我向你们保证……”

“安静！安静！”男孩们又吵闹起来。

“我向你们保证，”乔治的声音更大了，“明天这个时间，我会一个人回来，然后我们再战斗！”

独眼不屑一顾：“什么都别保证，你今天就得挨揍。”“他保证了。”“别听他的。”“他想愚弄我们。”孩子们七嘴八舌，各抒己见。“让他闭嘴！”安塞尔莫喊得最响。“都安静！”痘霸乔瓦尼再次大吼一声，然后走到乔治面前，“如果我们今天放你走，你明天会自愿回来？”

“是的，”乔治坚定地说道，“我发誓。”

“你用什么发誓？”

乔治郑重地举起右手：“我用我死去的朋友、我最好的兄弟阿尔弗雷德的名义发誓。”

男孩们又乱成了一锅粥：“别相信他，乔瓦尼！”“他只想保住他自己！”“他明天就会找他的兄弟们一起！”“他……”安塞尔莫在吵闹之中偷偷接近乔治，手里拿着一块石头。“你撒谎！”他大喊一声，把石头用力砸向乔治。乔治一个弯腰，石头砸到了另一个男孩的胸口。男孩火冒三丈，立刻一拳打在了安塞尔莫的脸上，两人在地上扭成一团，打得不可开交。

“安静！”乔瓦尼第四次命令道，猫脸福斯蒂诺把正在打斗的两个男孩分开。

“你真的要以你死去朋友的名义发誓？”痘霸又往前走了一步。乔治再次举起右手：“我发誓！”“你真的想让他走？”猫脸对自己的老大一脸挑衅，独眼的脸色也很难看，其他的男孩也都在威胁着不肯让乔治离开，一个个摩拳擦掌，蠢蠢欲动。

“你们真想揍乔治的话，应该早点开始。”是安东尼奥的声音，援军到了，所有扫烟囱的小清洁工都来了，每个人的手里还都拿着棍子或者木条，凶狠地看着野狼少年团的男孩们。他们顿时乱作一团：“你们怎么来了！”“我们又上当了！”“我们应该在巷子里就杀了他！”这一次，他们没有朝乔治怒吼，反而是对着自己的老大——痘霸乔瓦尼。乔瓦尼满腔怒火：“你这个无赖！”

安东尼奥朝他挥舞着手里的棍子：“再往前一步，就把你们打得屁滚尿流！”暗黑少年团的其他成员也都举起了手里的棍棒。野狼少年团往后退了几步，痘霸这时已经被安东尼奥打倒了，乔治推开众人，把他扶起来。

“我没有骗你，”然后乔治又转向了野狼少年团的其他男孩，“我也没有骗你们。我不知道我的朋友们会来，也不知道他们会找到你们的据点。最重要的是，我会遵守我的诺言。记住了，明晚同一时间，我会来找你们。”他甚至还和乔瓦尼握了握手：“那么，明天见了。”然后，快步向朋友们跑去。

“我们不揍他们？”安东尼奥很是不解。“不，”乔治说，“他们没对我做什么，我们还有更重要的事情。”说完，他径直转身走了。其他人跟在后面，神情犹豫——他们还是想要痛扁野狼少年团一顿。

安东尼奥问：“乔治，刀疤脸是怎么说的？”

乔治用手指理了理头发，意气风发："刀疤脸说他要去'金罐'和在场的所有主人都谈一谈。如果没什么意外的话，估计他现在已经在那里了。"

"所以，我们有时间了！"孩子们欢呼雀跃。"不管怎样，明天我都要放一天假。""我也是。"暗黑少年团一行人在博尔戈大街上分开了。

"明天上午教堂见！"安东尼奥说。

"嗯，十一点见！"大家都记在心里。

阿尔弗雷德的葬礼

刀疤脸没有食言。

第二天，等乔治到达圣卡洛教堂的时候，扫烟囱的男孩们都已经站在大门前静静等候了。还有几个大人，包括丹特的主人、阿尔弗雷德的邻居——他们都住在德拉塞尔瓦大街。让乔治没有想到的是，乔瓦尼、猫脸福斯蒂诺、独眼里纳尔多以及野狼少年团的其他几个男孩也来了，这会儿就站在小广场的对面，他不由得又警觉起来，他们来干什么呢？

痘霸径直来到乔治面前："我们能不能也来参加葬礼？" 乔治松了口气，原来他们不是来捣蛋的："当然可以，来吧。"

教堂里，安东尼奥已经打点好了一切，棺材就放在教堂的侧厅里。那是一副造型简单的窄长木棺材，棺材盖子上刻着英文字母"A"和"C"，那是阿尔弗雷德·科西尼的名字首字母。棺材前后两边各点着两支蜡烛，棺材上面放着鲜花，两朵洁白的百合花是安东尼奥用安格丽塔给的钱买的。

一位年老的教堂执事向他们挥手示意，男孩们走向祭坛，绕着棺材围成一圈。乔治跪在棺材前面祈祷。他想起了与阿尔弗雷德相处的点点滴滴，想起了他们相遇的那天，想起了他们在潘佩尔度酒馆的那一夜，想起了他们在船上的经历，想起了来米兰途中的风餐露宿，想起了他们在米兰的德拉塞尔瓦大街重逢，想起了他们在少年团地下室里的一切，还想起了阿尔弗雷德是如何拖着病体替他仗义出头……

其他的男孩们也都低头祈祷、沉默不语。安东尼奥和丹特换上了祭祀时穿的白色长衫，捧着烛台，走到了神父旁边。神父用他那双布满血丝的大眼睛看着孩子们，然后说了悼念词，说完后，孩子们一起唱起了圣诗。野狼少年团的男孩们站在后排，脱下帽子，一起唱了起来。结束后，神父带着丹特和安东尼奥打头，暗黑少年团的四个男孩抬着棺材向墓地进发，棺材的后面跟着乔治和其他男孩，丹特的主人和几个妇人紧随其后，野狼少年团的男孩们走在最后。

十一月的早晨寒气刺骨，冰冷的北风吹过米兰的街道，钻入大街小巷。广场上却还有不少人，他们打量着这场奇怪、简陋的葬礼——参加葬礼的大多都是孩子，这群孩子衣裳单薄、穿着破烂、形容憔悴，看上去甚是可怜。那副狭长的棺材也给人们留下了深刻的印象。神父轻声祷告，孩子们也静静地跟着念。

时不时会有路人停下来打听：“这是谁的葬礼？”

“一个扫烟囱的男孩的。”

“哦，”那人顿时没了兴趣，“原来只是死了一个扫烟囱的男孩。”声音里满是不屑。

一行人在城市中穿行，过马路的时候，几架马车不得不因此停下，车夫恶毒地发问:“你们是要把谁送到屠宰场去？”

“嘴巴放干净点！”猫脸朝他大吼。

“嘿，你这个臭小子！”车夫大叫。

“你也不是什么好东西！”“送你去屠宰场！”愤怒的孩子们咆哮着反击。车夫挥舞着鞭子威胁怒骂，猫脸福斯蒂诺和红毛恩维利诺同时冲上前去，直接夺走了他的鞭子，谁让他对死者不敬！

在米兰大教堂[①]的广场前，送葬的男孩们遇到了另外一队送葬的人群，那是一个很长很长的队伍，光是送葬的亲友估摸着就有一百来位。棺材华美，一切都准备得很齐全。男孩们先一步到达广场，因此，另外那个送葬的队伍不得不停下脚步，耐心等待。

孩子们感到很高兴，乔治也感到很高兴，这群衣着光鲜的人们不得不一起等待——直到阿尔弗雷德过去。

公墓位于城市的尽头，很大，但又很荒凉，只有岩石、树，以及许多雕像和十字架。乔治从没见过这么大的墓地，看起来比他老家整个村子都要大，甚至有三四倍那么大。高高耸立的天使像使整片墓地看起来尤为庄重、圣洁，这些都是乔治从未见过的景象，其他男孩也同样惊讶。

墓地管理员在他们前面带着路。他们先是来到了一棵美丽

① 米兰大教堂，始建于1386年，位于米兰的正中心，是意大利著名的天主教堂，世界上最大的哥特式教堂。拿破仑曾于1805年在这里举办过加冕仪式。

的金合欢树下，那里有一座小小的教堂，墓地管理员告诉罗伯托神父，他们想直接在墓地里给阿尔弗雷德做最后的祷告——这座小教堂是为后面的那位贵人准备的。乔治的嘴唇抽搐了一下，没有说话。“这是他们的请求。”神父也很无奈。乔治不情愿地点了点头，队伍往墓地的深处走去。他们几乎横穿了整个墓地。

阿尔弗雷德的墓碑前，众人围成一圈。乔治终于忍不住，放声大哭，丹特和恩维利诺也泪流满面。

“为你们死去的朋友最后唱一首歌吧。”神父用慈爱的眼神看着孩子们。

“好！”丹特立刻同意，“可是，我们唱什么呢？”

“就唱《扫烟囱的男孩》！”大家一致同意。

安东尼奥起了个头，是那首他们曾经在水上一起唱的歌。

扫烟囱的男孩没有家，
就像一叶浮萍走天涯。
谁能给我一个家？
谁能给我一口茶？

父亲赶我出家门，
母亲只会骂我笨。
饥寒交迫雨纷纷，
四处流浪泪涔涔。

扫烟囱的男孩没有家，
就像一叶浮萍闯天涯。
谁能给我一个家？
它不一定要很大，
只要能让我躺下。

我到处流浪寻个家，
清风拂过作我枕，
厚厚黄土当我床，
我终于有了一个家，
可以好好休息啦。
……

是的，他们还有提契诺，他们还会再回到家乡，不是每个扫烟囱的小男孩都会死在米兰。男孩们互相鼓励，努力不把气氛变得那么悲伤。

“我们也唱点什么给阿尔弗雷德送行，可以吗？”独眼里纳尔多来到了乔治的身边。乔治还没来得及回答，神父就爽快地替他答应了：“当然没问题！”野狼少年团的这些在米兰街头流浪的少年唱起了另外一首悲伤的歌曲。这首歌是一个可怜的男孩写的，他的父亲和母亲都去世了，他只能独自一人在广阔的世界里闯荡……

神父最后一次为阿尔弗雷德祈福，丹特和安东尼奥仍旧捧着烛台，神父念完祝祷词，大家低头祈祷。两个墓地管理员在棺材四周垫上木棍，将棺材缓缓沉入土中。

“可怜的阿尔弗雷德啊。”乔治又一次失声痛哭。

安东尼奥往棺材上撒了一抔土，大家也纷纷往棺材上撒了一抔土。

“再见了，我亲爱的好兄弟，”乔治低头看着坟墓，泪如雨下，“再见……”

葬礼结束了，男孩们各自匆忙离开。每个人都消失得那么急切，每个人都想独自面对心里的痛苦。乔治失魂落魄，在街上漫无目的地闲逛，午饭过后才回家。

主人一家已经吃过饭了。“我以为你今天不会回来了。”女主人很生气，乔治有整整半天都没干活了。乔治没有回答，只是静静地坐在壁炉旁的角落里。“你这家伙是在抗议吗？”女主人愤怒极了——这几天她对乔治的态度又变得恶劣起来——但乔治仍旧保持沉默，一言不发。“如果你懒得回答，那就别吃东西了。”女主人端起留给乔治的汤，把它倒进了水槽。

乔治一点也不饿，他现在觉得很累很累，只想一个人待一会儿。主人夫妇回房间去午睡了。乔治本来打算去找安格丽塔，但安塞尔莫走了过来。那张巨大、丑陋的脸直直地对着乔治：“我希望你没有忘记你的誓言，你今天得去我们的根据地。”

实际上，乔治确实忘了，安塞尔莫正好提醒了他，乔治回答道：“你不用担心，我不是你这样的懦夫，我一定会去的。”

“我，懦夫？”安塞尔莫瞪着青蛙一样的眼睛，不可置信地站在乔治面前。

“是的，当你耍阴招，偷偷用棍子偷袭或是在别人背后扔石头的时候，你就是个懦夫。”

“你会后悔的！”安塞尔莫挥舞着拳头，想打乔治。乔治一把攥住了安塞尔莫的拳头。“放开我！”安塞尔莫大喊。“好啊！”乔治说着，又狠狠地给了安塞尔莫一拳，打得这个笨重的大家伙直接撞上了墙壁。“你这条疯狗！”安塞尔莫还想扑过来。

“你为什么不等到今天晚上呢？”乔治提醒道，“到时候，想打我就容易多咯。”

“没错！”安塞尔莫生气地咧着嘴，恶狠狠地磨着牙，“你今晚要为你刚才所做的一切付出代价！你给我等着！”他做了个鬼脸，转身离去。

现在，乔治也不想去找安格丽塔了，他不知道安塞尔莫是不是去找她了。他只觉得疲惫，想闭上眼睛眯一会儿。阿尔弗雷德的死，冷冷清清的葬礼，往日的一切都在他眼前浮现，搅得他不得安宁，根本无法入睡。但是，当他即将陷入熟睡时，主人把他叫醒了，他们又得出发干活了。

乔治一整天都闷闷不乐，心不在焉。主人给了他几拳，不断地提醒他卖力吆喝：“扫烟囱！扫烟囱！”他感觉自己快冻僵了。曼佐尼大街上一阵阵寒风，像是浸在冰水里的小棍子，狠狠地抽打着乔治的肌肤。可是在狭窄的烟囱里，乔治又热得浑身冒汗，壁炉里的温暖气息与大街上的刺骨寒风来回交替，让乔治痛苦不堪。

主人决定早点回家。晚饭是一大碗浓浓的菜汤，乔治狼吞虎咽，整个人暖和了不少。安塞尔莫也狼吞虎咽，其间，还饿狼一般直直地盯着乔治。乔治突然想逗逗安塞尔莫，他故意吃得越来越慢，好像吃着吃着都能睡着一样，让安塞尔莫以为他故意拖延时间。其实，乔治对晚上独自面对野狼少年团一点都不害怕，他更不会违背誓言。所以，他吃完，就急匆匆赶往约定的地点。

在建筑工地的围墙外，乔治发现了一个意想不到的人——安东尼奥。

“你怎么来了？”

“你不是也在？”

“我发过誓会来的。”

“所以你来这里真是为了让他们揍你？”

乔治看着安东尼奥，平静地说：“我没说是来找揍的呀。我只想和他们理论一番，他们要是真想揍我，那就揍吧。”

“我刚刚数了数。野狼少年团已经来了十九个人，十九个打一个是一件卑鄙的事情，我和你一起去。”

“不，安东尼奥。”乔治摇了摇头，“我一个人去。我向他们发过誓，一个人去。我们也向阿尔弗雷德发过誓，要永远信守诺言，即使对敌人也要信守诺言。我要遵守我的诺言。”

“听着，”安东尼奥神情严肃，“我也发过誓，无论在什么时候，我都会尽我所能帮助我们暗黑少年团的每一位同志。你走前面，我跟着你。”

“谢谢你，安东尼奥，谢谢你愿意帮助我，”乔治被安东尼奥感动了，但他仍然坚持，“但一言既出，驷马难追，你真的不能去。我一个人过去就行。”

“好吧，我会留在这里，随时可以帮你。”

乔治来到了采砂场，整个野狼少年团都在了，乔治听到他们又在吵架，是痘霸乔瓦尼的声音：“他会来的！”然后，又响起了独眼里纳尔多的声音：“他不会来的！”乔瓦尼又说：“不管他来不来，我都已经决定了。”安塞尔莫的声音也响了起来：“决定应该由所有人共同做出！”

“我来了。”乔治打断了男孩们的对话，然后走到了乔瓦尼身边。乔瓦尼高兴地上前握住了他的手：“我很高兴，你信守了诺言。”其他人也都由衷地对乔治生出了几分敬佩。“我们开始吧。”乔治站在沙地中央，撸起了袖子。但野狼少年团的众人现在似乎并不准备和乔治打架，他们的态度看上去很是友好，有几个还腼腆地走到了一边，只有安塞尔莫和独眼摆出了一副挑衅的模样。

“你们不打了？”乔治问。

乔瓦尼手里玩着一把小匕首：“我们刚才在说，你和你的兄弟们都是正直的人。我们之前在街上追着你们又骂又嘲笑，这是我们的错。而且福斯蒂诺也想看看，你是否真的有勇气，会遵守你的诺言。现在你来了，我觉得我们找不到任何跟你打架的理由。”

乔治也很高兴：“我们也不再认为你们是坏人了，尤其今天早上来参加阿尔弗雷德葬礼的人。你们也都是正直的好人。”

“你那些扫烟囱的伙伴说我们什么，根本不重要。”独眼里纳尔多走上前来，站到乔治面前，“乔瓦尼不能代表所有人的想法。”

“不，我也这么想！”“我也和乔瓦尼想的一样！”野狼少年团的男孩们反驳道。

“我们刚刚还在讨论，”独眼继续说，“你今天会不会挨揍还需要我们所有人投一次票。乔瓦尼，可以开始了吗？”“投吧。”乔治很是平静，找了一个旧木桶坐了下来。

结果出来了，十六票反对、三票赞同，乔瓦尼作为老大可以算两票，所以，最终是十七票对三票。得知结果，乔治站了起来：“现在，十六个人和我握手言和了。至于你们三个，我们可以光明正大地打一架。”

“我打死你！”得知结果的安塞尔莫冷不防从独眼身后跳出来，一棍子打在乔治头上。乔治晃了晃，与其说是被打到了，不如说是被吓着了。其他人似乎也被吓了一跳，乔瓦尼和猫脸福斯蒂诺看起来更是有些生气。

“你这个卑鄙的懦夫！”乔治也生气了，“你就是个只会搞偷袭的小人。”他擦去从额头上一直流到眼睛里的鲜血，一下跳到青蛙脸面前，挥起了拳头。安塞尔莫很快被暴怒的乔治打倒在地：“救救我！救救我！”但没有人上前帮忙。

“救救我，里纳尔多！”

“不，”独眼说道，“你真的很卑鄙，我不会帮助一个小人。”

安塞尔莫挣脱乔治的拳头逃跑了。乔瓦尼和猫脸福斯蒂诺又把他抓了回来："现在，你必须过去继续和乔治打架。要是你再敢逃跑，我们就揍死你。""对。而且可不会像这个扫烟囱的小兄弟那么轻飘飘地揍你。"猫脸低声威胁。另一个男孩也大声地说："你已经不是我们野狼少年团的一员了。我们不要小人和懦夫！"他们三个一起抓住安塞尔莫，把他扔向乔治。

乔治擦了擦顺着鼻子往下流的血，第二次将他抓起、扔到地上。

"噢，妈妈！救命啊！"安塞尔莫号啕大哭。

乔治没有继续动手："别嚎了，我不屑去揍一个胆小鬼。"

"别再大喊大叫！"乔瓦尼抓住安塞尔莫，试图让他别再丢脸了，但安塞尔莫气得上了头，尖叫得更加响亮了。

"拿棍子来！把他的裤子给我扒下来！"

听到这话，安塞尔莫朝乔瓦尼吐了一口唾沫，还想用手挠他，鬼哭狼嚎。野狼少年团的成员把他押到了一个空桶上，脱下了他的裤子。

"你要来吗？"猫脸福斯蒂诺递给乔治一根棍子。

"不了，你们自己上吧！"尽管乔治还在流血，但是他真的很想笑出声。

野狼少年团的男孩们狠狠地抽打安塞尔莫。[1]安塞尔莫疯狂尖叫，好像他们把他整个屁股都要打烂了。一直等到他不再嚎叫，男孩们才停手。"把他赶走，"乔瓦尼吩咐道，"我再也不想见到

---

① 请勿模仿！

他了。”“赶紧滚！”猫脸也朝他吼，“不然我再揍你一顿。”

安塞尔莫急匆匆地提好裤子，逃走前，他抓起沙子和石头就往男孩们身上扔。扔完立刻飞也似的跑了，仿佛身后有一百个魔鬼在追他。

“谢谢你们！独眼，你是不是还很讨厌我，也想跟我打一架？”乔治又转向了独眼里纳尔多。

“不，”独眼和乔治握了握手，“对不起，我没想到那个卑鄙小人竟然偷袭你。”

“是不是很疼？”猫脸问道。

这会子安静下来，乔治感到一阵阵眩晕，头疼得像火烧一样。猫脸说附近有一口井，他带乔治过去清洗伤口。“为了新友谊！”离开前，乔治大喊。“为了新友谊！”野狼少年团有几个男孩上前拍了拍他的肩膀，其他人则朝他点点头。“记得告诉你的朋友们！”乔瓦尼在后面大喊，“现在，我们野狼团和你们暗黑团握手言和了！”

洗完脸，乔治沿着博尔戈大街走回去，他不再担心野狼少年团了，他们现在是朋友了，和好竟然还是在阿尔弗雷德下葬的这一天，他真的感到很高兴，阿尔弗雷德知道了一定也会很高兴。他很喜欢那些男孩，猫脸、独眼，还有乔瓦尼……他们都不是坏孩子。

但刚进家门，乔治就狠狠地挨了一巴掌。“你这个浑蛋！魔鬼！”罗西太太暴跳如雷，破口大骂，对乔治拳打脚踢。“我做错了什么？”乔治疼得大喊起来。

“你做了什么？”女主人冷笑起来，“听到了吗？我的丈夫，他想知道他做了什么。进来看看你做了什么！”女主人用拳头把乔治打进厨房。安塞尔莫站在壁炉旁边，就像刚从沙坑里爬出来一样。他把衬衫掀起来，从后背到大腿布满了血淋淋的鞭痕。安塞尔莫一抽鼻子，他的母亲就一下扑到乔治身上，双手掐住乔治脖子，然后又把他拽起来，让他好好看看安塞尔莫的后背。“你这个无赖！”世界上所有难听的脏话从她的嘴中说出。

乔治大声分辩：“不是我干的！”

“你还敢撒谎？你这个提契诺的小骗子！”女主人越打越狠。

“不！”乔治高声哭喊，“真的不是我！”

“你和那些扫烟囱的男孩把我儿子弄得这么惨！我打死你！”

半小时前，乔治刚和野狼少年团的那些孩子成了朋友，他不想背叛他们，只能结结巴巴地解释：“不是他们，也不是我，但我不能告诉你是谁！”这几句话无疑是火上浇油。“是你！就是你和你的那些同伙！我要打死你！”女人越打越凶。

主人从刚才起，一直沉默不语、面带难色，一会儿心疼地看看儿子，一会儿又生气地看着乔治。终于，他看不下去了，站了起来：“你快把他打死了！”他想把妻子从乔治身边拖走。“我就是想打死他！”女主人高声尖叫。

乔治的整个脸上都是血，浑身上下也都血淋淋的。主人担心起来，他抓住了妻子的手：“停下来！看看你对这孩子做了什么！你想因为过失杀人进监狱吗？我花了八十三里拉把他买回来，不是为了让你打死他的！还是让我来教训他吧。”

罗西太太终于听进去了，她把沉重的木鞋砸到乔治身上，把他赶到角落里：“别再让我看见他，否则我真的会把他打死！”

“起来！”主人命令道。乔治缩在角落想站起来，但他感觉自己的每一根骨头都被打断了，只好有气无力地说：“我站不起来了。”

“快点！”主人把他拽起来拖进走廊，“现在躺下！”主人拍拍乔治的头，更像是在安慰，并非指责：“你为什么做这种傻事？”

“真的不是我，主人。”乔治委屈地说。

“别撒谎！不是你就是你的朋友。不管怎样，最后都会是你自己受苦，你难道看不出来吗？”

“是的，主人，但是……”乔治想起了痘霸、猫脸和独眼，继续保持沉默。

“我不想知道到底是谁干的，但是我也知道，你肯定不会无缘无故地打伤安塞尔莫。我只希望我家能平静下来，这就是我为什么出面救你，明白了吗？”主人又轻轻拍了拍乔治的脑袋，故意大声吼道，“现在滚去睡觉！”然后，他回到了厨房。

乔治艰难地回到了马厩，想伸个懒腰，做不到；想坐下，也不行；想靠着墙，但膝盖立刻开始发抖。他不得不忍着痛躺下，身体感觉裂开了，骨头都在剧烈地作痛，身上一个又一个的大包，稍微一碰就疼得要命，额头的伤口原本结了痂，现在又裂开了，背部似乎也在流血。

比起永远地失去了阿尔弗雷德，身上这点痛好像也不算什么了。他开始想念索诺尼奥，想念他的祖母、双胞胎兄弟、安妮塔、每天去敲钟的教堂以及他的那些小动物，悲伤和痛苦在这具小小的身体里肆意作祟。在米兰这座偌大的城市里，他感受到了无比的孤独。眼泪喷涌而出，流成了一条小溪……

如果能回到索诺尼奥就好了。他的小溪，他的鳟鱼，他的草地和他的树林。如果能和爸爸妈妈在一起就好了！“母亲！母亲！”乔治不停地念叨着，声音里充满了痛苦和渴望。

“乔治。”是母亲来找他了吗？“是我。”安格丽塔倚在马厩的栅栏后面，像个白色的天使，“可怜的乔治，我听你哭了很久了。但我腿太疼了，站不起来，你跟我来！”

在安格丽塔的房间里，她帮乔治擦去了脸上的鲜血和泪水，温柔地问道：“出什么事了吗？”乔治把一切都告诉了她。

“真可怜啊，要是我能帮你就好了。”安格丽塔的声音里充满了惋惜，“我今天一整天都在想你的朋友。他已经去天堂了，我想，我很快就会见到他了。”

“不，不，”乔治又要哭了，“别死，安格丽塔！如果你死了，那就真的没有人陪我了。”

“你还有你的父亲和母亲，”她摸了摸乔治的头，“还有你的祖母和安妮塔。别忘了，碧昂卡还在罗夫雷多，你一定要去找她。你还有很多伙伴，阿尔弗雷德和我也不会离开你，我们将永远在你身边……”

米兰的冬天

天气越来越冷，冬天来了。

米兰的冬天和乔治家乡的冬天不一样。虽然索诺尼奥也很冷，到处都是雪，所有的峡谷、洞穴和岩石上都会挂着闪闪发光的冰凌。但是，人们可以和奶牛待在一起，或者待在温暖的厨房里取暖。中午有热气腾腾的汤，晚上一家人会在一起烤火取暖，祖母讲着故事，大家围坐在温暖的壁炉旁，理稻草、编草帽或者雕木头。

米兰的冬天则完全不一样。有时候，北风呼啸，冰冷刺骨；有时候，风里又会带着湿气，温暖舒适，好像回到了秋天。风一会儿把黑黑的烟尘吹到人们脸上，一会儿又把雪盖在人们肩头。是的，米兰的冬天有着截然不同的面孔。前一秒你可能还冻得牙齿打战，后一秒就可能汗流浃背；前一秒还是寒风笼罩，后一秒却又沐浴在温暖的阳光下了。

但是，无论天气如何，乔治和主人都会在街上走来走去，大声吆喝："扫烟囱！扫烟囱！有人需要扫烟囱吗？"不过，乔治总是很冷。他光着脚不停地跑，身上脏兮兮的旧衬衫已经烂成一条一条的了。如果不是善良的安格丽塔给了他一条羊毛披肩，他会冻得更厉害。他总是会被冻得牙齿打战、浑身发抖。头上的伤疤还经常开裂、出血，肋骨更是常常刺痛，好像身体里面住满了蚂蚁。

安塞尔莫后背和屁股上的伤口早就愈合了，但女主人依旧把乔治看作一个可恶的小偷、卑鄙的流浪汉，抓住一切机会对他拳打脚踢。他只能吃剩饭，或者干脆什么都吃不到，除此之外，乔治还要忍受不间断的恶语脏话。如果主人有时候替乔治打抱不平，女主人就会说："你看不出来食物都去哪里了吗？他都已经这么壮了！难道你忘了他差点把我们可怜的安塞尔莫活活打死？要是我给他喂得太好，总有一天他会杀了我们全家。"

乔治的身体越来越虚弱，对家乡的思念也与日俱增。只有晚上与安格丽塔的谈话，能让他暂时忘记悲伤和痛苦，这位好心的姑娘每天都会留一些东西给他吃。和暗黑少年团的兄弟们在一起的时候，他也能稍微振奋一点。阿尔弗雷德死后，乔治和安东尼奥被大家推举为团长。另外，野狼少年团的男孩们也不会再嘲笑他了，每每遇到都会向他友好地点点头、打个招呼，甚至还确保其他的街头男孩不会让乔治和乔治的主人在大街上难堪。

但这一切并不足以平息乔治心中的疲惫和对家乡的思念。他的头越来越低，越来越想念索诺尼奥和维尔萨斯卡山谷。如果他能再次回到那个温暖的小厨房里，和母亲、祖母挨在一起的话，他愿意付出所有！主人也感觉到了，他的小乔治不再是那个快乐的小烟囱工了。

“你怎么了？”当他们再一次坐在一家小酒馆里喝酒时，主人问。

“我想家了。”乔治很坦诚。

酒精能够抵挡曼佐尼大街上的冰冷寒风。主人又给他递了一杯酒：“一切都会过去的，乔治。喝了酒，你就不会想那么多了。”

“我胸口也疼得厉害。”

“那是因为烟尘，”主人点了点头，“我一开始也是这样。我十岁就已经是个烟囱清洁工了。”

“您是怎么开始做这一行的？”乔治产生了好奇。

“我祖父和父亲都是扫烟囱的，我父亲希望他的手艺可以传给我。如果我能自己选择，我想成为一个泥瓦匠。”

“我要是你，”乔治大声说，“我就把所有工具都扔掉，然后去做泥瓦匠。”

主人笑得可大声了：“哈哈哈，要是真的这么简单就好了，乔治。我有一大家子要养，我唯一能做的就是扫烟囱，因为我不会其他的手艺。来吧，开心点，这样人们就不会总是说：‘那个风趣的罗西怎么会带了一个坏脾气的小男孩？如果他爬进壁炉，那坏脾气怕是要把壁炉都给炸了。’”乔治大笑起来。

下午，在曼佐尼大街的街头，有一个女仆叫住了他们：“扫烟囱的师傅，快来！我们家壁炉里面的某个地方被堵住了，烟不断地掉在食物上。”另一个女仆说：“今天家里有一场聚会，夫人刚还抱怨说鱼和汤里都有烟味。”

乔治现在已经是一个相当熟练的小烟囱清洁工了，在厨师把烤架和鸡肉从壁炉里拿出来之后，他又等了一会儿，才把布缠在嘴上，快速地往上爬。

壁炉还在冒着烟。厨师说：“希望问题很快就能解决掉。”主人拍着胸脯打包票：“我这个孩子很能干的，他爬上去可遭了不少罪。”过了一会儿，厨师发现乔治什么动静都没有，只有两条腿在空中晃荡：“他怎么不出声了？”“我们赶紧把他拉出来吧，”其中一个女仆开始慌了，“他会不会被我们活活烧死？”

“冷静点，小姑娘。”主人罗西一边说，一边试图把乔治拉下来，厨师赶紧上前帮忙。几块石头掉了下来，然后是一堆烟灰，还有土块，最后乔治也掉了下来。主人接住了他，把乔治紧紧抱在怀里。

“他怎么样？”两个女仆很紧张，厨师也紧紧地盯着乔治。乔治双眼紧闭，瘦削的小脸一片惨白，双手无力地向下垂着。

“可怜的孩子，”一个女仆哭了，“他肯定死了。他已经没有呼吸了！”

“老天爷！”厨师双手合十，“没想到竟然死了个人，可是我们还有三十个客人啊。希望安娜夫人有办法解决。”两个女仆中个子小点的那个最先镇定下来，她把桌子上的肉和蔬菜都推到了一边，然后让主人把乔治放到桌子上。

“我想他真的死了。”主人很难过。

“完了完了。”厨师一脸焦急。

这时，一位高贵的妇人走进了厨房的大厅。她穿着一件蓝色的燕尾服长裙，一头鲜艳的红发，端庄的脸上罩着一顶精致的刺绣风帽，这肯定就是厨师说的安娜夫人。安娜夫人皱起了眉头：“你们在做什么？新盘子找不到，鱼没清理，鸡肉没端上来，酱汁也没有，什么都没有。现在竟然连你们的人都见不到。”

“夫……夫人……”厨师结结巴巴，浑身发抖。

“怎么了？”安娜夫人问，她有些近视，根本看不清厨师正在极力控制着恐惧。

“厨房里有个死人。”

“死人？什么情况！”安娜夫人也吓了一跳，赶忙朝厨师走来。

“是……是的，食物里有烟味，于是，我们找了一个烟囱清洁工。和他一起来的小清洁工爬进了壁炉，我们刚刚把他拉了出来，”厨师指了指乔治，“他现在没有呼吸了。”

“我的天啊！”安娜夫人惊呼，但她并没有慌张。她晃了晃乔治，检查了乔治的眼睛，然后快速下了指令：“皮娅，你快去把卡塞拉医生叫来。你，卡洛塔，回大厅去，把鱼继续清理干净。”

很快，卡塞拉医生就走进了厨房。医生身材瘦长，有一双明亮的蓝眼睛，戴着眼镜，留着一撮小胡子，他有些跛脚，走起路来身体左右摇晃。医生把头靠在乔治胸口接近心脏的位置仔细听，又举起乔治的胳膊，来回提拉。然后，医生双手交叉，放在乔治胸前，不停地上下按压。在这期间，罗西和厨师把经过又讲了一遍。其他人站在周围，一脸紧张。

“他满脸都是血。”安娜夫人也紧张起来。乔治在被从烟囱里拉出来的时候，额头上的旧伤口又裂开了。时间一分一秒地过去了，终于，乔治的嘴张开了，他开始呼吸！脸上也一点一点恢复了血色，最后，他睁开了眼睛。

安娜夫人双手合十，眼角含泪：“他还活着！医生，谢谢您！是您救了他！”

“这是哪里？”乔治一脸迷茫，说完，又晕了过去。等到他再次睁开眼睛的时候，医生温柔地问：“小伙子，你感觉好点了吗？”乔治点点头。

“你是哪儿的人呀？”医生随口问道。

“我家在提契诺。”乔治的头还有点晕。卡塞拉医生笑了：“这么巧，我们是老乡呢。”

“我家在索诺尼奥。”

“哦，我来自洛迦诺，我们都是提契诺人。”

不知道为什么，乔治一下子感觉轻松多了，卡塞拉医生那双明亮、深邃又温柔的眼睛给了他一股强大的力量。“你必须躺着，”那位友好的医生又让他躺下了，然后，他转向了安娜夫人，“这孩子可以在您这里再待会儿吗？十分钟后我再来看他。”

“当然可以，医生，”安娜夫人说道，“他想待多久都可以。”

乔治被安排坐在通向花园的窗户边呼吸新鲜空气。夫人和医生相继离开了，厨师和他的助手则继续忙活着。两个女仆端着碗、酒杯和盘子进进出出，主人罗西则静静地坐在桌子旁。乔治还是觉得很累，一闭上眼睛，他就仿佛能立刻回到索诺尼奥，和母亲、祖母待在一起，他感到非常开心。但是一睁开眼睛，乔治又倍感焦虑，好在温暖空气中飘来的食物香味让他放松不少，尽管他知道自己并不在家，而是在另一个国家的一间厨房里。

女仆们给了他一个苹果和一些无花果，厨师也给主仆二人准备了一大盘子的肉，主人罗西为乔治能活过来感到非常高兴，甚至在俏皮地对乔治眨着眼睛。

卡塞拉医生回来了，他径直走向乔治，温柔地抬起乔治的下巴仔细观察，又握住乔治的手："现在，你的脉搏正常了，脸色也恢复了。"医生又问两个女仆要了块干净的亚麻布，然后把布浸在水里，拧干水分，包裹在乔治的头上。

真凉快啊！好舒服啊！"谢谢您救了我！"

"幸好今天我在，不然你现在可能已经在天堂了。"

"啊，"乔治说，"那我就会和阿尔弗雷德在一起。"

"阿尔弗雷德是谁？"

"我最要好的朋友。"乔治的声音低了下去，"我们不久前刚刚给他举办了葬礼。"

"他也是一个提契诺人吗？"

乔治点点头："他也是一个扫烟囱的男孩。"

医生看着乔治，安慰他："你的朋友阿尔弗雷德一定希望你好好活着。"他又转身对主人说："你现在可以和孩子回家了，他还勉强算健康，但一定要让他在床上休息几天，他太瘦了，一副营养不良的样子。"

主人可能想到了他的妻子，面露难色："可是，我们还有工作。"

“工作？好吧，那也最好让这孩子再躺几天。要是今天这种情况再发生一次，他肯定不会再像今天这么幸运了。”

“我试试。”主人结结巴巴地说。

“无论如何，今明两天让他躺在床上，”医生不放心地说，“我明天中午到你家去看看他。”医生记下了主人的名字和地址，跟乔治告别：“明天见，好好休息。”

主人拉着乔治的手慢慢走回家，乔治感觉整个世界都在旋转，心脏剧烈地跳动。女主人已经在门口等他们了，她双手掐腰：“你们这对懒鬼主仆去哪儿了？还想我给你们热饭吃吗？做梦！”

“安静点，”主人打断了妻子的话，把乔治推到她面前，“今天这孩子差点就没了，他差点就在壁炉里窒息而死。”

“怎么没把这小坏蛋直接闷死呢！”女主人大叫。

“闭嘴！”主人生气了，“拿条毯子去他的房间，他必须马上躺下休息。”

“别找我，”女主人丝毫不理会，“你把你自己的毯子给他。”

“不需要你教我。”主人暴躁地走进房间，拿出了他自己的毯子，盖在乔治身上，又走到壁炉前，盛了满满一大碗汤，端到乔治面前：“喝吧，然后好好睡一觉，这样明天中午医生来的时候就会发现你气色还不错。”

“你竟然给这个小浑蛋请了医生？你想毁了我们整个家吗！”女主人尖叫起来。“我再说一遍，把嘴闭上。”主人毫不客气。女主人大喊：“钱呢？钱从哪里来？”“安娜夫人派人请了医生，明天他就会来找乔治。医生很喜欢乔治。”

女人有些震惊，粗鲁地质问道："竟然有人会喜欢他?！"

主人不无讽刺地说道："医生还说，他在米兰从没有见过像他这么瘦的男孩。"

"嘴巴长在他身上，他想怎么说都行。"女人立马反驳，但声音没那么大了。

"你还是想想明天怎么说吧，医生说想来看看我们家的女主人平时都是怎么照看这个男孩的。"

"我？"女主人愣住了。

"是的，你。走走走，这孩子需要静养。"主人把妻子推了出去。她还想念叨什么，但乔治没听见，因为他早就睡着了。

卡塞拉医生

“我要叫醒他！”

“你不能吵醒他！”

“我就要叫醒他！”

“你别去吵醒他！他得休息！”

第二天一大早，乔治就被争吵声吵醒，发现主人夫妇就站在他的面前，主人已经穿好了衣服，女主人还穿着睡衣，叉着腰，一脸恶毒：“不叫醒他，谁来帮我干活？谁和你一起出去工作？”

“安塞尔莫。”

“我可怜的儿子！”罗西太太顿时撒起泼来，“你敢让我儿子出去扫烟囱，你还不如直接把我拖进烟囱里。我可怜的儿子啊！”

“行行行，”主人妥协了，“我一个人去扫烟囱。不过我告诉你，你必须让这孩子好好休息等医生来。”女人哼了一声，转身走去厨房。罗西则出门干活去了。

乔治一整晚都在做梦。在梦里，他发现自己被困在烟囱里，紧接着，他又穿过了索诺尼奥的峡谷。然后，他又和阿尔弗雷德沿着一条漂亮的街道向前走，但是在大街的中央，他们遇到了刀疤脸。刀疤脸正要开口讲话，他那张邪恶的脸又变成了卡塞拉医生那张友好的脸……

午餐时间很快到了，小巷里的工匠们把活儿放在一旁，准备吃饭。卡塞拉医生一身黑色的西装，拿着手杖，乘着高贵的马车向街坊们询问罗西的住所。街坊们很是惊奇，扫烟囱的从什么时候起有这么高贵的客人了？越来越多的街坊聚了过来，都想来看看这个坐着马车来找主人罗西的尊贵客人。

这时，有人大喊："罗西回来了。"

"医生您好。"罗西向卡塞拉医生行了一个礼。医生把帽子摘下，给他还了礼："您好，我们的小病号怎么样了？"

"我走的时候，他还在睡觉，"罗西恭顺地说道，"您请跟我来。"罗西走在前面给医生带路。围观的人越来越多，大家都很好奇。

"安格丽塔的病情更严重了？"一个女人问道，"他们家现在请医生上门了？"

"他们好像在说男孩。"木匠摇了摇头。

"安塞尔莫？"屠夫很吃惊，"我刚刚还见过他，他好好的啊，刚还从一个卖水果的农妇那里偷了个梨。"

"那一定是那个扫烟囱的男孩病了。"木匠恍然大悟。

"一个扫烟囱的男孩病了？"女人又惊讶地喊道，"还为他请了一位医生！"

乔治从睡梦中被吵醒了。在他简陋的布满了烟尘、灰尘和泥土的马厩里，他看见卡塞拉医生就站在他的面前。医生先检查了下房间里的通风状况，然后亲切地向乔治询问道："你睡得好吗？身上还疼吗？"

"您好，医生，还有一点。"乔治指了指胸和后背。

"现在站起来试试。"

乔治站了起来，狭窄的走廊里挤满了人，就连楼梯上也坐满了好奇的人们。罗西太太走出厨房："喂，发生什么事了？""医生来了。"罗西指了指医生。医生正在轻轻地拍打乔治的后背。"那也没必要招来小半个城的人吧！都给我出去！"罗西太太把围观的人都轰了出去，砰的一声关上了门。

医生不停地拍着乔治的背，还让他做了几次深呼吸和几次屈膝："现在可以躺下了。"乔治顺从地躺下了。罗西太太怒气冲冲地冲到了医生面前，阴阳怪气地询问："怎么样？我们的'小王子'还好吗？"

医生转向罗西太太，仔细地瞅了她一眼，然后平静地换上一副夹鼻眼睛，又仔细地看了她一眼。罗西太太因审视而变得局促不安。"怎么好得了？他身上的问题太多了。第一个，他昨天烟雾中毒，差点窒息而亡，到现在仍然非常虚弱；第二个，他肺部有病灶，两片肺叶都不太好；第三，长期营养不良；第四，似乎有人虐待他。"

罗西太太吸了口冷气："先生，您说话要有证据！"她把安塞尔莫推到医生跟前："您看，我们吃什么，就给他吃什么！我儿子和他吃的一模一样！”医生看了看安塞尔莫那张圆滚滚的胖脸：“你的儿子没有营养不良。但是乔治看起来好像每天只靠面包渣和冷水度日。”

“也许是我们吃的东西他吃不习惯，”罗西太太还在狡辩，指着安塞尔莫说，“还有这个扫烟囱的孩子，他吃得最差，这孩子也被打了，要不您也给他看看！”“嘘！”罗西试图让他的妻子安静下来。

“干什么，你以为……”罗西太太对着门提高了嗓音，“他们没有在外面偷听吗？”

“看样子，不是‘似乎’，我敢肯定这孩子遭受了殴打。”医生一边擦着眼镜，一边说，“这孩子的两根肋骨严重受损，两块椎骨对压力也很敏感，头上的肿块也已经好几天了。”

“好吧，”罗西太太把双手举了起来，终于承认了，“我的确打了他，但我得告诉您为什么，他差点把我儿子打死。”她一把扯下安塞尔莫的裤子，给医生看他的屁股，但是那里一条疤痕都没有。“这里原本有一条一条的伤痕，”她越说越大声，“还都流血了。整整三天啊，我可怜的儿子，既不能坐着，也不能躺下。”

“您的儿子什么伤痕都没有，但是这个男孩，”医生的神情严肃起来，“他真的受了重伤。”

“重伤？”女人尖叫起来，“他整天都在街上闲逛，能受什么伤！”

医生换了一种安抚的语气：“我们不争了。不过，这男孩必须卧床至少三四天。”

“三天！”罗西太太抓着头发尖叫，好像要把自己的头发全都薅掉，“那谁来干活？我丈夫为了买他，付了八十三里拉。”

“我来，”罗西试图让妻子平静下来，“我一个人干几天没问题。”

女人喊了起来：“你一个人能赚多少钱？三四天，我们全家就都得饿死！”

“罗西先生，您一般每天能赚多少钱？”医生问。

没等罗西回答，罗西太太就把他推到了一边：“您相信我，医生。我丈夫和这个男孩一起，一天下来可以赚八九里拉，有时候甚至能赚十里拉。但是他一个人去的时候，最多挣两里拉，他还把赚来的钱全都用来喝酒。”

医生先看了看罗西太太，又看了看罗西。罗西被妻子粗鲁地推到一边，一言不发。

医生无奈地对罗西太太说：“好吧，那我每天付给你五里拉，用来弥补他不能出去干活带给你的损失。我先给你十里拉。”说着，医生从口袋里掏出一个长款钱包：“还有十里拉，等我确定这个男孩得到了很好的照顾时，我自然会给你的。”

罗西太太立刻像变了一个人似的：“没问题！我会让他过上天堂般的生活。”罗西再没说话，慢慢地向厨房走去。女人伸手就要拿钱，医生迟疑了一下，吩咐道：“让这孩子住一个好点的房间。”

“当然，您放心吧。”罗西太太抓过钱，打开了安格丽塔的房门。医生惊讶地发现在这样一个破烂的家里，竟然还有这么一间干净整洁的房间，虽然家具都极其简陋。安格丽塔坐在床上，一脸惊讶，立刻询问道："乔治出事了吗？"

"是的，"罗西太太轻声回答女儿，"医生说他病了。""病了？"安格丽塔惊恐地叫道。医生点点头："我们马上把他送到你的房间来。放心吧，如果他能在你这美好的房间里躺上几天，很快就会痊愈了。"

"没问题！我们是朋友。"安格丽塔心情激动。

"你也病了？"医生突然握住了安格丽塔的手。

"是的，很严重，"罗西太太说着走到了女儿身边，"我女儿她总是发烧咳嗽，已经卧床三年了。"医生看了看安格丽塔，转身对她的母亲说："我们回头再聊她的病情，先把乔治接过来。"

罗西太太拿了一张床垫过来。"再往右一点，"安格丽塔喊道，"这样我也能看见乔治。"罗西太太挪好床垫后，乔治顺从地躺到了垫子上，她又给乔治拿了一条毯子，然后和医生出去了。

乔治和安格丽塔都很高兴。"这个好人是谁？"安格丽塔问。

"他是卡塞拉医生，"乔治一下子打开了话匣子，"我昨天差点就死了，是他救了我。而且他还是我的老乡。"

"你昨天怎么了？"安格丽塔紧张地打断了乔治。

"没事。"乔治装出一副满不在乎的样子，"我被困在了壁炉里，受了点小伤。"

"你在撒谎，你瞒不过我！"安格丽塔拍了拍手，"你必须把每一个细节都向我解释清楚。"

这时，卡塞拉医生和罗西太太回来了，医生在房间门口向罗西太太吩咐道："你去邻街的药店买药。然后麻烦顺便告诉我的车夫，让他再耐心等几分钟。"医生给了她一张纸条。罗西太太尖叫道："什么，你是坐马车来的吗？"医生假装没听见，关上了房门。

"现在，"医生露出了一个得逞的笑容，"我把她打发走了。我们可以单独聊一聊了。"他搬来一张椅子，坐在乔治和安格丽塔之间："跟我说说，你是怎么来到米兰的。"

乔治一开始不知道从何说起，讲得磕磕巴巴，后来，他的语速越来越快，声音也越来越沉稳。他从索诺尼奥那些艰难、糟糕的日子开始讲起，说起父亲为什么要把他卖了，说起一路抵达米兰的糟糕经历，说起刀疤脸，说起亲爱的阿尔弗雷德和充满友爱的暗黑少年团。

"你一直提到的阿尔弗雷德也来自提契诺？"

"是的，我们这些扫烟囱的男孩大多都来自提契诺。"

"你们是不是处境都差不多艰难？"

乔治点点头："很多人比我更加糟糕。我至少有个睡觉的地方，丹特和他的主人睡在门廊里，安东尼奥也睡在马厩里，恩维利诺和其他几个人更惨，睡在露天的小棚屋里。"

医生叹了一口气："唉，为什么要让你们这些孩子经受这些……"

"我不知道，但我想，其实一直都是这样。"

"你只有这衣服吗？"医生指着乔治身上穿的破布头问。

“是我的全部，这一件，”他把羊毛小披肩紧紧地裹在脖子上，“还是安格丽塔给我的。”

“连鞋子也没有吗？”

“我们都没有鞋子。对我们这些扫烟囱的男孩来说，鞋子太贵了。”

“你们很多人都像你一样病了吗？”

“主人说，那是因为我们吸进了太多煤烟。回到山里，就会好了。”

“除了阿尔弗雷德，还有其他人去世吗？”

“今年只有阿尔弗雷德，但您可以问问安东尼奥。他是第二次来这里，他说上一次很多人都死了。我们才来三四个月，冬天现在才刚刚开始。”

“我去哪里可以找到这个安东尼奥？”

乔治犹豫了下，最后还是说了：“最好是去我们的据点。”

“你们的据点？”医生更加好奇了。

“我们暗黑少年团经常在一个地下室见面。我可以找个晚上带您过去。”

“好的，”医生给了乔治一张名片，“这是我的地址。”

“对不起，”乔治小声地说，“我不识字。”

“你不识字？啊，对，索诺尼奥还没有学校。那你知道大教堂在哪里吗？大教堂的街对面有一个酒店，叫作‘罗马假日酒店’。你去那里把我给你的这张卡片给侍者们看，他们就会带你去找我。”

罗西太太回来了，她那瘦骨嶙峋的脸上红彤彤一片，连头发也跑得竖了起来。她往房间高声嚷嚷着："整条街的人都在下面，您的马车真让人惊叹！"和她一起回来的安塞尔莫补充道："车夫已经等了三十分钟了。木匠说光多等的时间，就要多花两里拉。"

医生没有接话，询问道："东西都买回来了吗？"

女人连忙回答："当然。"说着，她打开装了药瓶和牛肉的袋子。医生拿起了药瓶："这个小瓶子里的药是给你女儿的。一次五滴，一天三次。大瓶子是给乔治的，一天喝两汤匙。肉是给他们俩的，你给他们炖肉汤喝，记得放够草药和黄油。"

"放心，"女人说，"我们家里的每个人都会吃得饱饱的。"

"但愿如此。"医生又眨了眨眼睛，"可能直到今天，这孩子还没喝过一口肉汤，更别提吃肉了。"

"您又开始了，是吗？"罗西太太叉起了腰。

"不，我要走了。"医生笑了，告诉了罗西他的住址，补充道，"如果他们中的任何一个状况变糟了，请马上告诉我，我会过来的。"卡塞拉医生伸出手揉了揉孩子们的脑袋："我要走了，你们俩放轻松！争取早日康复！"

"谢谢您。"乔治和安格丽塔发自内心地感谢。罗西把医生送了出去，满嘴恭维。

"他到底是从哪里冒出来的？"安格丽塔睁着眼睛，还在看着医生离去的方向，"他简直是'救世主'！"

"我也想知道。"乔治回答，"我当时快死了。我想起了索诺尼奥和我的家人，听主人和厨师说，他们把我从壁炉里拉出来的时候，我已经没气了。但是当我睁开眼睛的时候，他已经站在我面前了。”

“一定是阿尔弗雷德派他来的。”安格丽塔平静地微笑着。

第四章

重获新生

第四部

老院杂史

短暂的幸福

活了十几年，乔治度过了有生以来最幸福的四天。他躺在一张宽大、柔软的床垫上，还有一张毯子御寒。早晨，他有咖啡喝，有新鲜面包吃；中午，能喝到汤，甚至还能吃到肉；晚上，女主人甚至会把炖的或烤的食物亲手端给他。还有一位侍者每一天都特意从罗马假日酒店过来，送来烤鱼、烤鸡、各种水果和坚果，侍者说这是卡塞拉医生特意用来问候他的两个小病号的。

这几天，乔治和安格丽塔从早到晚都待在一起，他们分享着各自的见闻。大多数的时间，乔治都在给安格丽塔讲故事——他在索诺尼奥的家，他的山谷，他与金雕、蛇、猫头鹰之间的故事，他甚至给安格丽塔讲了祖母经常说的那些老掉牙的故事。

乔治也得知了安格丽塔的经历。她出生在博尔戈大街，她只知道曼佐尼大街、圣弗朗西斯科教堂、贾迪迪诺公园和相邻的一些街道、小巷。她从没去过别的地方。七岁时，母亲带她去了附近的一所修道院学校。在那里，修女们教会了她唱歌、祈祷，她还学会了看书、写字。后来她病了，只能卧床休息，她知道自己很快就要死了，但是她对此并不感到难过，甚至满怀期待地希望自己可以在死后成为一位天使。

第四天，卡塞拉医生来了。这次，车夫也跟着一起上来了。车夫送给安格丽塔一篮苹果和两本书，医生则给乔治带来了一把可以随身携带的小刀。两个孩子非常高兴，不停地向医生表达感谢。

罗西夫妇也一直在向医生道谢。罗西和之前一样害羞，话语简短有力。罗西太太则用她尖细的嗓音一直夸张地絮叨个没完："您是我们的恩人。我会一直为您祈祷，我……"她甚至想要去亲吻医生的手。

卡塞拉医生拒绝了："我现在要看看我的两个小病号。"乔治站起来，脱掉了上衣，医生拍了拍乔治的后背，把头靠在他的胸前，让他深呼吸，然后，又仔细检查了乔治之前感到疼痛的地方。最后，医生拍了拍手："晚饭后，你就可以上街了。"然后又眨了眨眼，补充道："记得来找我。"给乔治检查完，医生又走向安格丽塔，摸了摸她的头，叮嘱道："别忘了继续吃药。"之后，医生离开了。

晚饭后，安格丽塔给乔治朗读医生送的那两本厚厚的书，这是骑士堂吉诃德和他的仆人桑丘的故事。里面有许多有趣的插图，乔治一边津津有味地听着，一边饶有兴趣地看着，差点就忘了他得去找医生。从主人家出来，乔治慢悠悠地走在曼佐尼大街上。闻着清新的空气，他感觉好多了。大教堂门前的广场上现在有一个临时集市，就像在洛迦诺的一样，但是这里的人更多。

罗马假日酒店位于大教堂的斜对面。这是一个古老、漂亮的地方，整个酒店富丽堂皇，气派非凡。大门前站着一位身穿彩色制服的高个子迎宾员，他拿着精致的手杖，站得笔挺。旁边还有两个和他穿着一样制服的男孩，负责为下榻的客人迎来送往。几位身材魁梧的军官走了进去。一辆马车停在了门口，两位高贵的夫人从马车上下来，那个拿着手杖的迎宾员马上向她们深深鞠了一躬。乔治站在门口，不知所措，他害怕得一直搓手，那个迎宾员一直盯着他看，面色不善："你在这里干什么，想偷东西吗？"

"不，先生，不……"乔治结结巴巴地说，"是医生先生让我来这里找他的。"

"医生？"迎宾员笑了，"那让你到这儿来的，是'布要莱'医生还是'登布莱'医生？"乔治没听出迎宾员在嘲笑他，还认真地解释："不，那位医生不叫这两个名字。"

"哈哈！"迎宾员哈哈大笑，前仰后合，"我想，我可能得把你交给警察。"两个门童也笑了，笑得捂住了肚子。

"你们不要这样！我回去了。"乔治本来准备跑开了，却又突然想起了医生给他的名片，他从口袋里掏出来给他们看，"这是他的名字。"

"卡塞拉医生？"迎宾员看了一眼，神情严肃起来。

乔治点点头，语气急切："是的。他两小时前去过我住的地方，告诉我晚饭后到这里来找他，他救过我，是我的恩人。"迎宾员摸着下巴说："你一定是那个扫烟囱的小男孩！"乔治说：

“对，你们给我送了好多吃的，烤鸡和烤鱼。”迎宾员笑了，变得越来越友好：“还有一大碗水果。”“对对对！”乔治头点得像小鸡啄米一样。

说话间，其中一个男孩已经跑去找到了医生。没多久，卡塞拉医生就从街上走了过来，他和平时一样，脸上挂着笑容，手里拿着手杖。“你来啦，”医生和乔治握了握手，“走，我带你逛逛这里的集市。”

集市上，车水马龙，各种摊位上的货物琳琅满目，乔治的注意力完全被面前成千上万的好东西牢牢吸引住了。卡塞拉医生带着乔治来到了一个卖鞋的小摊位，摊位上摆着各种样式、各种大小的鞋子。有亮面的、糙面的；男鞋、女鞋；木鞋、布鞋、皮鞋，甚至还有靴子和高跟鞋。

“你想要哪一双？”医生突然眨巴着他的大眼睛，看向了乔治。

“我？”乔治不好意思地说，“我不需要。我一直光着脚。”

“你必须穿鞋子才能不被冻着。”医生坚定地说。

“说得对，”鞋贩朝乔治喊道，“一定得穿鞋。一个真正的男人必须拥有一双合脚的鞋。”鞋贩不由分说，把乔治按在了小板凳上，直接把一双做工略显粗糙的鞋子套在了他的脚上：“大小怎么样？”

乔治不知道该说些什么，犹豫了半天才说：“有点凉，我……我不太习惯穿鞋。”

“慢慢就习惯了，我们还可以试试更好的。”鞋贩又帮乔治套上了另外一双做工精良的鞋。

“就这双吧，我觉得看起来不错。”卡塞拉医生笑着说。

“真的送给我吗？先生。”乔治满脸的不可思议。

“当然，来吧，我还想给你买一件保暖的衬衫，再买条厚实的裤子。”乔治觉得这一切就像做梦一样，卡塞拉医生带着他一个摊位一个摊位地逛，穿梭在应有尽有的货品海洋中，除了厚裤子、深蓝色的厚衬衫之外，又给他买了一件羊毛厚夹克和一条皮带。所有的小贩都到他面前，殷勤地为他服务，耐心地询问他的需求。最后，他们又来到了卖帽子的摊位，医生在琳琅满目的帽子中挑挑选选，给乔治买了一顶羊毛帽，可以把耳朵完全罩住：“米兰很快就会降温，你会需要这顶帽子的。”

买完了东西，医生带着乔治来到一扇咖啡馆的大窗户前：“现在，再让我们来看看这个年轻人。”乔治顺着医生的目光朝窗户望去。他差点没认出来，这还是那个来自小山村的烟囱清洁工吗？帽檐遮住了乔治的小半张脸，双排扣夹克配上帅气的背带裤和干净锃亮的靴子，看起来非常体面。

“你喜欢这一身吗？”

“我不知道该怎么感谢您，先生。”乔治不知道说什么好。

“不用客气！”医生抓住乔治的胳膊，把他带进咖啡馆，“现在我们去庆祝一下。”咖啡馆里坐满了人，他们找了一张小桌子坐了下来。乔治第一次来到这么优雅、高贵的地方，紧张得心脏怦怦跳着。一个侍者走上前：“两位先生，想要喝点什么？”

“你喝什么，乔治？”医生说。

“我……我……”乔治努力回忆他和主人一起去小酒馆时，主人会喝些什么，“一杯苦艾酒。”

卡塞拉医生伸出一根手指摇了摇：“不不不，小孩子不能喝这个。麻烦您给他拿一杯热巧克力。给我来一杯苦艾酒。”侍者很快就把饮料端来了。

“干杯。”医生举起了酒杯，“我希望还能再见到你。”

“您要离开了吗？先生。”

医生点点头：“明天早上我要回洛迦诺一趟。今晚我能见见你的伙伴们吗？”

“当然可以，先生，您告诉我去哪里找您。”

“就在这里，我晚上九点还是在这张桌子边等你。现在你回家再休息一会儿，不然你明天又会觉得特别累。”离开前，医生还给安格丽塔买了一块五颜六色的布和一面小镜子。

乔治再三向医生表达感谢。然后，他把他的旧东西收拾好装进袋子，跑回了主人家，回家之前，他决定先换回旧衣服，因为他害怕女主人和安塞尔莫会嫉妒。女主人一看见他就开始抱怨：“你怎么去了这么久？”

“我刚才在和医生告别，”乔治解释道，“他明天要回洛迦诺。”

“你包里是什么？”女主人伸手去拿乔治的包。

“什么都没有，只是一些旧东西。”乔治直接把包裹扔到了角落里，然后转身来到安格丽塔的房间休息。他和安格丽塔分享了今天的幸福，还把医生送她的小镜子和花布交给了她，还说等他晚上回来，就给安格丽塔看医生送他的衣物。

乔治再次来到咖啡馆的时候，晚上九点的钟声刚好敲响。医生已经坐在位置上了："你的新行头呢？"

"我放在家里了，"乔治回答说，"我总不能天天穿着新衣服去掏烟囱吧。"

"你这个小傻瓜，"医生摇了摇头，"就是为了让你天天穿着啊。"时间已经不早了，医生觉得去暗黑少年团的据点有点远，叫来了一辆马车，乔治有生以来第一次坐上了马车。下车后，医生跟在乔治后面，小心翼翼地往前钻啊爬啊，终于来到了目的地。

"暗号？"

"提契诺！"

"洛桑！"

"永远都是瑞士人！"

"一直都是瑞士人！"

门开了，乔治带着医生走了进去，孩子们看到多了个成年人，一下子全都警觉地围了过来。安东尼奥关心地跑到乔治身边左看右看："听说你病了。"乔治点点头，然后向大家介绍卡塞拉医生，并向大家讲述了他的那次意外，以及医生是如何从天而降、救了他的性命。"卡塞拉先生还是我们的老乡呢，他是个大好人，想和大家谈谈，我就把他带来了。"乔治总结道。

医生坐在了长凳上："孩子们，我听说了你们的经历，特别想见见你们，你们为什么要来米兰扫烟囱呢？"

"唉，"安东尼奥叹了口气，"我妈妈把我卖了。这已经是我第二次来到这里了……"奥古斯托说他是被他的继兄卖过来的——他的父母早就去世了。丹特则是因为父亲在暴风雨中失去了用来谋生的船，没有办法，只能把他送到米兰……每个男孩都有自己的故事，每一个故事都是一段悲伤的往事，但男孩们却讲得云淡风轻，仿佛在讲述这世间最为平常的故事。

卡塞拉医生听得很认真，边听边点头，时不时还皱起眉头，他慈爱地看着每一个讲述的男孩：安东尼奥长得又高又壮，开朗又和善；小丹特满脸雀斑，又瘦又小，纤细的手上血管清晰可见；恩维利诺脸色苍白，衣衫褴褛；被继兄卖到米兰的奥古斯托看上去稍微魁梧一些，但其实也好不到哪去——面黄肌瘦、衣不蔽体。医生又一一问了孩子们住在哪里、过得怎么样、平时干活累不累、是不是经常被欺负、为什么都这么消瘦、都饿多久了等一连串的问题。

他们大多数人都没过上什么好日子。红毛睡在棚屋里，安东尼奥则在马厩里休息，丹特的主人让他睡在门厅，那里又冷又透风，所以他整天都冻得瑟瑟发抖。“没办法，我们只能挨饿，”奥古斯托说，“主人不会让我们长胖的。因为一旦长胖了，就钻不进烟囱了。所以，小烟囱清洁工必须一直挨饿。”医生做了很多笔记，和每一个男孩都谈了话，记录下每一个细节。

最后，卡塞拉医生亲切地拉着孩子们。“我是前阵子偶然救了乔治才知道，米兰原来有这么多来自提契诺的男孩在做烟囱清洁工。我很想帮助你们，一开始，我去找了我们瑞士的领事，但是，”他的声音变得悲伤起来，“你们的父母和你们的主人签了合同，属于合法交易，受法律保护，所以没什么解决的办法。

我现在只能把你们的经历都记录下来，但在米兰，目前我也帮不上你们。不过，”医生停顿片刻，看着孩子们，“我可以在瑞士的土地上帮助你们，在洛迦诺！”医生摸了摸站在他身旁的安东尼奥的头发，从口袋里掏出一个袋子：“现在我必须走了，我给你们点钱。你们可以给自己买羊毛袜子，这样，你们至少能暖和一些。”地窖里有一个存钱罐，安东尼奥把罐子递了过去，医生给了他们三十里拉。

“好了。”医生和大家握了握手，“我们到洛迦诺再见了。乔治知道我在洛迦诺的住址。”

“我再带您出去。”乔治拿上了灯。

在小巷子里，他们终于要告别了，乔治很是不舍。

“对了，先生，你刚刚说能在洛迦诺帮助我们，那是什么意思呢？”乔治犹豫了下，还是问了出来，“我们应该离开米兰，然后去找您？”

“我没那么说，”医生对他眨了眨眼，“我只是说，在这里，我帮不了你们，但我可以在洛迦诺做些什么。”

乔治看着医生感动地说：“那么，我们到洛迦诺再见了。”他紧紧地握住了医生的手，久久不肯放开。

回来后，乔治发现大家和他想的一样，正在讨论医生说的“能在洛迦诺帮助他们”是什么意思。安东尼奥说：“是让我们逃跑吧。”丹特也有同感。红毛却说：“我觉得可能我们要在这里过完复活节才能联系他。”

“我要早点离开了，”安东尼奥不同意，“也许他真的能帮我。”奥古斯托也说：“我也得赶紧离开了。哈哈哈，让我那继兄不仅拿不到钱，反而还赔钱！”

“我觉得，我们什么时候回洛迦诺都可以，他会一直帮助我们的。”乔治说。

“我打算最近就逃跑，一起吗？”安东尼奥问他。

“我不知道，让我再考虑一个晚上。”

“我肯定要逃了。”安东尼奥说。丹特小声地附和道：“我也是。”“都别说出去。”奥古斯托提醒大家。“是的，”乔治说，“我们要冷静下来好好讨论，起码得有一个详细的计划。”

关于医生给的那笔钱，经过讨论，男孩们最后决定分了它。不算死去的阿尔弗雷德，暗黑少年团共有十九个男孩，他们决定一人先分一里拉，然后把剩下的钱攒起来留给想逃跑的男孩。就这么决定了，男孩们纷纷离开地窖。乔治跑得尤其快，他满脑子都是他的新衣服，他要赶紧穿上给安格丽塔看看。可是，袋子不见了，哪里都找不到！

“什么？”安格丽塔吓了一跳，直接坐了起来。

“我把它放在角落里，现在找不到了，”乔治说，“一定是被偷了。”

“也许是我妈妈把它收起来了。”安格丽塔试图安慰他，“无论如何，你只能等到明天早上问一问了，他们已经睡了。”

乔治原本想躺下来，可是床垫也不见了。安格丽塔伤心地说：“母亲说你现在很健康，你得回去睡觉了。”这件事，乔治早就料到，但一想起他那失踪的衣物，他根本睡不着，脑子里思绪万千，他为什么不穿上呢！怪不得医生晚上看见他还穿着旧衣服，说他是个小傻瓜。

第二天一大早，罗西太太就站在了乔治的栅栏前大喊：“起来，懒鬼！”乔治一下子就起床了，又开始到处找他的袋子。“太太，我昨天带了一个袋子回来，里面是医生给我买的鞋子、夹克、裤子、衬衫、帽子，还有一条皮带。可是我昨晚回家时，所有东西都不见了。”乔治小心翼翼地说。

“你的意思是，我偷了你的东西？”女主人尖叫起来，更像青蛙了。

“不，”乔治说，“但是……”

“没有但是，”女主人的语气更加严厉了，“先别找了。拿着牛奶罐和面包篮赶紧下楼！”乔治只能听话地去买牛奶和面包。回来后，他又得打扫走廊、厨房和屋子。他一边打扫，一边寻找，但那一袋子新衣服确确实实不见了。

主人已经在催促乔治出门工作了，看乔治一脸绝望，主人关心地问道：“乔治，你怎么了？”可怜的男孩告诉主人发生了什么事。

“什么？鞋子、外套、裤子、帽子？医生送了你这么多东西，现在却都找不到了？那会去哪里？”主人先是惊讶地看着乔治，然后下意识地转过头去看自己的妻子。

“看我干什么！我可什么都没看见。”妻子一脸凶狠，“你们给我赶紧出去干活！我在家找找看，如果这孩子没有撒谎，那些东西不可能不翼而飞的。”

“这样最好不过了。”主人安慰乔治，“等我们回来，东西一定会找到的。”乔治还是不想走，但女主人一脚把他踢出门外，别无他法，乔治只好跟着主人继续在曼佐尼大街吆喝。一整个上午，乔治满脑子想的都是他的袋子，回到家的第一个问题就是：“你找到我的东西了吗，太太？”

“我把整个房子翻了个底朝天，连个袋子的影子都没找到。”女主人一脸不耐烦。

“但我真的把它放在那个角落里了！”乔治大喊。

“那你更应该小心一些。”罗西太太把乔治推到壁炉旁的角落里，给了他一碗汤和一片面包。乔治吃不下，他盯着女主人，心里很是绝望。安塞尔莫进来吃饭，他夸张地跺着脚，像个士兵一样。乔治看了他一眼，简直不敢相信自己的眼睛——他脚上穿着卡塞拉医生给自己买的鞋子！

安塞尔莫故意慢慢地走过乔治身旁，得意地吹着口哨，坐到位置上，给自己盛了一大碗汤。乔治一直盯着安塞尔莫，终于鼓起勇气噌地站了起来，指着安塞尔莫的脚说：“这是我的鞋子。”

“你的鞋子？”女主人跳了起来。主人也惊讶地看着自己儿子的新鞋，问：“你的鞋是怎么回事？”安塞尔莫用勺子喝了两口汤，慢条斯理地回答道：“今天早上我和妈妈去了市场，我们在那里买的。”

“听见了吗？你这个小浑蛋！”女主人的语气刻薄极了。

“但这双鞋和我的一模一样。”乔治大声分辩。

“那你的意思是安塞尔莫在撒谎咯？”女主人走向乔治，

“你是不是觉得，我也在撒谎，嗯？今天早上我和安塞尔莫去集市用医生给的钱给他买了一双鞋子，还买了其他东西。别再胡说八道、诬陷人！”她冷不防给了乔治一拳。乔治猝不及防，碗从他手里掉下来，把汤全洒在了壁炉上。

“说归说，打他干什么！”主人朝妻子吼道。乔治忍着疼痛，站直了身体，满腔愤怒：“我不会再允许有人偷我东西，或者无缘无故殴打我了。”

“哟呵！你听到了吗？”女主人朝丈夫吼道，“他撒谎，说我们偷他的东西，现在还敢威胁我！你来收拾他吧。”

现在，主人罗西也站了起来，这一次，他也觉得乔治的态度太恶劣了，应该让他吃点苦头。“你过来，”主人命令道，“你怎么知道安塞尔莫穿的鞋就一定是你的？”

“那只可能是我的鞋子！”乔治哭了。

“蠢货，米兰有几千双这样的鞋。”主人直接打断了乔治的哭泣。“不然我的东西还会去哪里？”乔治哽咽着说。

女主人阴阳怪气地说：“谁知道是不是你自己编出来的？谁能证明医生给你买了那些东西？谁能证明你把它们带来了？”

“医生能，”乔治大声喊道，“我马上去找他证明。”他松了口气，立马朝外跑去，可是跑到门口就停了下来。没办法找到医生，卡塞拉医生说过，他今天一早就出发回洛迦诺了。女主人不怀好意地看着他，眼睛里充满了讥讽与不屑，得意地说：“你去啊，你怎么不去了？你这个小骗子！”说着，她又转向了自己的丈夫：“你就应该狠狠揍他一顿！”

“安格丽塔也知道！”乔治抓住了一根救命稻草。主人的语气缓和了下来：“她看见你的东西了吗？”

“没……没有真的看见，是我告诉她的。”乔治结结巴巴地说。

女主人的声音又响了起来：“你可真会编啊！小浑蛋，我看你就是想跟我作对。你到底揍不揍他？”

“屁股撅起来。”主人也生气了，但乔治没有屈服，主人直接抓过乔治，用两条腿把他紧紧夹住。主人、女主人，还有可恶的安塞尔莫，挥舞着拳头，一下一下、一拳一拳，重重地落在乔治的背上、屁股上。乔治咬紧了牙关，涨红了脸，宁愿被活活打死也不肯发出一声求饶。

“你这个小骗子，滚吧！”打累了，主人放开了乔治。乔治双膝发抖，摇摇晃晃地回到了自己的角落里。主人回房间去睡午觉了，女主人又站到了他面前嘲讽道：“哼，你给我记住了，记不住你还会挨揍！”安塞尔莫穿着新鞋子站在他面前，放肆地大笑：“这双鞋在我脚上好看吗？等我戴上新帽子，穿上新夹克，换上新裤子，再来给你欣赏哦！”说完，他又用他的新鞋子踢了乔治几脚。乔治无力反击，费了半天的劲才站起来，在栅栏后面踉跄了几下，又扑倒在地，默默流泪。

他们偷走了他的东西，还冤枉他是骗子，就连他最尊敬的主人也认为他在撒谎，还打了他，没有什么比这更令他痛苦的了。昨天和团里的兄弟们碰面时，他还想着因为安格丽塔和主人，他还能留下。现在他想通了，他必须离开，他一分钟都不想在这个家里待下去了。他们抢走他的一切，践踏了他的尊严。除了逃跑，他别无生路。

安塞尔莫去巷子里找其他孩子炫耀他偷来的那双鞋，主人和女主人也已经睡着了。乔治慢慢地站起身来，他要先去和安格丽塔告别。安格丽塔听到了刚才的吵闹声，她替乔治打抱不平：“一定是安塞尔莫偷了鞋子，我敢肯定他还偷了其他的东西。”

“我想离开，”乔治丝毫没犹豫就说了出来，“我不能再待在这里了，我和另外几个男孩打算逃跑。”

“我同意。”安格丽塔也丝毫没有阻拦，“快跑！我很快就要死了，我很高兴能认识你。”

两个小朋友都无奈又悲伤，说了好一会儿。离开房间前，乔治答应安格丽塔，在逃离米兰的前一天，他会去和她郑重告别。

最后的告别

寒冷的地下室里，水从各个缝隙滴落下来。地面上有人或者牛车、马车经过时，整个地下室都会跟着震动。乔治一个人待在黑暗中，冻得直哆嗦，他把所有能找到的破布都裹在身上也无济于事。天渐渐黑了，地窖里更冷了，背和肋骨也隐隐作痛了。

终于，地窖里的灯亮了起来——安东尼奥来了。

“我中午就从主人家跑了出来。我决定了，和你一起逃！”乔治把主人家发生的事一股脑儿地告诉了安东尼奥。

“真的吗？”安东尼奥高兴地吹灭了小灯，重新回到黑暗中，“这事最好在暗中讨论，昨天我和丹特、奥古斯托谈了很久，我们马上就要走了。”

“嗯，我希望我们最好明天能离开。”

“如果丹特今天来，我们就明天走。如果他今天没来，我明天告诉他，然后我们后天就离开。”

“好吧，那我今天不回去了，就在这里待着。”

安东尼奥急切地说：“今晚我再给你拿一条毯子和一些面包，

让奥古斯托也给你带点东西来。”

乔治在黑暗中紧紧地握住安东尼奥的手：“我们最晚后天一大早就走。”

安东尼奥想了一下说道：“我五点钟再过来。去洛迦诺，我们得走上两三天。存钱罐里还有十一里拉，每个人自己再带上点钱，应该够了。”

乔治点点头：“我们会挺过去的。”

其他的男孩陆陆续续也都来了，只有丹特和另一个男孩没来。奥古斯托说：“真想不到我在米兰竟然只剩下两天了。”男孩们几个几个地围在一起。有几个抽着烟，红毛恩维利诺甚至从袋子里掏出了一瓶酒。得知乔治也要跟着一起逃跑，整个地窖顿时都安静了下来，大家面面相觑。

孩子们大喊道：“乔治也要逃跑？那谁留下来和我们在一起？”

乔治解释道：“我本来没打算逃跑。但是……”他给男孩讲述了自己这几天的遭遇。

红毛生气地咆哮道：“我要是你，就把那个安塞尔莫的骨头都打断！”奥古斯托也恶狠狠地说：“没错，换了我，我会把他身上的一切都抢走，我还要剥了他的皮。”“我，要狠狠地揍他，把他埋进土里。”……

说完又是一阵平静，过了一会儿，红毛恩维利诺又站了起来：“还有一个问题，如果你们都走了，谁当团长呢？”“是啊！是啊！”“谁来做我们的团长呢？”“如果乔治和安东尼奥都消失了，谁来领导我们？”

“我们后天才离开，”安东尼奥安慰着大家，“明天晚上之前，我们会把这个问题解决的。”

“我觉得最好让红毛来领导！”一个男孩推荐道，但是大家的意见没法统一。奥古斯托、安东尼奥和乔治也坐在角落里讨论。安东尼奥决定自己先去通知丹特，然后他们又讨论了逃跑计划。很快，大家又陆续离开了，安东尼奥和奥古斯托也离开了，他们要去取毯子和面包。最后，地窖里只剩下了红毛和乔治。

“乔治，等一切安顿好了，你一定要写信给我。”

“可是我不会写字。”

“那你必须马上学，我可以等。”

“我该往哪儿写呢？”

“给我和我们家的小酒馆写信。主人会把信给我的。”红毛把自己所住的街道以及酒馆的名字都告诉了乔治。乔治承诺，到时候一定会写信告诉他洛迦诺的情况。

现在又剩乔治一个人了。地窖里安静得可怕，幽暗的灯光下，乔治看见一只又胖又大的老鼠沿着石凳往上爬。很快，又出现了第二只、第三只……就在乔治觉得难以忍受的时候，奥古斯托回来了，他还带了两条毯子和一个大袋子——他也不打算回那个“地狱”了。乔治把自己裹在毯子里，和奥古斯托挨在一起，恐惧消失了，怀揣着对明天的希望，乔治睡着了。

第二天中午，安东尼奥回来了，告诉他们新的消息：“巷子里已经在传奥古斯托逃跑了。哦，很不幸，他们明天也见不到我们了！哈哈哈哈……”其他几个男孩也过来待了一会儿。一个男孩带来了几个苹果，另一个带来一根香肠："这样你们就不会挨饿了。"到了晚上，他们又聚在一起，小丹特也来了。每个人都带了些东西：熏鱼、面包、一瓶酒、一根方便徒步的手杖，还有围巾。红毛甚至把他仅剩的一里拉也塞给了安东尼奥。

男孩们又讨论了新一任的团长人选，善良、勇敢的红毛恩维利诺以高票当选。乔治和安东尼奥把红毛男孩拉到一边，告诉他只有团长才能知道的事情——地窖的紧急出口在哪里，安全屋在哪里。他们还告诉了红毛医生的名字和在洛迦诺的地址，为后续其他想逃跑的男孩提前做好准备。

"你们什么时候离开？"红毛不舍地说。

"明天一大早。"

男孩们彼此告别，每个人都紧紧地拥抱着，留下来的成员祝愿这四个男孩逃跑成功，四个男孩也表示希望能早日和其他人团聚。

"我们一定要回提契诺团聚！"大家最后齐声高喊。

安东尼奥今夜也住在地窖，丹特还得再回家一趟。乔治交代丹特："明天记得准时来啊，我们五点钟就要出发了。""我一直都很准时。"丹特拍着胸脯保证，"我要去房子后面挖点东西，半夜就回来了。"安东尼奥和奥古斯托躺下准备休息了，乔治却站起身来："你们先睡，我还得去个地方。"

"去哪？"二人很是吃惊。

"回一趟我主人家，我得跟安格丽塔告别。"

"那太危险了，"安东尼奥一下子坐了起来，"我听说你的主人向警察报告，说你逃跑了。”

“我答应过安格丽塔，走之前我一定会和她说再见的。你们放心吧，我也不是直接从正门进去找她，我有秘密通道。”

“我们和你一起去。”安东尼奥解开了裹在身上的毯子，“如果你出了什么事，至少我们能在你身边帮你一把。”乔治感动得说不出话，只好和两个伙伴肩并肩走进了寒冷的黑暗中。

街上漆黑一片，教堂的钟声响了十一下。乔治把两个朋友留在安全的小棚屋里，说一刻钟后就回来。

安格丽塔看见乔治，高兴极了。“你能来真是太好了。我给你留了一些东西，”安格丽塔给了乔治一个袋子，里面装着好几个橙子、面包和半根香肠。“你知道吗？肯定是安塞尔莫偷了你所有的东西，或者是我妈妈把你的东西拿走，给了安塞尔莫。你一走，他就突然戴上了新帽子、穿上了新外套和新裤子。”安格丽塔又描述了衣服的细节。“你看，”安格丽塔指着墙上说，“他把皮带和帽子挂在这儿，夹克和裤子放在楼上的衣柜里。我觉得他是想再瞒父亲几天。父亲本来就很怀疑，如果父亲现在看到这些东西，他的把戏就被拆穿了。”

毫无疑问，这就是乔治的东西。

“哈哈，”乔治朝安格丽塔眨了眨眼睛，“我现在可以把皮带和帽子拿回来了。”

“当然，哈哈。”安格丽塔笑了，但又马上捂住了嘴，担心还有人醒着。“我真是迫不及待想要看一看，等……”她捂着嘴偷笑，“等安塞尔莫明天过来，看到东西没了，他得气成什么样！”乔治也一脸坏笑地把皮带和帽子放进了安格丽塔给他的包裹，然后郑重地说：“现在，我必须跟你告别了，安格丽塔。我的朋友们也来了，就在楼下的棚子里等着。”

“等等，我还有别的东西要给你。”安格丽塔摘下脖子上戴着的金十字架项链，飞快地把它挂在乔治的脖子上。

“不不不，”乔治立刻就想把它摘下，“我不能要。”

“你必须收下它，”女孩说，“我死后，你要是看到这条项链，你就会想起我了。”

“你不会……我……我也得给你留下点什么。”乔治把安妮塔送他的那颗小小的银心从口袋里拿了出来。安格丽塔认识这颗心：“不行。这是你的小女朋友给你的。”“没关系的，她会理解我为什么要送给你，我尤其要告诉她，你一直都对我这么好。”

安格丽塔哭了，乔治也哭了。两个小人儿把脸靠在一起，默默流泪。

“现在，我……我真的得走了。”过了一会儿，乔治抹了抹眼泪，忍着伤心艰难地说道。

“嗯，你快走吧。”安格丽塔轻轻地把他推开。

“再见。”乔治泪流满面。

“不，我们不会再见面了……但是，你一定要保重。”

乔治背起袋子打开了门，寂静的走廊里，乔治突然听到还有其他人的呼吸声，是安东尼奥和奥古斯托吗？不像，不管怎样，乔治最好保持沉默，快速溜出去。乔治把袋子塞到衬衫下面，腾出双手，那个若有若无的呼吸始终在他身边。终于走出了走廊，乔治把木板抬到一边，又把袋子拉出来，扔到角落里。现在，他一身轻松，然后猛地向后面伸出了拳头。

“噢！”那人被打中鼻子，叫了出来，乔治知道是谁了——安塞尔莫。原来这家伙一直在等着乔治回来。他在父母睡着后，经常偷偷溜出卧室，在走廊的角落里缩着。今天，正好被他撞见乔治从安格丽塔房间出来，他本想偷偷尾随乔治，把他们一网打尽，没想到被乔治发现，打得鼻血直流。

“救命！救命啊！爸爸妈妈快来救我！”安塞尔莫立刻大喊起来，同时伸手抓住了乔治。乔治又是一拳，直接打中了安塞尔莫的右眼，这家伙嚎得更惨了。屋子里的人已经被惊动了，乔治听见有人冲进厨房，走廊上也传来了脚步声，女主人那尖锐的嗓音回荡在夜空中：“安塞尔莫！你怎么了，我的孩子？”

“在这里！”安塞尔莫高声大喊，“在这里！我抓住他了，是乔治！他又想闯进我们家！”安塞尔莫紧紧地抓着乔治，乔治第三次出拳，安塞尔莫又吼了起来：“救命啊！他要杀了我！”

“这个胆大包天的家伙，你们到底在哪里？”主人咆哮的声音也传来了。

“在这里！”安塞尔莫叫道，“他马上就要逃跑了！”

“我什么也看不见！”漆黑的夜色拖住了主人夫妇的脚步。乔治知道，如果他再不解脱出来，就再也跑不了了。

千钧一发之际，“把头往旁边转！”随着一声轻喝传来，乔治赶紧偏头。一阵劲风袭来，“我的手断了！”安塞尔莫顿时鬼哭狼嚎。是奥古斯托和安东尼奥提着棍子来帮忙了！乔治挣脱了束缚，三人拔腿就跑。他们爬上棚屋，穿过小巷，潜入曼佐尼大街，二十分钟后，终于回到了他们的地窖。

“你们真是帮了大忙。”乔治感激地看着他的朋友们。

“我很早就想出手了，”奥古斯托说，“就是怕会误伤你。”乔治忍不住哈哈大笑起来。他早就想狠狠揍安塞尔莫一顿了，现在这家伙终于吃到了苦头。机智的安东尼奥还在混乱中拿来了乔治的包裹，乔治拿出橙子，分给了兄弟们。

外面传来了车轮经过的声音，地下的少年们意识到天已经亮了，可丹特仍然没有回来。他们又等了一会儿，已经九点了，现在出不去了，只能等到明天。到了午饭时间，丹特还是没有出现。三人心急如焚，终于，他们听到了脚步声。

乔治走到门口：“暗号？”

“我不知道。”那个声音说。

“洛桑！”

“什么玩意，我不知道。”那个声音又说。

乔治向另外两个人挥手，低声说：“我们这地被泄露了，有人来了，但是不知道我们的暗号。”

“你是谁，来做什么？”安东尼奥也走到门口。

“是丹特让我来的，就我一个人。”这人的声音听着有些熟悉，安东尼奥打开了门，原来是猫脸福斯蒂诺——野狼少年团那个个头不高、行动敏捷的聪明家伙。猫脸仔细观察着四周：“你们这个地方不错。”

乔治、奥古斯托和安东尼奥着急地询问道：“究竟是怎么一回事，是丹特让你来的？他怎么了？”

“他现在躺在我们的采砂场里，走不了了。”

“走不了了？你们抓他干什么啊？”乔治站在猫脸面前，满脸疑惑。

“我们抓他？什么呀！我们和你们已经是朋友了。他是不能走路了。”

“不能走路?！”这次，暗黑少年团的三个人异口同声地问道。

“是的，他可能是想出来找你们一起逃。但是他晚上和他主人爬栅栏时，被狗咬了。他拖着一条腿进城，但在我们阵地附近，他实在走不动，倒了下来。还好今天早上遇到了我。他让我来给你们捎个口信。放心，我发过誓的，绝对不会告诉别人。”

“你怎么知道我们要逃走？丹特跟你说的？”奥古斯托粗暴地问。

“天啊，你不知道吗？这个城里起码一半的人都知道你们要逃跑了。”他指着乔治说，“而且，你现在是个通缉犯，我听说你昨晚闯进你主人家盗窃。”

“一定是我主人的妻子到处乱说。”乔治苦笑着把昨晚发生的事告诉了猫脸。

“安塞尔莫这个小偷，”猫脸啐了一口，“还好我们早就把他赶出了野狼少年团。”

乔治哈哈大笑：“是的，我也在场。我主人的妻子为此把我打得半死。”

“什么？”猫脸惊讶极了，听乔治说完，他才知道这中间发生了这么多故事。

“现在我们要拿丹特怎么办，他情况如何？”安东尼奥打断了他们的谈话。

“那条野狗狠狠地咬了他一口，现在他伤口很疼，还发着烧。”

“这件事情还有谁知道？”乔治关切地问。

“只有乔瓦尼和我。”

“你们能把他带来吗？”

“没必要，如果你们要去提契诺，就一定会路过我们的阵地。”

“好吧，我们等到丹特好起来了再出发。”奥古斯托无奈地说。猫脸看着他，点点头：“是的，兄弟之间就是这样。”

“不用你教我。”奥古斯托大声地说。猫脸朝奥古斯托做了个鬼脸。

“最重要的是，不能让别人知道我们在哪。”乔治说。

“绝对没问题。”猫脸说。

“如果他们像对待那些逃犯一样，要悬赏逮捕我们呢？”奥古斯托又向猫脸走去。

“他们已经在悬赏捉拿你们了，知情者可以赚到二十五里拉。”

“你难道不想赚钱吗？”奥古斯托半是粗暴，半是怀疑。

“你说话注意点！”猫脸生气了，他咆哮着向奥古斯托挥了挥拳头，“小心我拿你赚钱。”

“你们两个怎么回事？”安东尼奥把这两只“小公鸡”分

开了。猫脸朝奥古斯托眨了眨眼睛:“还不是因为我当时在贾迪迪诺公园打断了他的鼻子，他还记着呢。”

安东尼奥笑了:“难怪奥古斯托这个反应，现在他的脸上还能看出来伤痕呢。你小子下手可真狠。”“就是就是，太可恶了！”奥古斯托一脸委屈。猫脸咯咯地笑着:“到底谁可恶？你们六个当时差点把我打死。我可是一句难听的话都没说过。”

“哈哈哈，我们这叫不打不相识。”乔治出来打圆场，但又眉头紧锁，“现在，我们最好不要太着急，再等等看。”他们决定等丹特好起来，安东尼奥还想晚上去看望他，他们还给了猫脸一里拉:“给丹特买点面包，好好照顾他。”

“放心，”猫脸拍着胸脯保证，“我们已经把他当作我们野狼少年团的一员了。”

第二天晚上，三人偷偷去看望了丹特。可怜的丹特躺在一个小沙坑里，发着烧。那条恶犬咬了他的腿和脚，腿上已经消肿了，但脚上的伤口却溃烂了，丹特几乎站不起来。

“我真是倒霉。”他抱怨道。

“别抱怨了，”乔治安慰道，“我们不怪你，你赶快好起来吧。”

“我会的，”他保证道，“今天发烧不再那么厉害了。你看，腿肚子的伤口已经在愈合了。”

“你很快就能走了吗？”

“也许后天吧，也可能得要三天。”但他们必须早点离开了——猫脸再一次出现在了他们的地窖里，带来了一个坏消息。“丹特被安塞尔莫发现了。”他生气地说。

“什么？”三人跳了起来。

“是的，他今天去了我们的据点。当时乔瓦尼刚给丹特煮了汤，就听见安塞尔莫突然喊：‘这儿有一个逃跑的黑鬼！’我们还没反应过来，他就逃走了。我们只好把丹特藏在一堆木板后面，但是我觉得那里特别不安全，最好现在就带他离开米兰。”

“好，”乔治说，“我们今晚就过去。咱们在哪里碰面？”商量后，他们决定在罗镇碰头。“好。那我们今晚或明天一早就带丹特去。”猫脸真诚地说，“请放心，野狼少年团值得你们信任！”

三个人等到天色暗了下来，各自背上袋子，离开地窖。安东尼奥最了解米兰，他在前面带路，绕过米兰的大街小巷，终于到达了运河。水边很冷，但是他们着急赶路，根本感觉不到寒冷，房子离他们越来越远，高高的城墙也渐渐被草丛取代，左右两边都是树。他们喘着粗气，把米兰远远地抛在了后面。

现在乔治走在了前面带路，有时他们不得不绕过大路，从小路上穿过，有时还要跳过冰冷的奔腾的河水。

终于，他们看到了罗镇，星星已经出现在了头顶。三个人决定直接在运河边上扎营。晚上，三人轮流放哨。夜晚的郊外天寒地冻，三个孩子根本睡不着，不得不蜷缩在一起，一次又一次地站起来拍手取暖。

等啊等啊，乔瓦尼、猫脸和丹特却一直都没有出现，一直等到天都亮了。乔治开始担心丹特是不是被警察抓住了。就在这时，乔治远远地看到了一辆奇怪的推车。一个男孩在前面拉，另一个在后面推。应该不是，他们怎么可能弄到一辆推车？

过了一会儿，乔治听到有人在喊他——没想到推着小推车的真的是乔瓦尼和猫脸福斯蒂诺。“你们好！”乔治高兴地朝他们跑去。猫脸笑着说：“我们差点以为我们要去洛迦诺了，没想到罗镇这么远。”

“丹特在哪呢？”

痘霸和猫脸都笑了。车上的袋子打开了，里面钻出了一张瘦长、红彤彤的脸——是丹特，他还发着烧。

“我还以为胆小鬼们不会来了呢。”奥古斯托语气不善地看着猫脸。

“你以为个屁，”猫脸直接反击，“赶紧找人治好你的鼻子。”

“你又要开始了吗？”奥古斯托咆哮道。

“好了好了，话说，我们本来都绝望了，”乔治打断了这俩见面就掐架的“斗鸡”，“太阳都升起来了。”

“从昨天到今天，我们一直都很绝望。”乔瓦尼叹了一口气，“安塞尔莫去叫了警察。一个小时后，他们和一个脸上有刀疤的人都找到了我们的阵地，把整个建筑工地翻了个遍，还好我们躲在木板后面。后来，我又看见一个警察牵了两只大狗。我赶紧让福斯蒂诺留在那里打掩护，然后半走半爬、穿过栅栏，把丹特背回了我祖母家。”

“特别惊险，”猫脸低声笑着补充，“那个刀疤脸让两条狗在洞里嗅了嗅。这狗嗅觉可真灵敏，站在木板堆前面疯狂吼叫，我只能继续往里爬，最后被一个警察拉了出来。他们发现我根本不是他们要找的人，质问我为什么要逃跑，我说我害怕狗。他们还问你们在哪里，我统统都说不知道。”乔瓦尼接着说：“那个时候，我已经瞒着祖母，偷偷把丹特藏到地下室了。然后我去找福斯蒂诺商量怎么把丹特带出来。但是我找不到猫脸，他没去地窖，也不在我们的据点，哪里都找不到他，他也没和他父母在一起。”

猫脸还是一副嬉皮笑脸的样子，打断了乔瓦尼：“我也在城里到处找乔瓦尼，他却在我家附近等我。我回家时，发现他正偷偷站在几个警察旁，偷听他们说话。”

“是的，”乔瓦尼也咯咯地笑了起来，“我这不是听到他们在谈论你们嘛！他们知道你们要去洛迦诺，还知道你们其中一个人伤了腿。”

“所以，”猫脸接过话茬继续，“我们终于意识到，要把丹特带到罗镇，并不像我们答应你的那样容易。”乔瓦尼得意地挑了挑眉：“最后是我，我想出了这个好主意！好在我祖母有这辆车，她每天都推着车去集市上卖菜。”他们说得越来越快，三个小烟囱清洁工几乎跟不上他们的思路。

“天蒙蒙亮的时候，我们把丹特藏进袋子里，然后把袋子装上车出发。”

“哈哈，”猫脸大笑起来，“话说，当时还有海关走过来问我们袋子里装了什么。”

“是的，”丹特终于找到了插嘴的机会，“我当时也听到了，我都快吓死了，我以为我马上就要暴露了。”猫脸再次咯咯地笑了起来：“所以，机智的我回答道：‘先生，就看你想不想知道了。’

哈哈哈，你们不知道，那个海关警卫还朝我们举起了拳头，然后笑着回他办公室了。”

“对，”乔瓦尼总结道，“我们就是这么出来的。”

丹特下了车，他脸色苍白，一瘸一拐的。“你们快点出发吧，”乔瓦尼说，“你们走得越远越好。”

“非常感谢。”乔治走近他们，向野狼少年团发出最真挚的感谢，奥古斯托和安东尼奥也和他们握了手。乔瓦尼倒是突然红了脸，腼腆地说不客气。丹特再次感谢他的两个救命恩人。猫脸把奥古斯托推到一边：“你还在生我的气吗？”奥古斯托哈哈大笑：“早就不生气了。”就算猫脸再打断他的鼻梁一次，他也敢百分之一百地肯定，猫脸福斯蒂诺是个大好人！

送君千里，终须一别，福斯蒂诺和乔瓦尼掉转车头，朝米兰昂首阔步地走去。乔治、安东尼奥和奥古斯托目送着两位好伙伴推车的身影慢慢融化在灿烂的阳光之中。他们朝推车的方向挥了挥手。

福斯蒂诺和乔瓦尼也转过身来，朝他们挥了挥手。

丹特把伤口包好了。

“我们出发吧！”安东尼奥大喊。

“出发！”

千里大逃亡

虽然已经十二月了，但是今天出奇地暖和。太阳高高地悬挂在天空中，万里无云，微风吹过空旷的田野，吹走了夜晚的寒意。几个孩子哼着歌，蹦蹦跳跳地往前走。他们绕过每一个稍微大一点的村庄。每当有人靠近，他们就会坐在路边假装在玩耍——这样就不会有人认为他们是在赶路，而且，也不会发现丹特一瘸一拐。

可怜的丹特努力踮着脚跟上伙伴们，但一碰到伤口，他就忍不住呻吟起来，乔治、安东尼奥和奥古斯托不得不一起搀着他往前走。后来，他们找到了两根长木棍，然后让丹特坐到中间，一前一后抬起丹特，就像一副简易的担架。

中午，他们爬进了一片灌木丛中，乔治给大家分了最后的橙子，安东尼奥则给大家分了面包，现在他们得找人问问路。乔治蹑手蹑脚地回到宽阔的马路上，藏在路边。一位牧师告诉乔治去洛迦诺最好先去瓦雷泽。到了那里有两条路，一条经过特雷萨桥，走这条路的话不用非得坐船。另一条经过塞雷西奥港，就必须乘坐渡船。

太阳下山时，他们来到了卡隆诺。乔治一个人去买了面包和香肠。丹特浑身颤抖，伤口疼痛，高烧不退。晚上，他们轮流照顾丹特，用打湿的布头敷在他的额头上，好让他的体温降下来。

逃亡的第二天早上，丹特似乎好了一些。三个小伙伴小心翼翼地扛着丹特，赶路的速度慢了许多。中午，太阳又出来了，阳光照射着，简直和夏天一样暖和。乔治和奥古斯托找了个舒适的地方享受着“日光浴”。安东尼奥则去了下一个村子买面包和奶酪。

“他们在追我们了。”突然，安东尼奥气喘吁吁地跑回来，满头大汗，向伙伴们宣布了一个坏消息，“两个警察、那个刀疤脸和安塞尔莫。他们还带了狗，看着挺吓人的。”

“什么？”乔治和奥古斯托都瞪大了眼睛，丹特也着急万分。

“是的，他们一定是发现我们的踪迹了。我从面包店出来时，正好被安塞尔莫这浑蛋看到了，其他人估计也看见我了。”

“该死！”乔治很生气。奥古斯托也很愤怒：“他们是怎么知道我们的行踪的？”

乔治想起了路上碰见的那位牧师。难道是他出卖了他们吗？安东尼奥和奥古斯托不这么认为。孩子们的担心是有道理的，只不过，他们逃跑的方向是被不小心泄露出来的。

话说另一头，猫脸福斯蒂诺和乔瓦尼昨天护送完丹特，就慢慢地推着小车回米兰。他们回去时又路过了海关办公室，海关官员逮捕了一个走路一瘸一拐、衣衫褴褛的男孩，然后让人找来了刀疤脸、安塞尔莫和负责的警察，让他们来确认是不是四个逃跑的小烟囱清洁工中的一个。不巧的是，两个警察中有一个之前在建筑工地上找丹特的时候，正好见过猫脸和乔瓦尼。他向猫脸和乔瓦尼招招手："你们从哪里来的？"

猫脸说："我们从外面刚回来。"

"你们的小车里放的是什么？"

猫脸想了一下，幽默地回答道："小牛的蹄子。"

"应该没错，"安塞尔莫在小车旁边转悠了两圈，"袋子上面有血迹。"

这时，两条狗对着麻袋突然大声吠叫，其中一条甚至兴奋得跳了起来。

"嘿，看来，"留着大胡子的警察吹了声口哨，朝同伴眨了眨眼，"刚刚车上有人，老实交代。"他一下子揪住了猫脸的耳朵。

猫脸疼得嗷嗷直叫："啊！疼！您真的冤枉我了。放开我！""老实点！告诉我车上刚刚装的到底是谁。不然我就拉着你的耳朵走遍整个米兰。""噢！哎哟！"猫脸的喊叫声越来越大。"说吧，福斯蒂诺，"乔瓦尼上前帮忙，"反正他们现在也已经安全了。"

"啊哈！"胡子警官叫了起来，"我都忘了这里还有一只会叫的小鸟呢。"他用另一只手拎起了乔瓦尼的耳朵。现在他们两个都疼得直叫唤。"快说！那几个扫烟囱的男孩是不是坐着你的车离开了米兰？"

"不！"两人同时喊了起来。猫脸忍着疼痛，一脸得意地说："你们抓不到了，反正他们都跑了。"乔瓦尼也很得意："就是，你们追也没用，说不定他们都已经在洛迦诺了。哎哟……"乔瓦尼挨了猫脸一脚，猫脸恨不得缝上乔瓦尼的嘴。

"哦吼，"现在轮到警察们一脸得意了，"原来这几个小逃犯是要去洛迦诺呀。谢谢你们，那你们是什么时候把那个小瘸子带出去的？"

"他不是瘸子，他的腿没断！"乔瓦尼朝他吼道，"他只是被狗咬了。我们……""昨天晚上就带出去了！"猫脸急忙插嘴，免得乔瓦尼又说什么大实话。

"撒谎！"海关警卫说，"两小时前，我才看到他们推着车子经过。"

"两小时前！"胡子警官高兴极了，"我们能追上！"他把猫脸和乔瓦尼推到海关警卫的跟前，向狗吹了声口哨，又急急忙忙地出发了。于是，就有了上文，安塞尔莫恰好在村子里遇见了安东尼奥。

"我们现在该怎么办？"乔治环顾四周，急得跳脚，"我们身后是大湖，左右两边是沼泽，前面是村庄。如果我们一直往前走，就真的要被他们抓住了。""他们来了！"眼尖的丹特看到远处的人影，吓得哭了起来。两条狗跑在最前面，然后是安塞尔莫。跟在安塞尔莫后面的是刀疤脸，最后是两个警察。

乔治把手放在眼睛上，往村子的方向眺望："是的，他们往这边来了。如果我们想自救，就只能穿过沼泽或这片湖。"但是，两种办法都行不通——丹特的腿受伤了，没法游泳；一踩上沼泽地，人就会往下陷，这下就真直接“回老家”咯，安东尼奥就差点陷进去。

他们只得急匆匆来到附近的一个小谷仓。一个农夫正把干草往车上搬，车的前面有两头牛，正舒服地站在地上的那堆干草上，边吃边哼唧。

“我们溜进谷仓呢？”丹特问道。“那就是瓮中捉鳖！他们会比在外面更快地抓住我们。”性急的安东尼奥急得吼了起来。“我有办法，跟我来！”乔治朝农夫跑去，丹特一瘸一拐地跟在最后。农夫是个精干的小个子，长了一张圆圆的脸，眼神明亮，他惊奇地看着男孩们：“你们怎么了？”

“先生，您好，我们是四个可怜的烟囱清洁工，”乔治开始诉苦，“我们从米兰出逃，想回到祖国。”

农夫一脸疑惑：“那你们来找我做什么？”

“警察想抓我们。”孩子们七嘴八舌地解释。丹特也走过来了：“他们在追我们，我们想请你把我们藏起来。”

“我没地方藏你们，藏哪呢？帽子底下？”男人摘下了黑色大帽，笑了，“怕是你们当中个头最小的也进不去。”

“求求您救救我们，让我们藏到干草下面吧。”乔治恳求道。“求求您了，”丹特也一副可怜样，“藏干草里，没人会发现我们的。”

“可是，没找到还好说，如果他们发现了你们，我也得跟着一起遭殃。”

“啊，求求您了，我们走投无路了！”安东尼奥就差跪下了，“求求您了！”

狗铃声逐渐逼近。乔治吓得大叫：“他们来了！”丹特和奥古斯托也害怕得浑身颤抖。“给他点好处吧，”安东尼奥轻声对乔治说，“说不定他就愿意帮忙了。”乔治能给什么呢？他摸了摸胸口，有一个硬硬的东西——安格丽塔给他的项链！我应该把这项链给农夫吗？安格丽塔知道的话，会怎么说呢？乔治陷入了纠结之中，但一瞬间，他就想通了，如果安格丽塔知道他和他的朋友正处于危险之中，她应该会理解的。

于是，乔治把项链从脖子上摘下来，递给了农夫：“如果你愿意帮助我们，我就把这个纯金的十字架给你。”

“这不会是你偷来的吧？”

“才不是，这是我收到的礼物。”

农夫接过项链，犹豫了片刻，最后说：“好吧，你们跟我来。”他把干草搬开，把孩子们“塞”进干草里，然后再盖上，自己坐上车，挥舞着鞭子，牛车慢慢地开动了。那两条大斑点狗警犬，跑到了男孩们刚才躲藏的灌木丛。现在它们正一路狂叫着往这边飞奔。农夫举起了他的鞭子：“滚开，你们这些魔鬼。”

其中一只狗挨了一鞭子，呜咽着不敢上去，另一只则跳了起来，足足有牛车那么高，龇牙咧嘴，一副挑衅的模样。农夫再一次挥起了鞭子，这时，刀疤脸赶到了，向两条狗吹了声口哨，又对农夫喊道：“你疯了吗？你是想把狗打死吗？”

“如果这些禽兽再敢攻击我的牛，我真可能把它们活活打死！”农夫咆哮着，威胁地挥了挥鞭子。现在，安塞尔莫和两个警察也赶到了，刀疤脸指着农夫对警察说：“他打了我们的狗。”

“你这个酒鬼。”农夫生气地骂道，然后转向了警察，“它们想咬死我的牛，如果它们敢再试一次，”他的鞭子又响了起来，“就有它们苦头吃！”

“别生气，”胡子警官安抚道，“我们不是故意来找你麻烦的。我们正在寻找米兰的四个小逃犯，这两条狗刚刚找到了他们的踪迹……”农夫直接打断了胡子警官：“他们的踪迹，指的是我的牛，还是你的逃犯，难道我是你的逃犯？”

两个警察半是生气，半是好笑：“好吧，说真的，你真的没见到几个浑小子吗？他们一定来过。他们是真正的小恶魔，如果你告诉我们线索，你可以赚到二十五里拉。这是米兰那些扫烟囱的主人愿意支付的悬赏金。”

“多少钱？”农民又问。

“二十五里拉！”

当大狗扑向牛车时，男孩们已经很焦虑了；当警察站得离他们近在咫尺时，他们更是害怕得瑟瑟发抖；而当他们听到“二十五里拉”时，他们的心脏几乎停止了跳动。农夫轻轻地吹了声口哨，然后说：“二十五里拉！就为了几个小男孩？那他们一定是十恶不赦的浑小子。”乔治咬紧了牙关，安东尼奥和奥古斯托几乎不敢呼吸，丹特强忍着泪水，他们感觉自己就要被出卖了。

农夫说：“是的，我看见他们了。他们是不是都穿得破破烂烂的，其中一个腿有点跛？”两个警察、刀疤脸和安塞尔莫异口同声地回答道：“是的，就是他们。”声音里透着急切和兴奋，两条狗也吠叫着，撕扯着锁链，好像在确认农夫的话。

“他们找我问路来着。”农夫停顿了一下。可怜的孩子们屏住了呼吸，时间仿佛静止了，他们的心跳到了嗓子眼。“我不知道他们爬沼泽的速度有多快，他们想去瓦雷泽，但是迷路了。于是我告诉他们，”农夫一边挺直身子，一边用鞭子指着一片灌木丛，“就在那后面，有一条小路可以穿过沼泽。我猜他们已经过去了。但是如果你们快点的话，说不定还可以抓住他们。”

“非常感谢。”胡子警官鞠了个躬。安塞尔莫和刀疤脸早就已经朝小路跑去了，另一个年轻的警察也带着狗一起往农夫说的方向跑去。

“嘿，”农夫在他们后面大喊，“如果你们抓到了他们，一定要告诉我，别忘了我的奖励。”接着，他又挥起了鞭子，“吁！吁！”牛车继续向前跑。孩子们得救了，但他们仍然不敢放松。农夫驾着车驶向村子，过了一会儿，牛车缓缓地驶进一个小院。

“好了，”农夫笑着对干草堆说，“现在你们可以出来了。”四个人从车上爬下来，抖掉头上和身上的干草，四处张望。牛车停在一个小谷仓里，右边是一个牛棚，左边是一扇门。孩子们把农夫团团围住：“谢谢你！”

“不用客气！”农夫咯咯笑着，也抖了抖身上的干草。

“我刚才特别害怕。”丹特也走了过来，“我以为你会为了二十五里拉把我们卖了，二十五里拉可是一大笔钱。”

农夫又咯咯地笑了：“当然不会！就算是一大笔钱，但是你们认为我会相信警察的鬼话吗？他们从不信守诺言。而且，我更喜欢这个十字架。”他又把十字架项链拿出来看了看。“你们看看这些警察整天都在做什么？那些真正罪大恶极的坏人他们不去抓，却要来抓你们这些逃跑的烟囱童工！来吧，”他抓住丹特的肩膀，“你们应该吃点东西。”

“真的吗？”孩子们尖叫起来。

“快来吧，你们瘦得像是一阵风就能把你们吹倒。”农夫把他们带到了一个大厨房里。厨房里有一张长桌，几口锅，还有一个壁炉，这里和乔治的家很像，壁炉边也有个老奶奶。农夫的妻子和两个儿子也都在家。农夫把刚才发生的事告诉了他的家人。

“今天早上，警察就来村里找人了，我看见他们了。”大一点的儿子说。

桌上摆了一大锅浓菜汤。“来吧，”农夫的妻子热情地欢迎道，“都饿了吧？快吃吧！”孩子们有些不好意思，农夫推了乔治一下，孩子们坐下了。他们很久没吃过这么好吃的食物了，一个个都吃得津津有味。

“你们下一步打算怎么办？”农夫问道。

“我们想先去瓦雷泽，然后去特雷萨桥。”乔治说。

农夫又把孩子们的盘子装满了：“那你们要走很远的路，差不多明晚才能到。”乔治说：“可能更慢，因为丹特几乎不能走路。”

“你怎么了？”

丹特露出了脚：“一条狗咬了我。”

农夫看了看伤口，眯着眼睛，神情严肃：“看起来情况不太好。让奶奶看一下，她知道怎么处理这些伤口。”

老奶奶仔细观察丹特的伤口:“都化脓了，得给你敷点药。”她站起身来，佝偻着走进花园里，抓了一束草药扔进一口锅，又倒了一把茴香进去。男孩们走到窗前，观察大街。“他们又来了！”突然，安东尼奥喊了一声。

农夫向外望了望。两个警察、刀疤脸和狗走了过来，安塞尔莫跟在他们后面。安东尼奥躲起来了，奥古斯托和乔治也退回了厨房。农夫倒很淡定:“不要害怕。他们不会进来的。估计他们还以为你们还在沼泽地里挣扎呢。”但孩子们仍然很焦虑，想马上离开。农夫安慰道:“先别着急。他们得有搜查令才能进来。等我一下……”他戴上帽子，穿上了外套:“他们好像要去酒馆，我出去打听打听。”

酒馆里，警察和刀疤脸坐在中间的桌子边上，吃着面包、香肠，喝着葡萄酒，安塞尔莫则坐在一张小桌子边上吃东西。农夫在警察旁边坐了下来，故作惊讶地问道:“你们没抓到那几个孩子？”

“没有！”胡子警官气得要命，“他们已经走远了。但我们在邻村发出了通知，现在所有的哨所都收到消息了，我们很快就会知道他们到底去哪里了。”“真可惜啊，”农夫故意装出万分可惜的样子，“我还盼着能拿到二十五里拉的奖赏呢！”安塞尔莫的身边围着几个村里的男孩，估计他早上已经和他们打过交道了。现在，他唾沫横飞，侃侃而谈:“这些家伙今天又一次躲开了我们，但明天我们一定会抓住他们的。什么都瞒不过我们，我们知道他们想先去瓦雷泽，从那里取道洛迦诺，而瓦雷泽只有一条路——穿过特雷萨桥……”农夫都听进去了，来酒馆一趟真是太对了，打听到了不少消息呢。

与此同时，农夫家里，老奶奶已经把草药熬成了药汁，她从锅里用勺子舀起一大勺药汁，然后吹凉，均匀地涂到丹特的伤口上，最后她用布把丹特的伤口包了起来。“奶奶，我们现在可以离开了吧。”乔治焦急地问。

“不行，他必须躺下休息。”老妇人的话不容置疑。农夫也回来了：“你们都留下吧，你们今天不能走，警察很清楚你们要去哪里，而且到处都是他们的哨所，隔壁村子就有，特雷萨桥是走不通了，我们得想想其他办法。我觉得你们最好去塞雷西奥港。只要过了湖，你们就踩在瑞士的土地上了。”

“塞雷西奥港在哪里？”

“我知道。我还知道一条森林小路，走那条路就可以很快到达塞雷西奥港。我明天一大早就给你们带路。”农夫的大儿子自告奋勇。农夫也点点头：“对。但现在你们需要好好休息！放心吧，我会准时叫醒你们的。到塞雷西奥港有一天的路程，你们必须睡觉了。”四个男孩听话地爬进了谷仓的干草堆，很快陷入了梦乡。

农夫叫醒他们的时候，天还黑着：“快点，趁那些警察还在酒馆里睡觉，你们赶快出发。”孩子们喝了牛奶，吃了面包，农夫的妻子还给他们打包了一些面包，温柔地跟孩子们告别：“希望你们能平安到家。”孩子们很感动，发自内心地向她道谢，最后和农夫握了手，准备上路，农夫的大儿子已经在门口等着了。

他们穿过田野，爬上一座小山，穿行在一片森林中。差不多一个小时后，乔治摸了摸丹特的头：“烧已经退下了。”丹特点点头：“我的脚不疼了，我恢复过来了！”

他们走得很快，沿着小溪一路向前，经过了烟波浩渺的瓦雷泽湖，然后向右转，又翻过了一座小山，森林越来越密了。农夫的大儿子停了下来：“现在你们不会迷路了，下山之后，你们就会进入山谷，这条河会流入塞雷西奥港附近的洛迦诺湖，估计三四个小时就能到。”男孩们饿了，他们已经在路上走了六个小时了，他们坐下来，一起分享了农夫妻子的奶酪和面包，又在草地上躺了一个小时。丹特看了看脚上的伤口，愈合得不错。

农夫的大儿子和他们告别的时候，给了乔治一个小包裹：“这是我父亲给你的，他说你得到了洛迦诺才能打开它。”男孩们很感谢农夫一家，巧合的是，农夫的大儿子也叫恩维利诺，和红毛同一个名字——他们都善良又勇敢。乔治把恩维利诺给的包裹放好，继续前行。虽然有时，他们不得不搀扶着丹特往前走，但总的来说，丹特的情况已经比以前好多了。

终于，他们走到了森林的尽头，灌木丛消失了，眼前是一个波光粼粼的大湖。

“我们到洛迦诺湖了！”奥古斯托惊喜地大喊。

“天哪，洛迦诺湖！湖的那边就是瑞士了。”安东尼奥指着前面的一座山兴奋地说道。这座山高耸入云，屹立在水面之上。

“还有塞雷西奥港！”乔治指着远处岸边的几幢房子，它们建在水边，仿佛是湖的围墙。

“有船！这船是从瑞士过来的！”丹特指着一艘高大的客

轮兴奋地招手，它正慢悠悠地航行着，就像一把锈了的刀划破了光滑的湖面。

“这就是渡船，”乔治说，“要是我们能偷偷爬上这艘船就好了。但我觉得船上的人肯定知道有警察正在通缉我们。要是上了船，一旦被发现就惨了。”

“我们得等到晚上。”安东尼奥建议道。乔治无奈地笑了：“难道晚上就看不到我们了吗？我们必须想出更好的办法。”奥古斯托指着一片从水里延伸到岸边的小礁石林建议道：“我们先到礁石林里去吧，然后再好好商量接下来应该怎么办。”

他们蹑手蹑脚地钻了进去，望着对岸的群山和村庄，目光炯炯，满是渴望。商量过后，孩子们决定到港口偷一艘船。黄昏时分，他们偷偷靠近了塞雷西奥港。港口的灯光已经亮了起来，所有的木船都停靠在登岸桥的附近。乔治决定走过去打探消息，他轻轻地吹着口哨，大大方方地向桥边走近。三个人正靠在栏杆上休息、聊天，看打扮一个是海关的官员，一个是警察，另一个看起来是普通老百姓。

乔治从他们身边经过时，听到了几句。“他们不是去了特雷萨桥，就是来了塞雷西奥港，如果他们今天不来，明天肯定会来。”天哪，是刀疤脸的声音！乔治吓坏了，本能地转过身就跑。

“那孩子为什么要跑？”乔治的反应引起了海关官员的注意。

“就是他们！”刀疤脸看到了，赶紧大喊，“其他人肯定也在附近。”他从桥上跑下来，紧紧追在乔治后面，海关官员和警察也来了。

乔治迅速回到兄弟们身边，招呼道：“快跑！刀疤脸就在附近！”混乱中，他们跑到了水里，丹特用尽全力跟上伙伴们的步伐。

“停下！给我停下！”刀疤脸的声音越来越近了，警察也跑得很快，只有那个胖胖的海关官员才刚跑下桥。

紧要关头，安东尼奥发现了一艘小船，但是船被粗绳系在了岸上，乔治也上了船，他掏出了医生给他的小刀把绳子割断了，奥古斯托也跳了上来，就只剩下丹特了，三个男孩拼命朝丹特大喊：“快点，丹特，你马上就得救了！”

丹特用力一跃，试图跳上小船，但只听扑通一声，他掉进了水里。乔治抓住丹特的手，奥古斯托抓住他的后颈，把他拽上了船。等到刀疤脸赶到岸边，气急败坏地怒吼时，乔治和奥古斯托已经用力把船推离了岸边。丹特虽然浑身都湿透了，但他回到了熟悉的水上，整个人似乎都不一样了，他焦急地说：“船桨在哪？我来划船！”孩子们这才发现船上没有船桨，奥古斯托绝望地瘫倒在船上：“啊，我们完了！”

“停下！不然我开枪了！”警察并没有夸大其词，很快，他就开了枪。

“我们现在怎么办？”乔治比奥古斯托还要绝望。

“勇敢点！”丹特冷静地分析道，“船自己还能再往前开一会儿。只要他们不开枪打死我们，我们就能跑掉。”警察很快就停止了射击，带着刀疤脸跑回了登岸桥。

“他们准备乘船来追我们，”奥古斯托指着岸边大喊，“完了，他们要抓住我们了！”

“他们抓不到我们,”丹特打断了他的话,“快来帮我。”幸好小船里堆了一些木板,

丹特指挥大家划船,小船逐渐稳稳地向前行驶。与此同时,刀疤脸和海关官员也坐上了船,他们那条船设施齐全,速度要快得多。

“快点,他们在追我们!”丹特一边划船,一边喊着口号,“一,二!一,二!”几个男孩划得更快了,他们使出了吃奶的劲,但那艘船还是离他们越来越近。

“停下,”海关官员朝男孩们大喊,“快停下,不然我要开枪了!”为了方便开枪,他甚至站了起来,但也因为如此,他们的船增加了阻力,和男孩们的船又拉开了距离。

“再快点!”丹特轻声催促,“起雾了!再划一百米,我们就得救了!”

“你就不能开枪吗?”是刀疤脸的声音。“我试过了!”海关官员在咆哮。“该死,他们会逃脱的。”“我也不想让他们跑掉!”刀疤脸的船上乱作了一团。

孩子们划船划得太过专注,就连丹特也没有发现另一艘船早已消失了,等到他开始探头寻找另一艘船的身影时,四个男孩早就置身于一片白茫茫的雾气之中——他们逃脱了!

“得救了!”丹特激动地喊道,“我们得救了!”

“真的吗?”乔治也才回过神来,四处查看。

那条船不见了。

大雾吞没了一切。

魂牵梦萦的地方

海关官员里瓦每天都会在岸边巡视。今天，像往常一样，他在岸边边走边观察，他发现有一条中型木船在湖面上摇晃，板上有些东西，可能是几个麻袋，但也可能是一个人。这种船每天在水面上都会出现十几艘，里瓦习以为常。他熟知水流的方向，如果风从东边刮来，船就会漂出去；如果风从西边吹来，船就会慢慢地向岸边驶去。

他闻了闻，然后笑了起来。风从西边吹来，吹来了岸边栗子树的气息，树枝被西风吹得摇曳不止。里瓦走到岸边的时候，刚刚的那艘中型木船正好靠岸，他跑到船边去察看——船上有几个孩子正在熟睡。

“嘿！醒醒。”里瓦拍了拍船帮，晃了晃木船。

丹特一睁眼就看到了一张胖胖的红脸，看他身上穿的，肯定是个警察或者海关官员！丹特害怕极了。之前，丹特在指挥大家从雾中逃出来之后，累得直接躺在甲板上睡着了。其他的男孩后来也陆续睡着了，没想到坏了事。“安东尼奥，乔治，奥古斯托！”丹特急忙站起来，想跳进水里。

“你这孩子！”海关官员一把抓住了丹特的衣领。其他人也被惊醒了。安东尼奥睡眼惺忪，还不明所以，看到里瓦的奥古斯托已经吓得泪流满面，只有乔治面色镇定——虽然他也觉得现在一切都结束了。

“这是在哪儿？”乔治尽可能表现得镇定且平静。

“你们这些孩子究竟怎么了？当然是在瑞士。”里瓦回答道。

“瑞士！”乔治一下子跳了起来，安东尼奥和奥古斯托也兴奋不已，大笑起来。里瓦也笑了：“不然你们还能在哪？”孩子们紧紧地拥抱在一起。“我刚才还想跳水里呢。”丹特笑着挠了挠头。

里瓦又笑了：“你们从哪里来的？”

“从米兰。”乔治如实回答。

“你们不会就是米兰那边四处寻找的四个扫烟囱的小鬼头？”孩子们一齐点头：“是的，我们想去洛迦诺找医生……”

“哦，可以了，别告诉我。因为如果我知道的话，”里瓦调皮地眨了眨眼睛，“我说不定会说出去。”孩子们哈哈大笑。丹特说：“我们有一个请求。”

“什么请求？”

“那个……这船……是……是我们偷的。”

里瓦又笑了：“我早就猜到了。难道会有好心人把船送给你们？”

“您能把它物归原主吗？”

“当然。把它绑起来就行。从塞雷西奥港来的第一艘渡轮半小时后就要来了，到时候可能会有人认出它。”

孩子们下了船，向这个善良的海关官员道了谢，然后准备离开。“你们认识路吗？”刚走几步，里瓦朝孩子们大喊。奥古斯托认识，他们要先去梅利德，一直沿着湖边走，大概两三个小时就能到。湖边的小路走起来很舒服，几只山羊在路边吃草，一个农夫牵着一头牛在他们前面一溜小跑。到处都很安静，风吹进了灌木丛，树叶发出了沙沙的响声。男孩们依然很累，但他们终于到达瑞士了！得救的喜悦、回家的欣慰给了他们动力，他们走的速度越来越快。

梅利德是一个水边的小村庄，看过去就像一幅画。鞋匠在他的作坊里忙活着，几个农民在路边谈论天气，一辆马车正在岬口转弯，一艘渡船正起航驶往远方。孩子们一刻都没停下。他们沿着路一直向前，路边的岩石越来越多，圣萨尔瓦托雷山像一座高耸的金字塔，矗立在众人面前。跨过一座小桥，前面出现了一个小小的农场。小路继续向前方延伸，袅袅的炊烟从小房子里慢慢升起。

“那是洛迦诺吗？”乔治指着前面的房子问。奥古斯托对这附近很熟悉：“这是帕拉迪索，咱们还得走一阵子。”但从这里他们可以看到洛迦诺——一座高大美丽的山上散布着漂亮的街道和精致的建筑。

孩子们决定找人问问，一位在湖边钓鱼的好心人告诉他们，卡塞拉医生住在山上一栋有许多窗户的白色大房子里。孩子们穿过又窄又热闹的小巷，向山上的房子走去，没错，门口的牌子上写着“卡塞拉博士”，安东尼奥拉响了门铃。

一阵急促的脚步声传来，大门打开了，是一个小个子的老女仆，她看起来心情不太好，滴溜溜地打量着孩子们：“你们找谁？”

“我们找卡塞拉医生！”几个男孩喊道。

女仆又上上下下打量了四人一番，吼道：“他不在！”然后砰的一声关上了门。男孩们面面相觑，为了从吃人的深渊中逃脱，他们已经在路上走了好几天了，好不容易到了目的地，没想到“天堂的大门”却在最后关头关上了！孩子们非常绝望，丹特哭了起来，乔治的眼泪也一直在眼眶里打转。“我们现在怎么办？”安东尼奥无奈地问。“还能怎么办呢？等等看吧。”乔治忧心忡忡地在门口坐了下来。

大门终于又打开了。一个男孩走了出来，他和乔治一样高，脸型瘦长，长着一双明亮、漂亮的眼睛，学生帽也掩盖不了他那一头闪闪的金发。男孩穿了一件厚实的夹克、一条同样厚实的裤子，还穿了双靴子。相比而言，乔治一行人面色苍白、衣衫褴褛、形容可怜，简直就像一群小乞丐。

男孩看到四个和自己差不多年纪的男孩蹲坐在自家门口，吃了一惊：“你们是谁？”

“我们从米兰过来的。”乔治一边起身一边回答。“米兰来的？”男孩想了想，问，“你是不是叫乔治？”乔治赶紧点了点头，他那阴霾笼罩的小脸终于又亮堂了起来。

“我父亲跟我提起过你。你们都是扫烟囱的小清洁工？”男孩赶紧招呼他们，“你们快进来吧！”

奥古斯托说：“可是你家的女仆说医生不在这儿。”

“她脾气不太好，你们不要在意。”男孩笑了，“在我父亲回来之前，你们就是我的客人。对了，我叫洛伦佐。”“我叫安东尼奥。”“我是奥古斯托。”“丹特。”孩子们一个接一个地站起来介绍自己。

洛伦佐把门敞开，对着门里叫唤道：“尤金妮！尤金妮！”老女仆又出现了。“尤金妮，你怎么能把我的客人留在外面呢？”洛伦佐半生气、半开玩笑地询问道。

“怎么成了你的客人？”女仆的语气中透着怀疑，“他们说来找医生。”

“他们也想见我，”洛伦佐大声地吩咐道，“收拾个屋子给他们住，尤金妮！”

“不，”女仆伸出两条胳膊拦住了准备进屋的孩子们，“如果他们真的要进屋，必须先去洗洗干净。”也是，男孩们的腿上、裤子上和脸上全都是污泥。

“好吧！权当是为了我。”洛伦佐又笑了，“但是麻烦你快点烧洗澡水，让他们暖和暖和。”

尤金妮哼哼唧唧地迈着短腿向一座小楼走去，洛伦佐带着四个男孩在门厅和花园里转了一圈。这座漂亮的大房子有一个宽敞的门厅，大厅里矗立着漂亮的大理石柱子，两侧各有一个阳台，从后门出去，是一个带顶的连廊，可以看到远处湛蓝的湖水和墨绿的山峦。洛伦佐还带着他们参观了花园，花园里竟然还藏着一间精致的温室，温室里种了棕榈树、柠檬树、橙子树，还有各种仙人掌和其他稀有的花卉植物，一个老园丁在里面来回奔忙。

孩子们对一切都感到很惊讶，有不认识的，洛伦佐都会一一介绍。洛伦佐声音柔和、彬彬有礼，是一个十足的小绅士，一下子拉近了与男孩们的距离。当他看到丹特一瘸一拐地走路时，他甚至给丹特找来了一根手杖。

“水烧好了！”循着尤金妮的声音，男孩们来到了浴室，爬进了洁白的浴缸，水温正好。刀子嘴、豆腐心的尤金妮正准备帮这几个脏孩子搓掉身上厚厚的泥垢，乔治尖叫着逃窜，奥古斯托害羞得嘟嘟囔囔，安东尼奥甚至还受到了“粗暴的对待”，只有在给丹特搓澡时，尤金妮的动作才特别温柔。乔治第一个从浴缸里跳出来四处找衣服，结果发现装衣服的袋子被尤金妮扔在了一个热水盆里。

“我的衣服！”乔治尖叫起来，“我们现在穿什么？”洛伦佐拿来了他的衬衫、裤子和其他的衣服。尤金妮用大大的浴巾把丹特和安东尼奥裹了起来。终于洗干净了，他们可以进屋啦。男孩们穿过圆柱门厅进入了房子内部。

“哇！”“天哪！”孩子们四处转悠，不时地发出各种感叹。漂亮的地板由黑白纹路的大理石组成；墙上挂着五颜六色的地毯，绣着华丽的动物纹样；客厅里摆放的花瓶足足有半人高。洛伦佐带着他们穿过明亮的客厅，进入了餐厅。餐厅里摆了一张长长的大餐桌，每个座位面前都放着一个漂亮的蓝色镶边瓷盘，盘子旁摆着精致的勺子、刀和叉子。

“坐下吧。”洛伦佐微笑着对他们说。

孩子们还没从眼前的一切中缓过神来，小心翼翼地坐在了椅子上，这一切来得太快，恍恍惚惚，就像在梦中一般。尤金妮走进厨房，把热气腾腾的汤端出来，然后是主食、各种肉类和沙拉，正餐吃完后，还有甜点。

孩子们吃得很开心，安东尼奥光汤就喝了三大碗，奥古斯托抚摸着圆滚滚的肚子心满意足地感慨道：“天哪，我肚子从来没有这么圆过。”“我也是，”丹特瘫在座位上，“我真想天天吃到这些。”乔治也是平生第一次吃得这么饱，连连打起了饱嗝。

饱餐一顿后，尤金妮把丹特带到了医生的诊室，其他人则跟着洛伦佐沿着楼梯爬上了三楼。洛伦佐打开了一扇门，房间亮堂，有两张床、一个大衣柜和一个洗漱台。“奥古斯托和安东尼奥今天就睡在这儿。”

奥古斯托紧张得手足无措，捂着胸口说：“我从来没有睡过床。”“我……我也没有。”安东尼奥结结巴巴地说。

“那好好珍惜你们的‘第一次’吧！”洛伦佐笑着把两个人推进了房间。

隔壁的房间是一个由书房和卧室连起来的大房间，较大的一间是书房，里面放着一张书桌、一个书柜和几把椅子；卧室则由两个可以睡觉的小单间组成。“这是我的房间，”洛伦佐介绍说，“这张空床是留给我表弟的，他总是在夏天过来找我们。正好给你睡。”乔治惊讶地瞪大了眼睛，难以置信。过了一会儿，他才想起问丹特睡在哪里。洛伦佐早就做好了安排，他腿脚不便，就睡在园丁的房间里，那里正好还有一张空床。

“你先休息会儿。”洛伦佐安置好了男孩们，还得进城去买点东西。城堡一般的房间里就剩下乔治一个人了，这一个小时里发生的一切是那么的神奇，乔治震惊得都不知道该说些什么。他在那间房间里走来走去，一会儿看看墙上的铜版画，一会儿又摸摸书柜，一会儿又在书桌旁坐下……最后，他脱下了衣服，爬上了那张大床。

生平第一次，乔治躺在了一张大床上，盖上了雪白舒服的羽绒被。在索诺尼奥，他那温馨的小家，他睡在树叶堆成的袋子床上；在米兰，他那主人家里，他睡在光秃秃的地板上，只在最后几天才睡在了一个坚硬的羊毛床垫上。而现在，他竟然睡在一张床上！这床比雪白，比云朵柔软，比火焰温暖，比春天的风还要舒服，他立刻进入了梦乡。

醒来时，天色有些黑了。所有的衣服都被洗得干干净净，整整齐齐地叠在床前。衬衫是新的，应该是洛伦佐给他的。他穿上衣服走出卧室，书房里点着一盏小灯，洛伦佐正坐在窗前看书。

“你终于睡醒了。”他笑着说，“你睡了六个小时，其他人和我父亲已经在楼下了。”

“六个小时？！”乔治难以置信。

“是真的。来吧！我们都在等你一起吃晚饭。”

丹特脚上绑了新的绷带，坐在餐桌旁。奥古斯托站在一个巨大的鱼缸前，好奇地观赏金鱼。安东尼奥正在和医生亲切地交谈。卡塞拉医生看到乔治来了，微笑着和他打招呼：“乔治，没想到我们这么快就见面了。”

“我本来想春天再来，”乔治不好意思地说，“但后来发生了很多不好的事情。他们还把您给我买的新衣服都偷了，还冤枉我是贼……”乔治讲着讲着，差点又哭了。

“我猜到了，可怜的孩子。”他抚摸着乔治的脸安慰道，“别担心，那些东西还可以再买，而且我很高兴你的兄弟们也一起来了。”

尤金妮摇了摇铃铛，丰盛的晚饭开始了！有鱼有肉，还有葡萄干和坚果，对了，还有甜点和浓汤。最后，他们每个人还喝了一杯温热的葡萄酒。孩子们一边吃，一边讲述他们惊心动魄的逃跑经历。卡塞拉医生不时发出“嗯嗯”“这样啊”的声音，当他听说海关官员竟然向他们开枪时，他大大地“呸”了一声。洛伦佐瞪大了眼睛，听得入了迷，他什么都想知道，就差自己也去经历一遍。“哈哈哈，猫脸竟然是男孩的名字？”“丹特竟然被当成了货物！哈哈！”“可恶的刀疤脸，要是让我遇上他，我一定要在他脸上再添一条疤。”至于安塞尔莫，他说：“如果我们抓住了安塞尔莫，就把他交给尤金妮，让她做成青蛙汤！”回到房间后，洛伦佐还是意犹未尽，又问了许多细节。乔治讲述了那两条可怕的大狗，还有跳到农夫的车上时的恐惧，以及农夫家的老奶奶还给丹特涂药膏的事。“但农夫拿走安格丽塔给你的十字架项链是不对的。”洛伦佐补充道。

这让乔治顿时想起了农夫的大儿子恩维利诺和他们道别的时候给他的小包。他赶紧从口袋里掏出小包：“别这样说，农夫也给了我一些东西，当时恩维利诺叮嘱我说到洛迦诺之前不能打开。”

乔治把包在外面的脏兮兮的纸撕开：“天啊！”

“什么？”洛伦佐好奇地向前。乔治把手高高举起——是安格丽塔的金十字架！

“我收回刚才的话，”洛伦佐感叹道，“这位农夫真是个正派的人。”一股暖意涌上乔治的心头，乔治不知道该说些什么，絮絮叨叨地念叨着：“是啊，他还给我们汤喝，他的妻子还给我们准备了面包和奶酪，他的儿子还把我们带到塞雷西奥港，明明他把我们的行踪说出去就可以轻轻松松挣到二十五里拉。”

“总有机会再去感谢他的！”洛伦佐也深受触动。

“那得等到什么时候呢？”

“等我们长大了。”洛伦佐突然从床上跳起来，来到乔治身边，“对了，你想和我成为朋友吗？”

“成为朋友？”看着这个热情英俊的男孩，乔治既惊讶又高兴，“我非常非常愿意，我最好的朋友叫阿尔弗雷德，但他前阵子去世了。”

“我知道，我父亲告诉过我。他也是个小烟囱清洁工，你们暗黑少年团的兄弟们最后一起给他举办了葬礼。”

“你现在也是我的朋友了。”洛伦佐握了握乔治的手。

“是的，”乔治说，“但我们必须再发一次誓。”

“发誓？”洛伦佐不明所以。乔治想起了他和阿尔弗雷德在河边发的誓言：“从现在起，我们将永远像亲兄弟一样团结。我们将分享一切痛苦和欢乐，为对方两肋插刀，直到生命的最后一刻。”两个男孩郑重地发完誓后，洛伦佐走向他的书架：“现在我要给你样东西。真正的朋友必须给对方一些东西。这是我最喜欢的书——《皮袜子故事集》[1]，是一本关于两个朋友共同战斗的故事集。”

“但我不识字。”

“我来教你。”

“那我能给你什么呢？”乔治想了又想，“我知道了，我要把阿尔弗雷德的秘密告诉你。”

“一个秘密？好的，那你告诉我吧。”

“故事要从阿尔弗雷德的祖父讲起……”

终于，洛伦佐听完了故事，他俩关上了灯，爬回了床上，午夜的钟声敲响了。

“乔治，”洛伦佐认真地说，“你去罗夫雷多找碧昂卡的时候，我和你一起。”

① 《皮袜子故事集》，美国作家库柏（1789—1851）所作长篇系列小说，包括《拓荒者》《最后的莫西干人》《大草原》《探路人》《猎鹿人》等5部小说，描写了美国本土居民（印第安人）与欧洲移民、现代文明以及美国社会之间的矛盾和冲突，是研究美国历史的重要参考资料。

正义不会缺席

第二天早晨，孩子们走进餐厅时，医生已经在餐桌旁了。早餐有巧克力、白面包、黄油、蜂蜜和糖果。吃完早饭，奥古斯托和安东尼奥去花园里帮忙，洛伦佐去上学，医生则打算带着乔治去城里，可怜的丹特就只能躺在床上。

医生和孩子们约好十一点在家碰面。园丁站在门口催促："马车在等着呢，先生。""哇，我们要坐马车吗？"乔治兴奋地大喊。所有人都往外跑去，门口停着一辆敞篷轻型马车，一匹黑色的骏马浑身漆黑，用它那双乌亮的大眼睛好奇地看着男孩们，男孩们羡慕地看着乔治爬上了马车。

马车沿着狭窄、蜿蜒的道路驶向湖边。医生先去了医院，他让乔治在医院门口等他一会儿。乔治从马车上下来，亲切地抚摸着骏马的脖子。突然，乔治停了下来，浑身发抖——刀疤脸来了。真的是他吗？没错，肯定是他，他那标志性的大帽子，那头凌乱的黑发，那双邪恶的眼睛，还有脸上可怕的刀疤。

"刀疤脸一定是来洛迦诺抓我的，如果被他发现了，就会马上把我抓走。千万别看见我！别看见我！医生怎么还没回来？”乔治绝望地低着头，看着地面。幸亏刀疤脸没有看见乔治。他一边哼着歌，一边钻进了一个小酒馆。

终于，卡塞拉医生回来了。“您终于回来了！”乔治呼吸急促，脸上发烫。“你怎么了？”医生奇怪地看着他。乔治想让医生赶快回到马车上：“刀疤脸来了。”

“就在洛迦诺？”

“是的，他一定是来抓我们的。”乔治的声音还在颤抖着，“他去了那里。”乔治指着一个小酒馆，酒馆门口挂着“银鱼”的牌子。卡塞拉医生抬脚往酒馆走去，乔治还在发抖，他拉住医生，很想躲进马车：“先生，我们最好还是离开吧！”

“冷静点，乔治，”医生拍了拍乔治的肩膀，“我要看看他到底长什么样子。”

“他戴着一顶黑帽子，”乔治说，“他脸上的伤疤很明显。”

卡塞拉医生走进了酒馆，又悠闲地走回乔治身边：“他点了半升诺斯特拉诺酒，所以不会很快离开的。”

“那我们快走吧。他肯定是来抓我们的，被抓到，我们就要回米兰继续扫烟囱了。”

“不，”医生安慰乔治说，“他不能。警察会先抓住他。”“警察！”乔治的心头猛地一震。很快，卡塞拉医生的马车绕过广场，停在了市政大厅的前面。他们走进一个房间，房间门口站着一个警察，房间里面还有两个警察和一个官员模样的人。看到他们进来，房间里坐着的官员站了起来：“卡塞拉医生，什么风把您吹来了？”

医生和他挥了挥手，然后直入主题：“专员先生，我有事要向您汇报。”

“您先请坐。”

“时间很紧张。夏天的时候，有一艘船在马焦雷湖沉没了。船上载了十八到二十个来自提契诺的扫烟囱的小男孩。您知道这事吧！”

“知道。”专员点了点头。

“因为这起意外，一个叫安东尼奥·路易尼的人被通缉了，他的绰号是‘刀疤脸’。”专员再次点头：“是的，但我们发现他和船主都在事故中溺水身亡了……”医生打断了专员的话：“他还活着，他现在就在洛迦诺。”

“他还活着吗？！”专员敲了敲桌子。警察也听见了，看起来更加感兴趣：“他在洛迦诺？”

“他在银鱼酒馆喝了半公升的诺斯特拉诺酒。”说着，医生又把乔治推到跟前，“这个男孩是那起事故的幸存者之一，是他认出了刀疤脸。”

“医生，您可以和我们一起去一趟吗？”专员拿了把手枪，两个警察也佩上了军刀。

“当然可以，我非常愿意。我想亲眼看到你们把这个坏人抓住。”

酒馆里人很多，农夫们在喝巴贝拉红酒，还有人面前放着苦艾酒，刀疤脸则蹲坐在酒馆的里间，大嚼面包和香肠。专员走到了他的面前："安东尼奥·路易尼，是你吗？"刀疤脸抬起头来，一脸不屑："我为什么要告诉你？"专员亮出了自己的证件："因为你必须告诉我。"刀疤脸喝了一大口酒，又咬了一大口香肠："嗯，也许我是，也许我不是。"

"少给我打哈哈！"专员朝他怒吼，"老实交代。"刀疤脸笑了："好吧，你说自己是警察，又不告诉我为什么找他，所以我当然不是！"

"就知道你不会承认。"专员冷笑一声，"我们有证人，小家伙，过来！"专员向乔治大喊，乔治紧张得心脏怦怦直跳。刀疤脸神色不善，一看到乔治直接跳了起来。"你敢告发我？"刀疤脸尖叫着，想把乔治一拳打倒，但专员抓住了他的肩膀，把他推了回去。刀疤脸拼命地反抗："为什么不逮捕这死小子？他是个逃犯、小偷！他偷了他主人家的东西，还闯回他主人家打人，我从米兰来到洛迦诺，就是特地来找你们把他抓住！不是抓我这种好人！"

"我不是小偷，也不是逃犯！"乔治勇敢地反击，"我没有闯入过别人的家，也从没偷过任何人的东西。"

"冷静，小家伙，"专员说着把乔治往后推了一点，"他到底是不是安东尼奥·路易尼？"

"就是他！"乔治大声喊道。

"是夏天驾船带着二十个提契诺小男孩横渡马焦雷湖的那个人吗？"

"就是他！"乔治的语气一下悲伤起来，"我们中有十六个小男孩都淹死了。当时甚至还是我把他从水里拉了出来。没有我和我的朋友阿尔弗雷德，他早就淹死了。”

“他在撒谎！”刀疤脸大喊着，又跳了起来，想要抓乔治。

“我没有撒谎！”乔治越来越勇敢了，“另外两个活下来的小男孩现在就在洛迦诺，他们也认识他。”

“你还不说实话吗？”专员盯着刀疤脸的眼睛。

“不！”刀疤脸把桌子向专员掷去，面包、香肠和酒瓶纷纷掉在了地上，他想往乔治和站在门边的医生那里跑去，但是那里站着两个警察。“站住，不然我就开枪！”警察摁住了刀疤脸。被桌子砸到的专员气喘吁吁地往这边跑，边跑边喊：“把这家伙的手给我绑起来！快点，然后带他去警卫室。”刀疤脸被捆住双手，让警察一脚踢出了酒馆。

“非常感谢。”离开前，专员摘下帽子特意向医生致谢。

“好了，”医生和乔治又一起坐在了马车上，“我们是现在去买东西，还是先回家告诉大家刀疤脸被抓了，我们好好庆祝一下？”

“回家！”事情发生得太突然了，乔治还没从震惊中反应过来——他们这几个躲了几天警察的小男孩竟然没有进监狱，而一直和警察一起追捕他们的刀疤脸反而被关了进去。一定要先把这个消息尽快告诉兄弟们。当初去米兰的时候，刀疤脸说了什么来着？他说：“如果我真的像大家说的那样是一个恶棍，那么魔鬼会抓住我。”[1] 现在，他真的被带走了。

乔治心里着急，快步如飞，园丁刚打开了一条门缝，他就挤了进去。“嘿！嘿！”乔治看到安东尼奥和奥古斯托就站在玻璃花房的旁边，“警察逮捕了刀疤脸！”

“什么？”两人张大着嘴巴，傻傻地盯着乔治。

“是的，就在刚才！”乔治兴奋地把事情的经过告诉了伙伴们，奥古斯托紧紧地攥住了拳头，安东尼奥微笑着摇了摇头，小丹特从床上爬了起来，兴奋地用手拍在他那条健康的大腿上，嘴里嚷嚷着：“太棒了！我们胜利了！医生万岁！警察万岁！”刀疤脸被逮捕的消息已经传遍了大街小巷，连放学回家的洛伦佐也知道了，他一进门就兴奋地对乔治喊：“那个刀疤脸终于遭报应了！”

医生把孩子们叫进了他的书房，书房像大厅一样宽敞，书从地板一直堆到了天花板，墙壁上挂着精美的画像和古老的铜版画，还有一副人体骨架，男孩们看见骨架吓了一大跳。医生就坐在房间后墙的大壁炉旁，一束火焰从壁炉里跳了出来，于是，洛伦佐伸手去拿了一个吹风器，把它放在了父亲的脚边。其他人则围坐在壁炉前，抱着双腿看着医生。

“我们现在应该拿你们怎么办？”卡塞拉医生摸了摸下巴，“你们的父母、兄弟姐妹或监护人已经与刀疤脸签订了合同。根据合同，你们必须在米兰做够六个月的烟囱清洁工。你们没有遵

① 原本是阿尔弗雷德说的，这里是乔治记错了。

守条约，而且还逃跑了。我对此负有一部分责任，因为是我隐晦地鼓励你们这样做的。”

看到孩子们一下子紧张起来，医生笑了笑，接着说：“所以，我可能也要坐上被告席。”他又从口袋里掏出一个纸卷：“现在，让我们仔细看看你们的合同。我弄了一份来。”他把纸卷卷开：“合同上面说你们会体面地干活，还会确保你们被安全地带到米兰。而且，孩子们也会得到温暖的衣服和充足的食物。”

乔治直接跳了起来：“合同里真这么说？”“我明明睡在小棚屋里！”“我都没有固定的地方！”“我睡在走廊的树叶堆里！”孩子们都很生气。

“一字不差！不过你们说的我也知道，”医生和善地看着几个男孩，“你们住得不好，平时也没什么吃的，我敢肯定你们的主人都没有给你们买过夹克和裤子。”

“是呀，我连一件新衬衫都没有，”安东尼奥抱怨道，“而且我旧的那件还是在干活的时候被钩破的。”其他人的情况差不多也是如此。

“好的，所以我没有直接建议你们离开，那样的话，你们就真的是逃犯了，而我就是教唆你们犯罪的人，有人可以凭这一点指控我们。”医生停顿了一下，接着说，“但是这个可以指控我们的人已经被关起来了。”“漂亮！”洛伦佐拍了拍手。孩子们也很高兴，他们仍然不敢相信那个刀疤脸真的被捕了。

“这是我们会议的第一部分，”卡塞拉医生让大家淡定，“目前为止，一切都很顺利。但现在到了第二部分。”他看了看男孩们，问道：“你们下一步打算怎么办？有人想回家吗？”奥古斯托和安东尼奥都不想回家。奥古斯托的亲生父母都死了，安东尼奥那狠心的母亲已经把他卖到米兰两次了。丹特倒是愿意回家，不过，他更愿意在洛迦诺学点手艺。

“我给你父亲写封信，就说你已经在洛迦诺了，”医生对丹特说，“如果他想让你回家学习，也可以过来把你接走。”然后又转向了乔治说，“那你呢？”

“我也想待在这里，但我请求您别给我的父亲写信，我向祖母保证过，在我有出息之前，我不会给她捎口信，也不会回到索诺尼奥的。”

“好的，明白了。”医生点了点头。他向后坐了坐：“现在进入会议的第三部分，你们想成为什么样的人？我答应过你们，我会帮你们的，说吧。”丹特大喊着想成为一名造船工人，卡塞拉医生说会帮他找一位师父；安东尼奥则希望成为一名园丁，卡塞拉医生的园丁老朱塞佩正好缺个能干的学徒，他一个人干活太累了。奥古斯托犹豫地在房间里走来走去，每个人都看着他，好半天，他才说自己想成为一个——烟囱清洁工。

所有人都愣住了，乔治甚至忘了呼吸。

“一个真正的烟囱清洁工，”奥古斯托赶紧解释，“不是我们这种童工。我的主人其实活干得不错，他一天能挣六到八里拉，还总有面包吃，有酒喝，还有我们这些孩子为他干活。”

“难道你想让一个可怜的小男孩替你钻进烟囱干活吗！”

“这些活总得有人干，”奥古斯托诚实地点点头，“但我会友好地对待他。”医生先是大笑，然后神情逐渐严肃起来。其他人也不知道该怎么评价奥古斯托的愿望。

“不，”丹特喊道，“你不能这样！”

乔治也反对：“那样的话，我再也不想看见你。”

安东尼奥真的生气了。“如果你真的这么想，”他咆哮道，“我们今天就带你回米兰！”但他们的反应也没有让奥古斯托改变想法：“每次我的主人让我爬进烟囱，而他却在和其他人讲话的时候，我总会想象我让他爬进烟囱，然后找个酒馆等他的样子。”

“你可以先了解下其他的行业，比如，泥瓦匠？”医生开口了。

“或者屠夫？”安东尼奥建议道，大家纷纷给他建议。最后，他答应先当一个泥瓦匠试试。“但我不知道适不适合，”奥古斯托补充道，“也许我更愿意做一个烟囱清洁工。”

现在轮到乔治了，医生问：“你想成为什么样的人？”

“我想先学认字。”

“可以，”医生说，“但这不是职业。”

“那就是写字吧，阿尔弗雷德字写得很好。”

“写字也不是职业，你必须学一门手艺。”

乔治想了一会儿。是啊，他总得学门手艺，学什么呢？像父亲一样做个农民？那根本不必学，想做个农民的话，他马上回家就可以了。大家给了他许多的建议——画家、裁缝等。乔治的脑子里一片空白，他的目光焦急地从一个人扫到另一个人，最后他看着洛伦佐，不知道他有没有什么建议，他们两个从昨天起就是好兄弟了。

洛伦佐说："或许，你可以和我一样，立志当个老师？"

"哦，是的，"乔治恍然大悟，终于不纠结了，"我要当老师！"

医生认真地看着他："这非常困难。你需要去学校上很多年学，还要学很多很多的知识。"

"没关系，"乔治又看了看洛伦佐，坚定地说，"我可以。"

晚饭后，医生立刻为孩子们的事忙碌起来。回来的时候，他给大家带来了好消息。

"丹特，帕拉迪索的一个木匠会修船，他同意让你去跟他学习，他有一个小房间给你住，明天中午你要向他努力介绍你自己。"

"安东尼奥，我们的朱塞佩很乐意让你做他的助手，但他想让你去找他在卡斯塔尼奥拉的兄弟先学两年手艺，他有一个很大的花园。如果你在那里把最重要的手艺都学了，你就可以回来跟朱塞佩继续学习。"

"奥古斯托，"医生笑了，"我甚至为你去找了烟囱师父。洛迦诺有两个，但他们现在不需要学徒，要等到明年。所以，你为什么不先去泥瓦匠那里学习如何建造壁炉呢？如果你根本不喜欢这门手艺，明年春天你还可以重新找烟囱师傅学习。"

"洛迦诺的泥瓦匠收学徒吗？"奥古斯托担心地问道。

"看你是否愿意了，"医生点点头，"我已经找到了四个。你明天可以去看看，你喜欢谁，就跟谁学。"

"现在，乔治。"他站在乔治面前，严肃地说，"我和两位老师认真谈了你的事情。你想做老师，真的很难。你必须非常努力地学习，要上很多年的学，还要通过很多考试。所以，你自己再好好考虑一下。”

“我会努力的，卡塞拉先生，”乔治说，“洛伦佐也愿意帮我。”

“是的，”洛伦佐说，“我们现在是朋友了。我可以教他，这样，他学起来就快得多了。”

“那么明天起，你就要开始上学了。如果你觉得太难了，还能学点别的手艺。”

乔治紧紧地握住医生的手，说道：“非常感谢您，先生。”乔治决定把阿尔弗雷德的秘密也告诉医生。其他人回房间后，乔治走进了医生的书房，又一次讲述阿尔弗雷德的故事。最后，他还给医生看了阿尔弗雷德给碧昂卡的信和那枚金胸针。

没想到阿尔弗雷德的父亲竟然是卡塞拉医生曾经的病人：“我记得很清楚，他当时患了严重的抑郁症。来到诊所之后，这人一句话都不说，什么东西都不吃，最后是活生生自己把自己饿死的。我应该还找得到他们家的地址，我会打听下阿尔弗雷德的叔叔婶婶是否还住在那里。”

“偷偷打听吗？”乔治担心地问，“要是他们还是想毒死碧昂卡呢？”

“你想先去找碧昂卡？”

“是的，先生，越快越好。我要把阿尔弗雷德的信和最后的问候带给她。”

就在这时，洛伦佐也走进了房间，请求道：“父亲，我想一起去罗夫雷多找小碧昂卡。我们可以星期六出发，周六我不用上学。我们在罗夫雷多过一夜，然后周日回来。”

医生向后靠在了椅子上：“小碧昂卡现在和陌生人住在一起，她期盼着有一天她的哥哥会来找她，带她过上好日子。现在你们去找她，把她哥哥死了的消息带给她，她最后的希望也就没了……”

洛伦佐搂着父亲的脖子撒娇：“那我们可以把她带回来？求你了，父亲！我们把她带回来吧！我太想要一个妹妹了，她可以成为我的妹妹。对了，她多大了，乔治？”

“她十二岁了，”乔治急切地补充道，“阿尔弗雷德比她大两岁。”

“好，那我们就带她回来。”卡塞拉医生站了起来，“我给罗夫雷多的牧师写封信，你们把这封信带上，这样就不会有人找你们麻烦。罗夫雷多的牧师是我上学时的好朋友。”

洛伦佐抱着父亲开心地叫道：“你是世界上最好的父亲！”

寻找碧昂卡

周六，下雨了。乔治和洛伦佐又等了一周才准备动身去罗夫雷多，安东尼奥、丹特和奥古斯托来为他们送行。

奥古斯托已经穿上了泥瓦匠的专属工作服，他现在认为泥瓦匠是世界上最好的职业，再也不想从事别的职业了。丹特的手上还拿着一把刨刀，他谈起木板、锯子、胶水罐来滔滔不绝。安东尼奥一直是最安静内向的一个，只有和同志们在一起时才会多说些话。他们在马萨尼奥的圣母教堂后面分开。

现在所有的男孩都知道乔治和洛伦佐要去哪里了，这件事再也不是一个秘密了。“替我们向碧昂卡问好！”三个男孩对着远去的乔治和洛伦佐的背影大喊。

下午四点钟的时候他们到达了贝林佐纳。他们仰望着古老的城墙和城堡，厚厚的城门好像是在守卫整个城市。提契诺河美丽、充满活力，它的河水像天空一样蔚蓝，鳟鱼在河里欢快地游着，河里的每一块石头像一位英勇的战士，经受着水流的冲刷。高山将山谷分成两部分，往左是提契诺，右边是莫埃塞。他们向右行进，半小时后，乔治根据阿尔弗雷德的描述认出了碧昂卡所在的村庄，教堂的前后是一栋栋屹立在岸边的房子，碧昂卡住的那座房子一定在山上，整个小村庄笼罩在黄昏的光晕中，宁静而祥和。

这真是明媚的一天，可惜的是，他们马上就要残忍地告诉一个小女孩，她的哥哥死了。两人决定分开行动，乔治先去找碧昂卡，洛伦佐则去找牧师把信给他，然后再去找乔治会合。

乔治来到教堂后面，他看到了阿尔弗雷德说的那个农舍——它就位于一个陡峭的斜坡上，由一个小房子和一个马厩组成，还有一个小花园。乔治跑得更快了，两个男孩和一个小女孩正在花园里玩。

“晚上好。”乔治跟他们打招呼。孩子们看见乔治，有些惊讶，还有些害怕，女孩直接哭了起来。“我来找碧昂卡。”乔治走得更近了。两个男孩不动声色，只是盯着这个年轻的陌生人。

“她是阿尔弗雷德的妹妹。”乔治解释道，但两个男孩仍旧一言不发，女孩则直接跑进了屋子。乔治非常沮丧，就在他想要找其他人询问时，其中一个男孩指了指左边：“她来了。”

转过身，乔治看到一个又高又瘦的姑娘，几乎和他一样高。她穿着一件朴素的蓝色连衣裙，光着脚，手里拿着一个锄头和一个篮子。她和阿尔弗雷德长得很像：一样的长脸，一样苍白的肤色，一样的鼻子和头发，只是她的下巴没有阿尔弗雷德的那么尖。

乔治朝她走了过去，但是，他突然惊恐地发现，在今天漫长的旅途中，他一刻也没有想过要如何把这个坏消息告诉碧昂卡，他只能结结巴巴地说：“是……是阿尔弗雷德让我来的。”女孩开始和刚才几个孩子一样，充满了怀疑和警惕，而听到哥哥的名字，她放松起来：“是米兰的阿尔弗雷德吗？”

乔治点了点头，然后把阿尔弗雷德的遗物递给了碧昂卡。女孩打开了袋子：“这是我的胸针，还有……一封信？”碧昂卡用她那纤细而黝黑、粗糙而布满茧子的手打开信封，刚看了几眼，信就掉在了地上，她惊恐地看着乔治：“我哥哥死了？”碧昂卡一下子面如死灰，泪水奔涌而出，再没有比这更加伤心、更加绝望的眼睛了，乔治的眼泪也跟着立马涌了出来。

“是的，对不起，我们……我们已经把他埋……”

“天啊！”女孩捂住耳朵大叫起来，手里的东西全都掉到了地上，哭着冲进了屋子。乔治把信捡了起来，他本想看看信里写了什么，但他看不懂。他只能盯着那些字，信纸上满是水迹和泥土。

乔治正要去追那个女孩，却被一只沉重的大手抓住了肩膀。“你是谁？”一个粗重的声音从身后响起。乔治转过身来，这人长了一张硬朗的脸，炯炯有神的黑眼睛里充满了对乔治的敌意，他应该就是阿尔弗雷德提到的那个农夫。

“我是阿……阿尔弗雷德的朋友，”乔治结结巴巴地说，“我给碧昂卡带来了她远在米兰的哥哥的问候。”

“看来不是什么好问候啊。”农夫弯下腰，拿起篮子和锄头。

“是的，唉，阿尔弗雷德死了。”

“死了？那我得一直养着她了。”农民大步走过乔治身边。

“你别担心，我会带碧昂卡去洛迦诺，我以后会照顾她的。”乔治赶紧解释。“你？”农夫转过身来。乔治急切地点头：“对，去卡塞拉医生那里。我也在那儿。”农夫眯起眼睛盯着乔治：“她哥哥把她留在了我这里，她不会走的。”

“不！她必须跟我走。”乔治说。

“快滚，不然我打断你的腿。你已经把她吓坏了！”农夫砰的一声关上了大门。乔治独自一人站在房子前面。怎么办？洛伦佐怎么还不来？正说着，洛伦佐带着牧师来了。

牧师面颊红润，个子不高，他问：“你已经告诉那个可怜的女孩了吗？”

乔治点点头：“是的，但是这位农夫不愿意让我带走她。”牧师笑了：“我能理解，我们都爱这个女孩。来吧，让我再和他谈谈。”牧师敲了敲门。

门开了一条缝，农夫的脸伸了出来，看见是牧师，他才把门敞开：“您请进！找个地方坐吧。”牧师带着两个男孩一起走了进去。门里只有一个房间，既是厨房，也是客厅和卧室。中间有一张桌子。孩子们都站在桌子前，碧昂卡扑在桌子上，哭得浑身颤抖，让人听了都要心碎了。

“碧昂卡，好孩子。”

“牧师，我哥哥没了……哥哥没了……我在这个世界上唯一的亲人没有了。”碧昂卡伤心欲绝，说完又开始猛烈地抽泣。

“我不这么认为，孩子。你有一个像疼女儿一样疼你的农夫，这三个孩子也像爱护他们的姐姐一样爱着你。你还有我，”

牧师抚摸着她的头，“你还有很多人……”

“你们不是他！”碧昂卡生气地反驳，“哥哥那么好，那么善良，他是世界上最好的哥哥，哥哥啊……”

牧师继续安慰彻底陷入绝望的碧昂卡：“是啊，但是你看，他又给你送来了两个人，他们会是你新的朋友，也会是你新的哥哥。我的老同学卡塞拉医生写信告诉我，你很快还会有一个新家和一个新父亲。”农夫在一旁听着，心里不是滋味：“但她在这里有个家，孩子们和她在一起很快乐。”

“是的，”牧师点点头，“她在这里也有一个家。但你应该知道这个女孩来自一个富裕的家庭。卡塞拉医生现在想把她带到家里，尽他所能帮助小碧昂卡拿回她应有的权利和她父亲的遗产，你应该也想让她过上好日子。”

农夫沉默了。

“我不想让她走。”小一点的男孩扑到了碧昂卡怀里。

“我也不想，”大一些的男孩拦在了牧师和乔治面前。现在，碧昂卡也注意到了有一件更重要的事需要解决，她问牧师：“他们两个人究竟想做什么？”

“他们来带你一起去洛迦诺。卡塞拉医生是我的好朋友，他想带你到他家里去，教你东西，让你成为一个聪明能干的女孩。”

“我在这儿过得挺好的。”碧昂卡说。

农夫得意地对牧师说：“你看，她不想去。”

“阿尔弗雷德想让你跟我们走。”乔治忍不住插嘴。

“哥哥？为什么？”

“真的，”乔治真诚地看着碧昂卡，“我是他最要好的朋友，他临死时让我来找你，让我做你的哥哥，好好照顾你。他一定都写在信里了。”说着，乔治又把信拿了出来。牧师从口袋里掏出眼镜，又找了一张凳子，坐下来开始念信。

“亲爱的碧昂卡，当我的朋友乔治把这封信带给你的时候，我已经死了。”

碧昂卡又开始控制不住地号啕大哭。

“但是别难过，”牧师继续念道，“乔治会成为你的新哥哥，代替我照顾你。他来找你的时候，你要乖乖跟着他走。他会带你去他父母那里或者任何能保证你安全的地方，直到你平安地长大。你的胸针能证明他是我送到你身边的，请你相信他。这是我最后一次给你写信了，千万要照顾好你自己。最后一次吻你，永远爱你的哥哥——阿尔弗雷德。”牧师一字不差地把信念完了，又把袋子一起递给了碧昂卡。

碧昂卡颤抖着双手把哥哥留给她的信和胸针紧紧贴着胸口，艰难地站了起来。

牧师也站了起来：“现在走吗？”

“我……我明天再告诉您，可以吗？”女孩的脸上满是泪痕。

“好吧，”牧师把眼镜放回了口袋，“我们尊重你的意愿，但你要早下决心。这两个孩子会去贝林佐纳搭乘邮车，他们为你预留了一个座位。邮车可不等人。”牧师带着乔治和洛伦佐走出去：“晚安。”

“晚安。”农夫说。乔治和洛伦佐也说了“晚安”，但没有人愿意理睬他们。穿过小花园时，乔治回头看了一眼。碧昂卡就站在窗边看着他们，看到乔治转过头，碧昂卡又转身回到了房间里。乔治的心里忐忑不安，着急地问牧师：“您说，她会跟我们走吗？”洛伦佐也忧心忡忡。

“让她自己好好想想吧，”牧师拉着乔治的手，“孩子，你大可以放心。我的朋友，卡塞拉医生，从来都会把事情办得妥妥当当。”就算牧师不这么说，乔治也相信卡塞拉医生。过去几天经历的一切，让他深深地信赖着医生。

第二天，当乔治和洛伦佐被女仆叫醒时，天还黑着。“我给你们准备了热面包配黄油和蜂蜜。快吃吧，邮车九点钟离开贝林佐纳，赶过去需要一个小时。”

“碧昂卡会来吗？”乔治问。洛伦佐耸了耸肩膀，她还没有出现。

八点的时候，牧师来了。“嗯，看来，她准备和那三个孩子待在一起了。”男孩们点了点头，难过极了。“振作起来，”牧师鼓励他们，“既然我知道了她的身世，我就会更加仔细地照顾她。她在这里一定会安然无恙的。”

邮车还有一个小时出发，他们动作得快点了。牧师还让他们代问医生好：“告诉你父亲，一两天后我会给他写信的。”早晨的空气湿润润的，街上起了雾，整个天空看起来都朦朦胧胧。乔治和洛伦佐大步穿过还在睡梦中的村庄——只有公鸡在打鸣。再次经过碧昂卡住的农舍，两个男孩忍不住望过去，可是碧昂卡没有出现。

“我来了，我和你们一起去。”女孩突然出现在他们旁边。两人被吓了一跳，不知道她从哪里冒出来的。碧昂卡穿着和昨天一样的旧衣服，用一块布包裹着头发，什么行李也没带。她两只眼睛都肿了，神情悲伤，脸色苍白，应该哭了一整夜。女孩光着脚，坚定地跟上了男孩们的脚步。洛伦佐和乔治有时会偷偷地看看她。有好几次，乔治想开口说话，但他没有出声。碧昂卡一句话也没说，只是目视前方。

回去的路上，碧昂卡始终很安静，僵硬地坐在硬垫子上，一动也不动。邮车车夫是个幽默、风趣的年轻人，他讲了很多笑话，逗得男孩子们哈哈大笑，但碧昂卡总是默默地低着头，不时抬起头，忧郁地望着马焦雷湖。

后来，不知道是邮车车夫说的哪一句话触动了她，碧昂卡轻轻一笑。

“现在就跟我第一次见到阿尔弗雷德时一模一样。”乔治观察到了，“他也是像你这样笑的。”碧昂卡被触动了，她的眼眶再次湿润，她想让乔治告诉她，乔治第一次见到阿尔弗雷德的情形。乔治一边指着马焦雷湖，一边向她尽可能详细地描述起来。乔治讲述了他们在水上差点淹死的事情，讲述了他们去米兰的旅途，讲述了暗黑少年团和野狼少年团，讲述了阿尔弗雷德的疾病和他的死亡……

马儿一路狂奔，年轻的车夫唱着歌，就在即将到达洛迦诺的时候，他们遭到了“伏击”。

“嘿！停车！”三个小鬼在外面大喊。

“你们是小劫匪？”邮车车夫笑了。

“不！”洛伦佐和乔治喊道，“他们是我们的朋友。”丹特、奥古斯托和安东尼奥上了车，他们马上就殷勤地向碧昂卡自我介绍：“我们都是阿尔弗雷德的朋友。”

“我和安东尼奥，”丹特自豪地说，“在去米兰的船上就认识他了。”

奥古斯托说：“我和他在米兰的时候每天都在一块儿。我们住在同一条巷子里……”碧昂卡又听到了更多关于哥哥的故事。

卡塞拉医生已经带着尤金妮和朱塞佩站在门口等着了。医生温柔地牵着碧昂卡的手走进了餐厅，为了迎接碧昂卡，朱塞佩特地在盘子中间放了几棵开了花的小仙人掌。还给碧昂卡以及每个男孩的盘子里准备了一份礼物。

碧昂卡坐在医生旁边，简单讲述了她与农夫一家在罗夫雷多的生活。

“我这几天也没闲着，”医生听完了大家的话，也说了这两天的行动，“我打听了你叔叔婶婶的情况。在你们逃走后没几天，他们卖掉了所有能卖的东西，然后匆匆离开了。没有人知道他们现在在哪里，他们也再没和任何人有过联系。他们没把你们家的田地、牧场以及你祖母的房子和花园卖出去，因为它们都还在你父母的名下。等你休息好了，我们就一起回去看看。我们也要告诉那些村民，你们两个中有一个还活着，等你把这一切都正式夺了回来，你就是一个真正的富家小姐啦。”

碧昂卡深深叹了一口气：“要是哥哥还活着，那该有多好。

他答应过我要重建那座老房子的。”碧昂卡的眼眶又一次湿润了。

卡塞拉医生温柔地抚摸着她的头：“孩子，别难过。阿尔弗雷德的朋友们都告诉我，他是个勇敢、善良的孩子，我敢肯定他不想你为了他如此伤心难过。”

“是的，”沉默良久的安东尼奥说，“他是我们中最勇敢的。所以我们选他做了团长。”

这时，尤金妮端来了美味佳肴，最后竟然还有一个大蛋糕，上面用糖浆写着“欢迎碧昂卡”。大家拍着手，直呼“尤金妮万岁”，碧昂卡站起来和她握了握手。

晚饭后，所有人都来到温暖的壁炉前聊天。“我差点忘了最重要的事，有人给你们寄了一封信。”医生从口袋里掏出一封信，信是从米兰寄来的，“致住在洛迦诺的卡塞拉医生那里的乔治、丹特、奥古斯托和安东尼奥。我们希望你们已经顺利抵达洛迦诺。米兰越来越冷了，我们也想快点过去。你们的红毛男孩和全体暗黑少年团成员。”

“天啊，”乔治拍了拍脑袋，“我给忘了，我向恩维利诺保证过，一到洛迦诺就给他写信的。”

“你们现在就可以给他们写信。”医生说，“不过，最好再等一等，看看那个刀疤脸会得到什么惩罚。孩子们，你们一定要告诉人们，你们在米兰的处境有多糟糕——为了阿尔弗雷德和其他在米兰受冻挨饿甚至悲惨去世的扫烟囱的小男孩。如果我们把这一切如实地发表在报纸上，也许你们暗黑少年团所有的同志都可以立刻回到提契诺来。”

“这正是我们想要的！”安东尼奥、奥古斯托和丹特开心地大叫。

卡塞拉医生又说：“那我们先给这个红毛小鬼头写信，把这个好消息告诉他。”

“嘘，你们轻点，”尤金妮给医生端来了一杯咖啡，“小姑娘睡着了。”男孩们转过身，发现这个美丽而脆弱的女孩碧昂卡坐在皮椅上，闭上了眼睛，平静地呼吸着。尤金妮轻轻地把她从椅子上抱到怀里：“今天她和我睡在一起，等她适应这里之后，再让她睡男孩们隔壁的房间。”

医生满意地点了点头，又转过身对孩子们说：“现在，如果你们都希望我们能过上愉快、轻松的生活，那就必须努力工作。孩子们，从明天起，让我们开始全新的生活，好吗？”

“好！”几个孩子齐声喊道。

回　家

在一个美丽的四月清晨，阳光照耀在提契诺的大地上，万物生机勃勃。花园里、田野中，杏树都开花了，花朵像小火苗一样矗立着，苹果树和梨树也都开出了一大片、一大片的白色小花。山坡上郁郁葱葱，小溪边上开着大片的水仙花，散发出浓郁的香味。远远望去，提契诺的土地上，山脉、湖泊、山谷连接在了一起，像是一片由花朵汇成的海洋。轻风拂过，将天上的云彩吹到提契诺的山谷中。

一男一女正骑着马，沿着山谷里的公路从贝林佐纳向洛迦诺的方向前行。年轻的男子身材高大强壮，有一头茂密的棕色头发。他脸型方正，下巴上留着小胡子，眼睛炯炯有神，穿着一身西装，蹬了一双结实的靴子，头上还戴着一顶礼帽。

同行的年轻女子和男子一般高，戴了一顶蓝色的锥形礼帽，身上的夹克衫和裙子也是蓝色的，就连袜子和鞋子都是蓝色的。

一男一女骑着矮小、精壮的骏马——这是他们在贝林佐纳租的，准备过几天再骑回去。在一座桥前，年轻男子停下了：“我想我们必须在这里转弯。”

“我们最好问问其他人。”女士建议道。

“放心，我不会记错的，”男子低头看着水面，“从这里再往下就是维尔萨斯卡山谷了，然后我们要上去。”

山下是一片宽阔的平原，从贝林佐纳一直延伸到洛迦诺。连绵的山峰上，积雪还未消融，最右边的雪山倒映在马焦雷湖的蓝色湖水中，宛如蓝宝石上面的反光。年轻的女士忍不住感叹：“真漂亮啊！”

路更窄了，整个山谷仿佛缩小成了一条深沟。马儿们几乎找不到落脚的地方。峡谷中还传来一阵阵可怕、狂野的轰鸣声。

“什么声音？”年轻女子惊恐地问道。

“是维尔萨斯卡河，”年轻男子喊道，“你很快就会看到了。”果然，很快，他们便看到河水像旋风一样呼啸而过，迅疾的水流鲁莽地撞击在岩石上，焦急地掠过悬崖和山坡。“我害怕！”年轻女子叫了一声，双手紧紧抓住马脖子。

年轻男子安慰她：“习惯了就不怕了。实在不行，你就抬头看看天空或群山。”

终于，他们来到了圣巴托洛梅奥。这里只有几栋房子和一个小小的谷仓，连广场都没有，教堂前面只有一块空地，人们可以在那里下马稍作休息，也可以从这里看到峡谷深处。“我九年前也在这里休息过，”年轻男子对女子说，“当时有一场严重的干旱。”

他们来到一间酒馆稍作休息，胖胖的酒馆老板个子不高，端来了食物，和他们一起坐了下来："两位年轻人，这是要去哪？"

"我们去索诺尼奥。"年轻男子回答。

"索诺尼奥？"老板仔细地打量着，"你去那里做什么？"

"我是新来的老师，这是我妻子。"

"新来的老师？"老板摇了摇头，"看看咱们村子里来了什么大人物！这也意味着他们肯定想修一条新路。"

"听起来，修路好像很糟糕？"年轻女子挑了挑眉，"不过，现在的路太难走了，简直让人害怕。"

"我们永远不知道这些新事物会给山谷带来什么。战争？瘟疫？债务？只会雪上加霜，一点好处都没有，没有这些新事物，我们也能过得很好。"

"我想你错了，"年轻男子说，"这里修了新路，交通就便利了，人们的生活就可以富足起来。到时候来来往往的人更多了，你们酒馆生意也会更好。"

"托您的福，确实有很多人同意修路。"老板喝了一小口杜松子酒，接着说，"但我之前就反对，现在还是反对。我们以前就是这样生活的，将来还可以继续这样生活。"

年轻的夫妇付了钱，又骑上了马。山谷在这里分开了，他们向右转去。路况更差了，路上的石头更多了，山势也更加陡峭。石缝之间还有冰雪，马有时会被滑倒。这里真的太冷了，树枝上一个芽苞都没有。

在一个小峡谷前，年轻男子停下了他的马，指着一处灌木丛说："看，那时我就坐在那片灌木丛后面，当时刀疤脸第一次来索诺尼奥，他想把我买走。我那会儿很生气，想躲在那里朝他扔石头，但我最后没有那么做。我现在总是会想，冥冥之中是因为他，我才必须去米兰，最后让我遇到了你。”

“那人最后怎么样了？”年轻女子问道，“审判之后就再也没有听说他的消息。”

“我也不知道。他坐了五年牢，获释后被驱逐出境，永远不能再回瑞士。多亏了那篇报道，民众的怒火被点燃了，我们米兰暗黑少年团的老朋友们才能被带回来。更重要的是，儿童交易也被完全禁止了，再也没有男孩要去米兰扫烟囱了。”

他们骑着马继续向前。“看到那条小路了吗？”年轻人又说，“我离开索诺尼奥的那天早上，安妮塔就站在那里。她差点就成功阻止了我。”

“哦，就是那个说会等你的小青梅。”

年轻男子不好意思地点点头。

“如果你带着另一个女人来了索诺尼奥，她会怎么说？”

年轻男子大笑起来：“谁知道呢？但是她牙尖嘴利的，说起话来可不饶人。”年轻的女子也笑了。

大约一刻钟后，索诺尼奥出现了。“这是我的家乡，”年轻人一一指给妻子看，“这是教堂，那是祖凯罗山，那是峡谷。牧师住在那里，下面是我们的田地，那里是安妮塔居住的广场，那边两棵老树矗立的地方是小酒馆。我们先去酒馆吧。我想吃过晚饭后再去见我的父母。在那之前，我想打听一下他们过得怎么样。”

年轻的夫妇骑着马拐入了通往小酒馆的小巷。酒馆老板老斯卡拉仍然和九年前一样胖。他的脸颊下垂，眼睛深陷在眼窝当中：“欢迎尊贵的客人。”他微微弯腰欠身。

年轻男子笑了：“您别这么说！我是新来的老师，这是我的妻子。”

“老师，学校就快建好了，”老人急切地说，“去年建的。但是工程在冬天暂停了一阵子，因为这里到了冬天就没办法盖房子了。”

男子让老板平静下来：“是的，我知道，现在我们要先填饱肚子。”

老斯卡拉拍了拍手唤道：“儿媳妇。”一个年轻的妇人抱着一个孩子走了出来。老人说：“这是新来的老师和他的妻子。有什么可以给他们吃？鳟鱼？兔子？”“两样都有。”年轻的妇人说。

“给我们做鳟鱼吧，安妮塔！”男子微笑着看着她。

“天啊！”安妮塔差点把孩子摔了，“你是……乔治！”她激动地握住了乔治的手。乔治大笑起来：“是的，我就是你想等的那个乔治。”安妮塔腼腆地笑了：“我们当时约定的可是半年，现在，九年过去了。”她又握住了碧昂卡的手。

“这是乔治？”老人挤到三个人中间，“真的是乔治！”老人抓住乔治的肩膀，然后又抓住了碧昂卡的肩膀。“真的是乔治，乔治啊，安妮塔两年前嫁给了我儿子，她等了你很久。但现在，我想，她过得很幸福，”老人眯上眼睛，看着儿媳妇轻轻一笑，“对吗？”

“是的，”安妮塔举起怀里的男孩，吻了吻他的双颊，“尤其当我有了我的小乔治。而且我的乔治是不会从我身边逃跑的。”

“他叫乔治？”碧昂卡惊讶极了，微笑着吻了吻孩子。乔治也走近仔细瞧着小乔治。乔治很快从安妮塔和老斯卡拉口中得知了家人的情况，母亲在床上躺了很久，差不多有六个月，但现在她已经完全恢复了。父亲现在过得也不错，只不过比以前更喜欢哼哼了，经常和孩子们斗气。双胞胎兄弟长大了，一个在洛迦诺，另一个去了阿斯科纳。乔治还多了两个妹妹和一个弟弟，女孩子们现在八岁，男孩六岁。

晚饭后，乔治终于要回家了。家门口的马厩里，发出了“咩咩咩”“哞哞哞”的声音。乔治敲了敲厨房的门，走了进去。

他们刚吃过饭，父亲还是那么高大，留着黑胡子，他把衬衫的袖子高高地卷了起来，两条胳膊上都是肌肉。母亲看上去比九年前更加憔悴。祖母瘦了很多，满脸皱纹，但她的眼睛在这半黑的厨房里仍然看起来炯炯有神。

“来客人了。”祖母举起了手杖。坐在母亲旁边的两个女孩好奇地转过身来。父亲向他们走去：“你们是谁？有什么事吗？”

乔治笑了：“我是秋天要来索诺尼奥教书的新老师，这是我的妻子。”他把碧昂卡推到了面前。

“新老师，”父亲抚摸着胡须热情地说，“快请坐。”母亲也站了起来。没有空椅子了，碧昂卡干脆坐在了壁炉旁的祖母身边。

“你们有几个孩子？”乔治问道。

“我们家里有六个孩子，这三个小的都在身边，老二老三学了手艺，现在在外面干活。但老大……老大九年前失踪了……”“你不应该总是说‘失踪了’，”祖母不耐烦地说，“乔治没有失踪，他不可能失踪。他总有一天会回来的。”

“你总是这么说，”父亲无奈地叹了口气，“老用这个自我安慰。”

“我说的是真的，”祖母坚持道，“如果他真的失踪了，我早就知道了。”

“他去哪了？”乔治问道。

“我把他卖到米兰去扫烟囱了。当时我们家里一点钱都没有了，我妻子病得很重，差点就死了，我们需要钱请医生。”父亲的语气里一半是懊悔，一半是无奈。

“我宁愿自己死了也不想把孩子卖了，”母亲痛苦极了，显然是说到了伤心处，“我今天早上还想起乔治了，你怎么能为了二十法郎把我们儿子卖给那个恶魔！呜呜呜……”

“别哭了，”父亲顿了顿，“乔治是个好孩子，如果他死了，他去了天堂会原谅我们的。如果他还活着，就像母亲说的，他也会原谅我们的。”

“你觉得他真的死了吗？”乔治忍不住问。

“当时有消息传来，说那艘去米兰的船在布里萨戈附近因为风暴沉了，船上的男孩都淹死了，乔治……乔治当时也在船上。”

乔治点了点头：“这我倒是知道，有四个男孩得救了。”

“听到了吗？”祖母得意地说，“有四个得救了，这里面肯定有乔治。”

“是真的就好了，”母亲还是忍不住朝父亲抱怨，“每每想起你做的这事，我都特别心痛，我的乔治还活着就好了。”乔治把椅子往母亲那边拉，微笑着：“如果我告诉你们，你们的儿子确实还活着呢？”

“他还活着？！”母亲跳了起来。乔治也站了起来，点点头。

“他活着！”母亲激动地大叫，“你真的没骗我！快，再说一遍！”母亲走向乔治，焦急又兴奋地看着他。

“是的，”乔治温柔地看着母亲，眼睛也闪着泪花，“他还活着。”

母亲愣住了，良久，她突然又哭又喊的，直接用胳膊搂住了乔治的脖子：“太好了！太好了！你回来了！”

“冷静点。”父亲拉开了妻子，“别这样！新老师会不高兴的！老师别见怪。”

“傻子，他就是乔治！乔治！乔治！我的乔治，直到现在我才认出你来。”母亲不停地亲吻他的脸颊，一次又一次地拥抱他。

“是你吗？乔治！”父亲几乎使用蛮力把乔治从母亲身边“夺走”。乔治笑了：“是的，父亲。是我。”

“噢，天啊！你终于回来了！”父亲老泪纵横，紧紧地把乔治的脑袋按在胸口，直让乔治喘不过气来。两个小妹妹现在也跑到了乔治的身边：“哥哥！大哥哥！”她们用胳膊抱住乔治的腿。只有最小的弟弟埃米利奥对这一切不为所动，他站在厨房中央，叉着腰慢慢地说：“我不相信你是乔治。”

“哈哈！”乔治笑着把这个小肉团子抱起来，“你为什么不相信呢？”

“因为你没给我带一只小猫头鹰回来。”

“猫头鹰？”乔治很惊讶，“为什么要带猫头鹰？”

“安妮塔婶婶有一只，我想把它带回我的马厩，可她说就算给她一座金山，她都不会把它送给别人，因为那是乔治送给她的。还说等乔治大哥回来，他会送我一只的。”乔治把小弟弟放回地上：“明天早上，大哥就带你去钟楼抓一只。”

“乔治，你不跟我说说话吗？”祖母大声说，苍老的声音里带着委屈。

“我这就来，我亲爱的祖母。”乔治紧紧地抱住她。

“我当时让你去米兰是不是正确的！”祖母用她瘦弱的双臂温柔地摇了摇眼前的大小伙子。

“没错，祖母，我一直都记着你的话。”

“听到了吗？”老妇人哭了起来，得意地向四周望去，过了一会儿，她说，“好孩子，让我看看你的妻子。”

碧昂卡一直静静地坐在壁炉旁，温柔地看着一切。“来打个招呼吧。这是我在米兰最好的兄弟的妹妹，”乔治顿了顿，“他和我一样，是个勇敢的扫烟囱男孩。”

祖母忍不住上上下下打量碧昂卡，牵着碧昂卡的手调皮地问：“好姑娘，你爱我们乔治吗？”

碧昂卡大笑着点点头：“当然，非常爱。”

母亲把碧昂卡搂在怀里：“我也爱你，亲爱的姑娘。”“我也是。”父亲热情地拥抱碧昂卡。一家人又围坐在桌旁。“你将成为我们索诺尼奥学校的第一个老师了！”父亲开心地又打开了一瓶诺斯特拉诺酒。

“你是怎么成为一名教师的？”两个妹妹问。

“说来话长，我以后再告诉你们。今天，让我们快乐地庆祝吧。”

父亲点点头。

“一家人都在一起。”母亲微笑着。

祖母又是哭又是笑：“我就知道你一定会回来的，你一定会回来的……”

—小竹马童书—

世界少年经典文学书屋